CRAFTING A CLEAR VISION FOR

MEDICAL EDUCATION

從打石場到陽明醫學院

From a Quarry to a College Second to None

張筱梅——編撰　郭文華——審訂

院　徽

院訓　真知力行
　　　仁心仁術

院歌

Ab 調
mf
社會幸福全民健康乃三民主義理想
cresc
國立陽明任重道遠中華醫道賴吾揚
ff
P
cresc
懷仁心仁術服務我同胞為國家
f
民族盡忠盡孝秉眞知力行拯救全人
類師生勤耕耘同享永恒榮耀

國立陽明醫學院籌備會議於教育部舉行，榮總院長盧致德與出席人員交換意見。（圖片來源：榮民總醫院校史廳）

國立陽明醫學院籌備處成立，榮總副院長鄒濟勳主持工務協調會報。（圖片來源：榮民總醫院校史廳）

教育部長蔣彥士、退輔會主委趙聚鈺、榮總盧致德院長蒞校視察，觀看建築圖，攝於 1974 年 12 月 31 日。（圖片來源：國立陽明交通大學秘書室）

實驗大樓建築情形，攝於 1972 年。（圖片來源：國立陽明交通大學圖書館）

籌備委員會於實驗大樓合照（圖片來源：國立陽明交通大學圖書館）

1974 年榮陽隧道施工圖（圖片來源：國立陽明交通大學圖書館）

建校初期地貌，攝於 1972 年。（圖片來源：國立陽明交通大學圖書館）

石牌派出所警員與校方人員現場取締採石作業，攝於 1976 年。（圖片來源：國立陽明交通大學圖書館）

國立陽明醫學院正式成立，教育部長蔣彥士（前排左起第 12 位）、籌備委員、工作人員與韓偉院長（前排右起第 9 位）等合影，攝於 1975 年 7 月 1 日。（圖片來源：國立陽明交通大學文書組）

韓偉院長（右）自教育部長蔣彥士（中）接篆，攝於 1975 年 6 月 30 日。（圖片來源：國立陽明交通大學秘書室）

1975 年新生訓練照，院長韓偉致詞。（圖片來源：國立陽明交通大學圖書館）

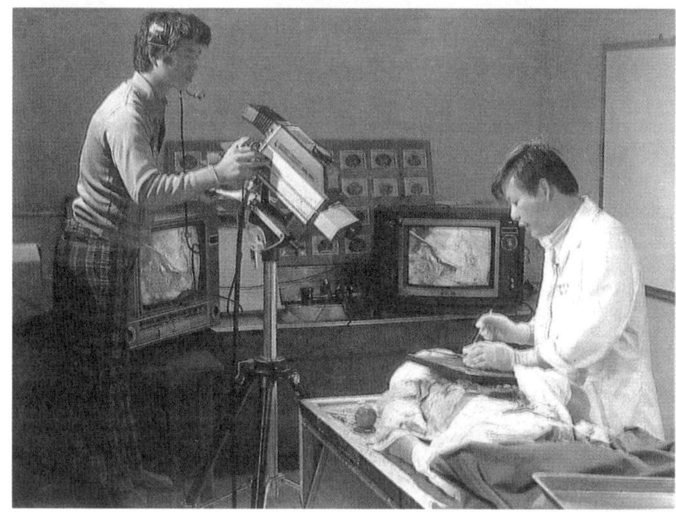

製作閉路電視教材（圖片來源：《國立陽明醫學院概況》，1982 年）

電子顯微鏡設備（圖片來源：《國立陽明醫學院概況》，1982 年）

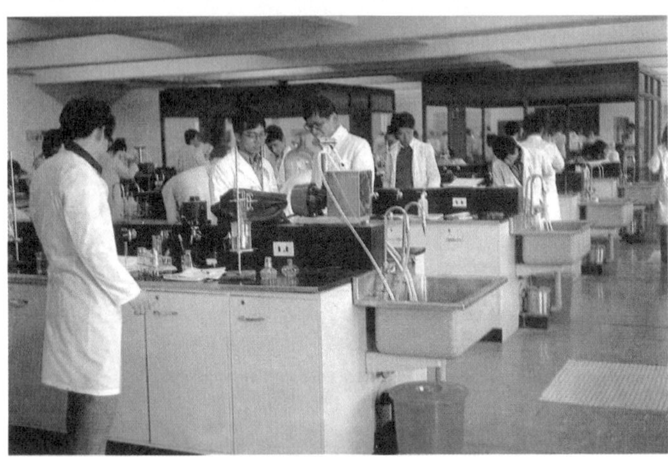

生物化學實驗（圖片來源：《國立陽明醫學院概況》，1982 年）

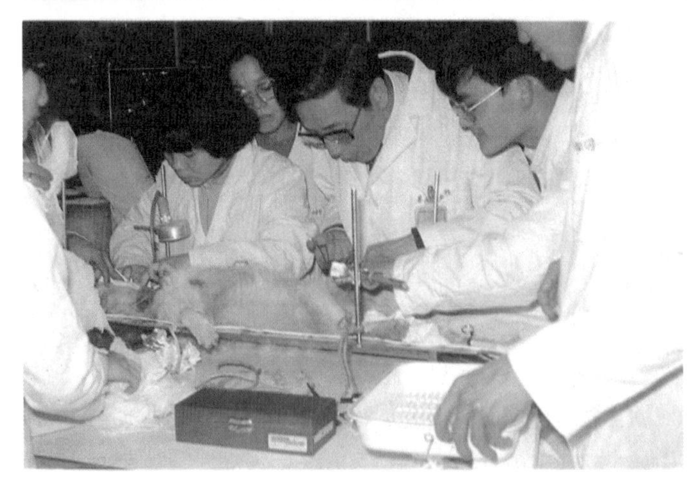

姜壽德教授帶領學生進行生理學實驗（圖片來源：《國立陽明醫學院概況》，1982 年）

微生物學實驗（圖片來源：《國立陽明醫學院概況》，1982 年）

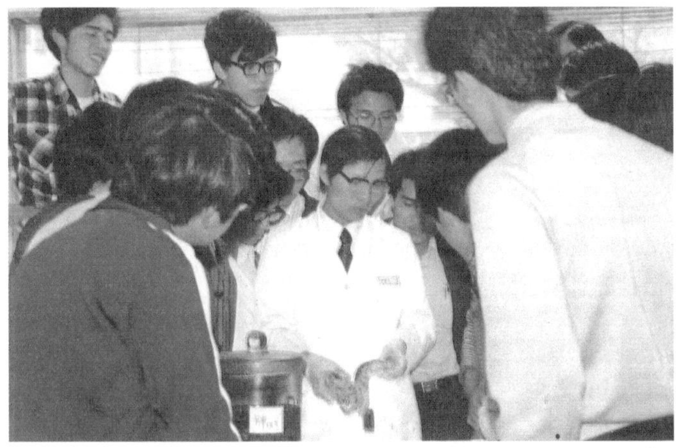

江宏教授帶領學生進行病理學實驗（圖片來源：《國立陽明醫學院概況》，1982 年）

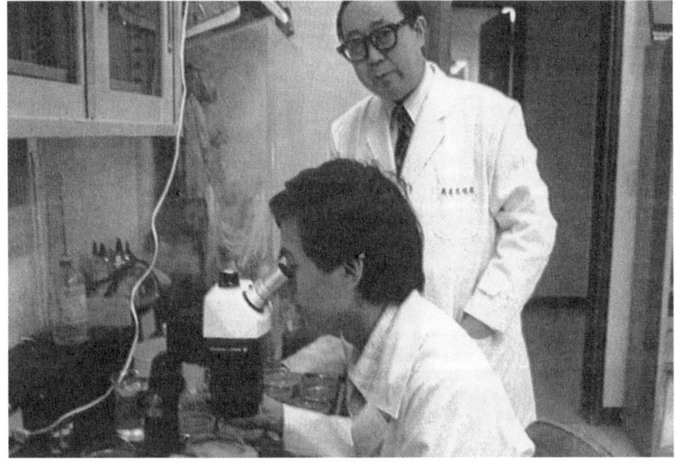

寄生蟲學實驗，站立者為學科主任范秉真。（圖片來源：《國立陽明醫學院概況》，1982 年）

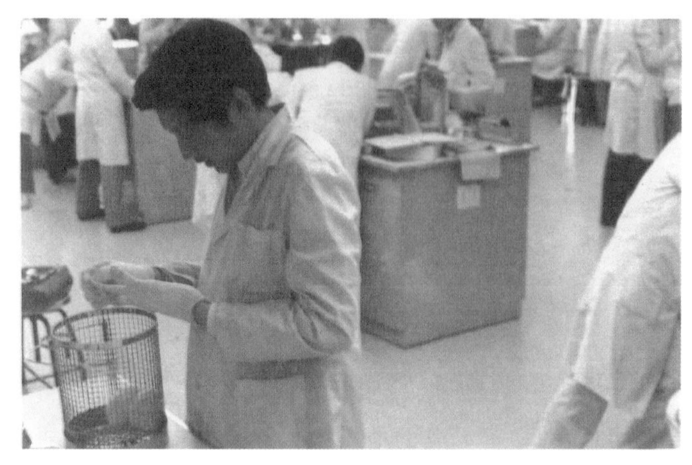

藥理學實驗（圖片來源：《國立陽明醫學院概況》，1982 年）

牙醫系館（圖片來源：《國立陽明醫學院概況》，1982 年）

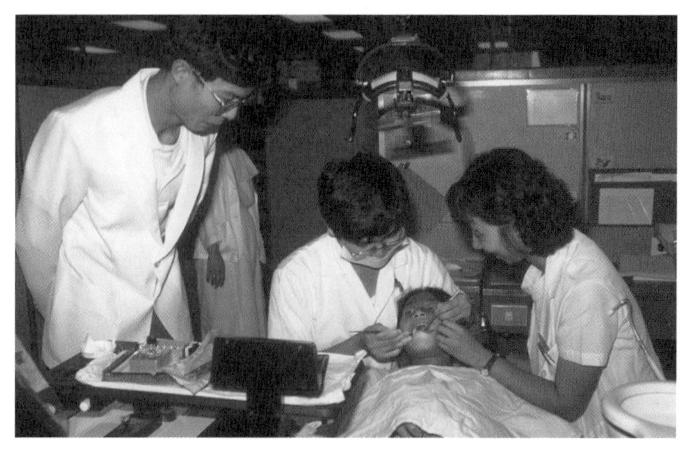

牙醫系門診實習，攝於臺北榮總。（圖片來源：外交部）

第九屆運動大會校隊留影，攝於 1984 年。（圖片來源：國立陽明交通大學圖書館）

第二屆陽明北醫葫蘆盃排球賽，攝於 1982 年。（圖片來源：國立陽明交通大學圖書館）

1984 年國立陽明醫學院學生幹部研習會照片（圖片來源：國立陽明交通大學圖書館）

1981 年社團績效總檢評鑑（圖片來源：國立陽明交通大學圖書館）

青幼社社員帶領露德育幼院的院童，至圓山動物園參訪，攝於 1976 年 10 月 31 日。（圖片來源：陽明青幼社）

勵青社於宜蘭壯圍鄉進行衛教宣講與醫療工作（圖片來源：陽明勵青社）

陽明十字軍下鄉進行血壓測量（圖片來源：國立陽明交通大學圖書館）

口腔衛生醫療服務隊於高雄阿蓮國中為學生進行口腔檢查，攝於1985年。（圖片來源：國立陽明交通大學圖書館）

于俊（左一，時任榮總副院長、陽明醫學系主任）與姜壽德教授等人，於綜合第一教室主持公費分發說明會議。圖中立於後台者為第一屆校友張鴻仁。（圖片來源：張鴻仁）

于俊院長於交接典禮中致詞，攝於 1984 年 6 月 30 日。（圖片來源：國立陽明交通大學圖書館）

1985 年國立陽明醫學院 10 週年院慶（圖片來源：國立陽明交通大學圖書館）

醫學系館（圖片來源：《國立陽明醫學院概況》，1982 年）

實驗動物中心（圖片來源：《國立陽明醫學院概況》，1982 年）

山下運動場一景（圖片來源：《國立陽明醫學院概況》，1982 年）

護理系館（圖片來源：國立陽明交通大學圖書館）

研究大樓（圖片來源：國立陽明交通大學圖書館）

1989 年校區全景圖（圖片來源：《國立陽明醫學院概況》，1989 年）

圖書館設置視聽設備（圖片來源：國立陽明交通大學圖書館）

于俊院長（右）與姜壽德教授（中）以及校友李丞華（左），攝於雲林四湖鄉群醫中心門口，攝於1984年。（圖片來源：李丞華）

醫學系第二屆校友趙坤郁、連德正於臺北八里群醫中心門口合影。（圖片來源：醫學系第二屆校友）

韓韶華院長於18週年院慶與學務長周碧瑟等人合影，攝於1993年5月11日。（圖片來源：國立陽明交通大學圖書館）

總務長蕭廣仁（左起）與八十一年度校營會成員黃銀河、武光東、楊世偉、唐福瑩、林一真、郭旭崧、官偉鵬、王銳、羅時成等人合影。（圖片來源：國立陽明交通大學圖書館）

蕭廣仁總務長（左一）、臺大城鄉所劉可強教授（左二）參與校營會開會情形。（圖片來源：《陽明醫學院校園規劃》，1992年）

舉辦「教學大樓前環境改善案」公聽會，學生以模型向全校師生解釋設計構思。（圖片來源：《陽明醫學院校園規劃》，1992 年）

山頂運動場施工整地情形，攝於 1992 年。（圖片來源：國立陽明交通大學圖書館）

國立陽明大學改名慶祝大會，由總統李登輝致詞，攝於 1994 年 9 月 26 日。（圖片來源：國立陽明交通大學圖書館）

校長序

校史爲記錄學校發展之軌跡，亦是凝聚校園歷史記憶與情感之載體。國立陽明交通大學自 2021 年由陽明大學與交通大學合校以來，邁向一個新的階段與開始。因此，如何以校史詮釋、回顧過往，探索兩校合校前後的新舊交替與傳承，是極爲關鍵的任務。

國立陽明醫學院成立於 1975 年，創立之初即設置醫學系公費生制度，承擔支援臺灣偏鄉醫療、實踐國家公共衛生計畫的使命。1994 年改名爲國立陽明大學之後，更著力於生物醫學領域的研究與發展，在基因體、腦科學、生醫光電、生醫工程以及高齡與健康領域的研究，均有優異表現。在臺灣教育發展史上，國立陽明醫學院無疑具有其特殊性。然而，囿於人力與經費等限制，長久以來其校史未有完整的書寫與論述。

有鑑於此，本校於 2022 年開啓陽明校區校史出版計畫，系統性地整理陽明在高等教育史、臺灣醫療與公共衛生發展領域的貢獻。這本《篳路藍縷——從打石場到陽明醫學院》，即是出版計畫的一環。經過圖書館一年以來對陽明校史資料整理與編纂，這本專書圍繞院務發展方針、系所與學科建置、校園學生活動、校園地景變遷、陽明與榮總合作關係、公費生培育制度等重要主題，翔實記錄國立陽明醫學院建校初期前人篳路藍縷之辛勞與貢獻。希望藉由這本書的出版，述往事而思來者，爲國立陽明交通大學留下策勵未來的校史彙輯。

國立陽明交通大學校長

館長序

國立陽明交通大學圖書館長期以來致力於校史資料的徵集與出版。凡是與本校歷年教學、研究與師生活動的各類資料，皆爲本館戮力妥善保存的珍貴史料。本館校史資料的收集，歷經不同階段的演變與發展。原交通大學的校史資料，於 2013 年起由交通大學圖書館特藏組進行管理，2018 年起開始執行卸任校長口述歷史訪談專書計畫。而陽明大學圖書館則在 2018 年承接校史資料與出版整理工作，並透過舉辦展覽方式積極保存陽明歷史與文化。隨著 2021 年陽明與交通大學正式合校後，針對陽明醫學院與陽明大學校史資料的編寫，即爲本館亟待進行的任務。

《篳路藍縷——從打石場到陽明醫學院》一書，即是陽明校區校史編寫的初步成果。本書以陽明醫學院的發展歷程爲主軸，在陽明校史資料的整理基礎之上，分別梳理陽明建校初期校務、師資與學科建立的基礎，陽明公費生制度的建立，乃至於校園地景從打石場到醫學院建築聚落的變遷。反映出陽明醫學院在臺灣醫學教育中的特殊性，並彰顯其在 1970-80 年代臺灣偏鄉醫療體系建設的重要角色。本館希望透過該書的出版，達到牽動校友共同記憶的基本任務，並爲陽明交通大學的發展歷程勾畫更完整的圖景。

黃明居

國立陽明交通大學圖書館館長

目　次

導言
是校史，也是醫學史：陽明醫學院與戰後臺灣

郭文華
國立陽明交通大學科技與社會研究所／公共衛生研究所教授·圖書館副館長

做為陽明醫學院的校友、陽明大學的教師，與本校圖書館的副館長，很高興為《篳路藍縷——從打石場到陽明醫學院》的讀者們介紹這本書。

顧名思義，這本書描述陽明早期歷史，集中在籌備階段（1965 年到 1975 年）與醫學院時期（1975 年到 1994 年），前後約 30 年。讀者或許認為相較其他醫學院校，比如國立臺灣大學醫學院與國防醫學院，或是私立高雄醫學大學、臺北醫學大學、中山醫學大學或中國醫藥大學等，陽明歷史不長，尚無修史必要，畢業生不多，對臺灣影響有限。對這些可能的看法，我作為關注醫療與公衛歷史書寫的研究者，想在此做一些釐清與說明。

讓我們從標題開始。本書主標題的「篳路藍縷」來自《臺灣通史》序中的名句「篳路藍縷以啓山林」。作者連雅堂在此文中感慨臺灣固無史，賴前人經營方能從海上荒島到「綱舉目張，百事俱作」，而「氣象一新」。他同時指出這些過往因為沒有嚴謹論述，以至修史時僅存「斷簡殘編，蒐羅匪易，郭公夏五，疑信相參」，而「老成凋謝，莫可諮詢，巷議街譚，事多不實」。他高舉歷史的重要，指出「夫史者，民族之精

神，而人群之龜鑑也」，也企盼以《臺灣通史》拋磚引玉，邀請更多人重視生長的土地。

做爲校史團隊的一分子，我們認同這個撰述理念。校史留史存眞，有凝聚向心力的功能，但陽明的早期發展也有其歷史重要性，值得研究者關注，有三個脈絡與層次。首先是戰後公衛的建置與轉變。學者將這段歷史分成公衛體制的建立期（1945 年到 1970 年）、醫療與醫院的擴張期（1971 年到 1985 年）與整合期（1985 年到 1995 年），之後是健保開辦至今的穩定期。這個分期或許失之簡略，但持平而論，它定調陽明的創校目的與使命。以充實群體醫療爲宗旨，陽明醫學院在公衛體系建置期由榮民總醫院籌畫，成立於醫療體系的擴張期，於健保開辦前後改名爲大學，是臺灣公衛發展的縮影。回顧這段歷史不但爲認同「眞知力行，仁心仁術」願景前來，投身醫療專業的師生校友找出定位，更爲綱舉目張，尚待實證研究的戰後群體醫療提供詳實的歷史案例。

其次是高等教育的發展。雖然有「第一賣冰，第二醫生」的俗諺，強調醫師的高收入與社會地位，但睽諸臺灣醫療的發展，這個需求並未反映於教育機構的建置。日治初期雖設立醫學校，但非著眼教育的百年大計，而毋寧爲實務的考量，直到 1927 年方有臺北帝國大學成立，1935 年方在其下設立醫學部。這個狀況進至戰後也未有太多改變。1950 年代多數大學以復校名義成立，之後也少有新設大學的規劃。在此背景下，1960 年代即積極籌備，1975 年如願創校的陽明醫學院不僅是踵繼日治傳統的臺大與延續軍陣醫學的國防之外的第一個公立醫學院，它也象徵政府正視本土、厚植教育的宣示，帶動 1980 年代國立大學以至於醫學院的成立。準此，本書涉及的建校經緯便極爲重要。它凸顯在冷戰戒嚴下以醫療為主軸的大學如何突破重圍，得到統治者的認可。

第三是醫事人才的養成與需求規劃。健保開辦近 30 周年，有識者對此公衛成就感到驕傲，但也對如何延續優質服務，永續經營有所建言。特別近年醫界「四大皆空」所顯示專科人力的短缺與分布不均現象，過往陽明首開先例的全公費醫師方案再度成為焦點。的確，日人遣返後，臺灣醫師在 1960 年代前供不應求，即便有私立醫學院與山地離島的醫師訓練計畫，但人數遠不及密醫與退役人員，以至於有《醫師法》修法之議。歷經多年延宕，新醫師法的實施正與陽明的開辦同年。與大量成立協助經濟發展的專科學校不同，陽明的籌備固然與醫師人力評估沒有直接關連，但自創校起她便標舉偏鄉關懷與優質訓練，更內化為利他服務，追求卓越的獨特校風，成為 1990 年代臺灣專業大學升格的濫觴。

以上的脈絡與層次顯示書寫陽明的多重意義。這本專書不但是校史，滿足師生校友的期待，它也是醫學史，將陽明放入戰後臺灣的群體健康，以至於高等教育與經濟發展中。它呼應各界對優質永續醫療的期待與質疑，也必須照顧醫事專業在臺灣的發展與轉型。它要信而有徵，不迴避過往諱莫如深的爭議主題，但也力求平實親近，讓師生校友讀者藉此看到青春的自己。這些都是我們在執行校史計畫時念茲在茲的。

如同臺灣醫療書寫不能忽略《臺灣省通志稿》〈政事志衛生篇〉打下的基礎，這本專書是本校長期耕耘校史的累積。在醫學院乃至大學時期陽明一直有資料性的校史紀錄，如出自學生之手，熱情洋溢的《陽明十年》、以大學之姿回顧創建歷程的《陽明二十年》，與吳妍華校長主導下匯整各單位資料而成的《陽明三十》等。這些紀錄的風格各有不同，部分資料受限於時間人力而有待查證，無法充分回應各界對學校發展的關切，遑論陽明之於戰後臺灣的意義。

這些困難在圖書館承接校史業務時並未消失。這本專書之所以能信實可靠，除了主撰者張篠梅博士嚴謹的修史態度外，主要仰賴歷任校長的遠見與支持。舉其要者，在郭旭崧前校長支持下圖書館於 2018 年受命規劃校史展示「憶空間」，持續徵集文物與資料。而在此之前總務處在梁賡義校長任內已將創校以來的公文全面數位化，並獲得金檔獎的殊榮。吳妍華校長時代除了《陽明三十》專書外，秘書室更建置文物室與數位校史館，保存不少影像資料。這些都爲本書撰寫提供即時而珍貴的素材。

此外是校史小組。有別廠商操刀的標案式校史，我們在史料與文物的徵集展示中鍛鍊出關懷人文，尊重專業的團隊。雖然例行業務繁重，成員也非史學專長，但配合圖書館的空間優化與轉型，她們體認校史的重要，同理師生校友的情感。過去五年圖書館執行「醫者如是」師長前輩典範系列展、系所單位爲主軸的校史憶空間特展、文物史料的檔案展與紀念書展，在側重醫學教育與學生生活的眞知沙龍企劃展，與塑造學校形象於圖書館大廳舉辦的生醫展等。期間團隊從無到有，從訪談耆老、搜尋資料、規劃主題到展覽策畫，多角度地嫻熟撰述技術，培養工作默契，成爲專書不可或缺的後盾。

當然，這個計畫的最重要推手是林奇宏校長，與有執行「校長系列」專案經驗的圖書館黃明居館長。林校長是陽明校友，學生時期參與《陽明十年》，對校史不陌生。合校時林校長力排眾議，在圖書館下設「機構典藏組」與「校史特藏組」兩個校史相關單位，使原本任務編組，單兵作戰的校史團隊有堅定的行政依靠。在黃館長的提點與精通交大校史的吳玉愛組長促成下，陽明比照行之有年的校長專書形式，邀請畢業自國立清華大學的張筱梅博士加入團隊。張博士善用檔案，心思靈巧，旁徵博引，爲本書拉出頂尖大學的高度，也大大增加陽明校史的學術價值，在此要深深感謝她的付出與努力。

本書除緒論與結論外分爲五章，基本上以年代爲序，介紹陽明醫學院的籌備經過、創校校長韓偉的校務願景與神農坡、于俊院長硬軟體的擘畫，與韓韶華院長將陽明轉型爲大學的曲折等。但與校長系列不同的是：本書以學校爲主體，透過人物、主題與事件，回應一個師生校友最關心的問題：陽明何以成爲陽明人認同的陽明，她的特色與定位是什麼？

雖然都是專業起家的知名學府，但有別於交大要面對的歷史延續與斷裂，本書側重醫學院與退輔會，以及與榮民總醫院的糾葛，著力在邊走邊學，史無前例的公費制度，關照公衛政策且與社會轉型同步的陽明之歷史角色。一些讀者或許覺得本書略嫌生硬，缺乏溫度。但作爲陽明的第一本通史，爲了能更加聚焦，團隊將校友與師長的訪談分享另行規劃呈現，希望先以本書爲起點，擴大格局，喚起陽明人的記憶，加入保留校史的行動。

這正是連雅堂以「篳路藍縷」爲《臺灣通史》開題的時代意義。他直言「國可滅，而史不可滅。……臺灣無史，豈非臺人之痛歟？」陽明是校友的陽明，更是學校的陽明，臺灣的陽明。衷心期盼用這本專書讓她的過往如同47年來在神農坡孕育，爲群體健康打拼的醫學生一樣，成爲臺灣共同的記憶與資產。

緒論

> 政府設立陽明的主要目的是要扭轉日趨式微的醫德，所以從我接掌陽明以來一直懷著一個心願——訓練一批年輕人視服務爲天職，願意到窮鄉僻壤去服務，做個史懷哲。[1]

這是陽明醫學院首任院長韓偉，在陽明建校之初，接受臺北醫學院學生訪問時所發表的談話。這段話揭示陽明醫學院的辦學宗旨，及韓偉對於未來醫學生的期許。其中隱含著韓偉對 1970 年代臺灣醫療環境現狀的批判，另一方面則是展現國家力量意欲動用教育資源，將陽明作爲服務基層社會醫療體系的人才儲備庫。可見設立之初，國家政策導向與學校發展有著緊密的關係。

陽明醫學院設立於 1975 年，此時正值臺灣面臨外交處境艱困，以及全球性石油危機。爲了度過經濟衰退危機，中央政府採取擴大公共建設支出，其中包含基層醫療資源的擴充與改善。陽明醫學院的誕生，被視爲 1970 年代臺灣公共衛生系統重整的產物，以及培養公費醫師的基地。在國家公衛政策強力主導下，醫學系公費生的去向與選科受到限制，畢業後需配合分發下鄉服務六年。另一方面，陽明爲臺灣唯一缺乏附屬醫院的醫學教育機構，故在實習與培育專科醫師部分，需仰賴鄰近的臺北榮總。陽明與榮總亦在各類研究教學工作，形成緊密合作的關係。因此，瞭解陽明醫學院建校初期的校史，須由國家政策與榮總的角度進行探索。

以往對於陽明醫學院校史的討論，多集中於臺灣公衛政策與公費醫師制度運作的成敗；或在校史相關著作中，曾指出陽明醫學院創辦，源於臺北榮總的五年發展計畫。但這些描述與討論，並未深究陽明醫學院籌建時期，榮總院方實際擔負的工作，以及教育部、衛生署等單位因何介入陽明醫學院的創立與其後的公費分發制度。另一方面，若只討論公費制度的成效問題，不免忽略歷史時間的向度與變遷，以及在制度形成過程內各種人事時地物的互動。因此，本書試圖重新建構陽明校史的發展，將時間設定為 1965 年陽明醫學院萌芽初期，至 1994 年改制陽明大學前夕。本書亦將圍繞於以下主題，進行釐清：創校初期榮總的籌劃工作、校園建設變遷、校務發展、師資延攬與學科脈絡建立、陽明立校精神與校園文化的形成、公費分發服務制度與醫療環境變化、陽明與榮總的互動與關係。

就本書設定的議題而言，涉及層面不僅是陽明內部制度與組織的發展，亦關連臺灣高等教育政策與公衛政策的演變。因此，本書引用的參考資料遍及行政院檔案、國史館檔案、各類報刊與臺灣教育史料彙編、陽明交通大學[2]與臺北榮總已歸檔的各單位公文，以及個人記述。關於陽明醫學院籌建初期的歷史，本書主要依據行政院所藏《籌設國立陽明醫學院》、《榮總五年發展計劃案》、《將陽明醫學院籌備處撥借榮總醫院案》等卷宗，爬梳教育部、退輔會等單位對於設置陽明醫學院的政策考量，以及榮總提出的建校草案與理念。除了行政院檔案，本書亦得益於臺北榮總的協助，得以一窺籌建陽明醫學院階段，榮總院內的討論紀錄，並將其與行政院檔案進行對照。陽明交通大學校內亦典藏籌備處時期的籌委會會議紀錄，以及各種財產清點與工程驗收等公文，可做爲細節補充。除了前述檔案外，本書亦引用參與創校工作人員的個人回憶與記述，藉此還原陽明創校初期的籌備與成立經過。這些記錄散落在個人文集、中研院近史所記錄編纂之口述歷史專書《臺北榮民總醫院半世紀：口述歷史回顧》、陽明醫學系系刊《神農坡》，以及榮總與國防醫學院院史。

除了制度與組織之外，在這些記述與回憶中，亦不時提及建校初期陽明籌備處開闢山區荒地的艱辛。陽明的建校用地，來自於榮總無償撥用之院區後山山坡地。該地座落於石牌唭哩岸段 715 地號保護區內，地勢陡峭且遍布唭哩岸石，爲北投主要的採石作業區，因此在建校工程正式啓動後，如何克服地形限制與採石業者的侵擾，成爲一大難題。在陽明籌備處的規劃下，建築師張德霖等人對該地岩盤進行大規模的地質探勘。確認岩盤穩固後，即展開整地、開挖道路與興建實驗大樓等工程，並藉助臺北市政府等政治力量消弭北投地方社會的異議。石牌與唭哩岸山一帶的地貌，隨著陽明正式建校後劇烈改變，北投地區的採石業亦日漸消逝。此後，如何克服校地的地形與面積限制，便成爲建校以來歷任院長必須面對的難題。本書將依據校內所藏的陽明籌備處與北投石作工會調解案等各類報告，以及歷屆院長發布的校園規劃書做爲資料基礎，描繪從打石場到陽明校園的地景變化。

陽明校務發展方面，陽明交通大學圖書館藏有大量醫學院時期的院務會議紀錄、行政會議紀錄、歷年施政方針、校區整體規劃報告，得以就近觀察陽明醫學院院務的發展走向、增設科系與院內建設的整體計劃。例如創院初期，校方如何藉由增設研究所深化陽明基礎與臨床醫學研究等討論，皆可在這些紀錄中找尋相關脈絡。陽明醫學院校內官方刊物——《橘井》、《陽明公報》、《陽明人報》，亦對前述議題有深入介紹。此外，本書亦引用行政院收藏的《國立陽明醫學院五年發展計畫草案》、《國立陽明醫學院擬申請改制爲國立陽明醫學大學案》等卷宗，進一步探索中央部會與陽明校方對於校務發展策略的觀點差異。

創校初期師資聘任與科系發展，亦是校史編纂工作一大重點。陽明醫學院自籌備之始，即與榮總、國防醫學院有密不可分的關係，早期師資來源多從榮總與國防醫學院聘任。爲瞭解師資來源與學術淵源，因此必須挖掘國防部與國史館檔案，以及教師個人紀念文集。除了榮總與國防醫學院的師資支援，首任院長韓偉多次赴美招攬海外學人返國任教。陽明交通大學校內即藏有韓偉院長與海外學人的來往信件、赴美延聘師資報告、教師名冊等等，可作爲瞭解陽明建校初期師資分布的概況。關於科系建置發展，校內刊物《橘井》、《神農坡》，對於校內學術發展設有專欄介紹。陽明醫學院各系所，例如醫學系、牙醫系、醫技系等科系，皆有專屬刊物如《陽明醫訊》、《陽明牙醫》、《陽明醫技》，可供瞭解各系發展的源流與歷史。陽明設立十週年、二十週年期間，曾彙整院內各系所基本資料，編纂成爲院慶刊物《陽明十年》、《陽明二十年》，本書亦將這些出版品作爲參考依據。

學生校園活動是校史研究的重要主題。建校初期官方刊物《橘井》，主要由醫學系在校生採訪編寫，可視爲學生發聲的管道之一。其餘學生刊物，如《神農坡》、《陽明醫訊》，曾主導校園生活問卷調查，並大量刊登學生日常生活的感想與心聲，及對校務運作的批評。可視為校園文化成形的主要資料來源之一。在邁入 1980 年代末期之時，陽明學生活動受到全國性大型學運串連等影響，因此本書亦參考學界對於 1980 年代臺灣學運的研究成果，以補充相關時代背景。校內各類學生組織與團體，亦留有社團刊物與資料可供參考。如歷史悠久的勵青社、陽明十字軍、口衛隊等等，均有社團出隊報告與照片留存，作為校史編纂依據。

攸關陽明醫學系公費生前途的分發服務制度，貫穿陽明醫學院數十年校史的發展，亦是歷任院長亟需處理的課題。這部分涉及陽明校方與教育體系外的單位——榮總、衛生署的合作，其中包含公費法規制度形成、公費生分發協調會議，以及陽明與分發單位的合作方案。由於陽明公費分發制度檔案與資料，分散於行政院、陽明與榮總院內，因此需多方蒐集整理方得以拼湊全貌。本書以行政院所藏《國立陽明醫學院公費生待遇及畢業後分發服務辦法草案》卷宗，以及陽明交通大學圖書館收藏《歷年公費法規與會議記錄》，加上陽明院方與榮總、衛生署等分發單位來往公文，做為討論公費制度的架構。此外，校內公費生對制度的觀感、以及社會各界對於公費醫師制度的討論，亦屬編纂範圍，因此本書亦引用陽明校內外各種雜誌報刊對於公費分發制度的評論。

本書以前述資料做為史料基礎，及各階段校務發展特點做為章節架構，將陽明發展歷程分為五大章節。第一章以臺北榮總籌建陽明醫學院做為主體，追溯陽明醫學院誕生的源起，以及教育部、退輔會與榮總，以及北投石作工會如何影響陽明建校工作。第二章以韓偉正式接任陽明醫學院院長後做為時間斷限，介紹創校初期校務規劃方向與醫學院科系建置。第三章探討陽明正式建校五年後，校方深化基礎醫學研究發展，以及校內硬體建設與校區規劃的進程，並討論校方如何面對公費分發制度，與榮總合作等議題所面臨的挑戰。第四章以于俊院長上任做爲新階段的開始，此階段爲陽明醫學院校系規模的突破與擴張時期：包含大量增設系所、興建硬體建設，及深化陽明與榮總的合作關係。此時，公費制度因步入法制化後，相關爭議得到一定的解決。第五章以韓韶華院長任內改制大學做爲重心，特別是 1990 年後臺灣高等教育政策的轉變，對於陽明轉型爲大學的影響。此外，本章亦旁及 90 年代政治、社會醫療環境對公費生培育制度的衝擊，陽明醫學院做爲培育公費醫師的定位因而產生變化。本書試圖從陽明發展歷程各個階段，捕捉陽明醫學院蘊含的價值觀與辦學風格，以及與政治、經濟、文化之間的互動與關係。

註釋

1　〈風雨中的醫學生〉，《神農坡》創刊號，頁 7-8。

2　本書所引用之陽明醫學院時期公文，源自原陽明大學總務處文書組。檔案卷宗主旨名稱與編號皆以原單位檔案目錄爲準。

第一章

緣起與籌建：陽明醫學院的誕生

陽明醫學院創立之緣起，始於榮民總醫院院長盧致德等人的構思，以及 1970 年該院五年發展計畫的推動。榮民總醫院（下略稱「榮總」）建院之始，即以國防醫學院畢業生做為院內醫療人員骨幹。然國防醫學院肩負軍方任務，無法長期支援榮總運作，院方遂興起建立附屬醫學院自行培養醫事人才之念。因此，陽明醫學院的誕生，必須從榮總院務發展開始談起。

本章第一節將從榮總首任院長盧致德的生平事蹟與榮總初期發展，追溯其創建附屬醫學院的理念與挫折。第二節則從 1970 年榮總五年計畫與陽明醫學院建校計畫為中心，介紹榮總對於陽明醫學院未來藍圖的擘畫。第三節則以陽明醫學院籌備處正式設立為起點，討論陽明醫學院籌備處前期的工作，以及中央教育政策和地方社會力量對建校計畫的影響。從籌建過程中，可觀察到陽明醫學院如何從榮總期待的附屬醫學院，進而轉變為一所獨立體系的國立醫學院。這其中參雜著各方力量的角力與協商，也承載不同階段的願景與夢想。

第一節　盧致德與設立榮總附屬醫學院之構想

陽明醫學院籌建之緣起，源於國軍退除役官兵輔導委員會（下略稱「退輔會」）轄下的榮總補充醫務人員之用。中華民國政府遷台後，行政院為了促進軍方人員流動更新，於 1954 年建立退輔會，負責退役官兵就業、就醫等業務。時任退輔會主委的蔣經國，為了提升退役官兵的醫療照顧品質，於 1956 年籌備興建榮總。在籌建榮總醫院初期，退輔會委請國防醫學院院長盧致德帶領院內人員投入相關籌建工作。榮總正式成立後，盧致德即兼任榮總首任院長。參與榮總各科創建的人員，亦多為國防醫學院出身的教師與行政人員。[1] 至於榮總醫師人力來源，則由退輔會支出經費請國防醫學院代訓十名醫學生，待其畢業後分發到各地榮民醫院服務八年。然而，盧致德對榮總極度倚賴國防醫學院人力運作一事，感到十分憂慮。雖然國防醫學院人員已大量投入榮總營運，但在體制上畢竟屬於軍醫體系，帶有軍職等特殊身分，若一旦爆發戰爭則無法長期支援榮總的醫療工作。加上 1967 年國防部將陸軍八〇一醫院改組為「三軍總醫院」後，軍方體系醫師陸續歸建至原單位，使得榮總缺員的情形更為嚴重。[2] 根據榮總內部統計，1967 年編制內醫師員額有 184 人，卻有高達 40 位醫師缺額尚未補齊。[3] 因此，在需才孔亟的情況下，由榮總自行設立附屬醫學院培養醫事人才，成為榮總管理階層的選項之一。

盧致德與榮總初期院務發展

榮總院長盧致德，為中華民國軍醫體系創建者之一，於戰後臺灣重建國防醫學院、創辦榮總，對臺灣醫療體系發展有卓越貢獻。盧致德早年就讀北京協和醫學院，師承「中國生理學之父」林可勝教授，[4] 畢業後赴美國紐約大學醫學院進修獲得博士學位。學成返國任教於協和醫學院，進行生理與藥理學研究。1932 年，受衛生部長劉瑞恆邀請，開始參與軍醫業務改革工作。[5] 後加入「軍醫監理設計委員會」，協助制訂軍醫法令規章與計畫方案。1933 年，升任中央軍校軍醫處少將處長、軍醫學校教務處長等職務，綜理軍醫與醫學教育事務。中日戰爭爆發後，出任軍政部軍醫署長，統管全中國軍醫業務。1943 年，卸任軍醫署長一職，奉內政部軍醫署暨中國紅十字會之命，開始主持「戰時衛生人員訓練所」，致力培訓戰時醫護人員等工作。[6] 中國對日抗戰勝利後，國民政府將原有的軍醫學校與戰時衛訓所合併，改制為「國防醫學院」，由林可勝教授出任首任院長、盧致德任副院長。然而，隨著國共內戰的爆發與國防醫學院內部派系的傾軋，林可勝辭去院長一職。[7] 國防醫學院遷址臺灣後的重建工作，則由盧致德一力承擔。[8] 盧致德擔任國防醫學院院長任內，利用「美國醫藥助華會」等美援資源，成功在臺灣重新復校。[9]1957 年，盧致德受退輔會之託，奉命兼任榮總院長，並從國防醫學院與軍醫署引進 30 名人員組成籌備處，創建榮總醫療與行政部門，其下包含外科部、內科部、胸腔部、眼科、牙科、放射部與護理部等部門。[10]

榮總成立之初僅收治榮民身份的病患，後開放榮眷與一般民眾醫療服務。自 1962 年開始，中央信託局開辦中央公務人員醫療保險制度（俗稱公保），並函請榮總開放一般公務人員就醫。在眾多病患湧入的情形下，榮總開始改建大部分病房為雙人或單人公保病房。1969 年之後，榮總陸續開放勞保與一般民眾就醫，並將病床數由 600 床擴增至900床。爲了因應逐漸增多的病患，榮總於1960年開始分期實施發展計畫。在第一、第二期的三年計畫內，陸續完成放射醫療設施、充實各科醫療作業設備、設立護理館，以及成立醫學研究部等工作，爲榮總奠定醫學研究的根基。此時的榮總，正朝向教學醫院的方向發展，並向中央繼續爭取經費，逐步設置婦產科、小兒外科等部門。直到1968年婦幼中心落成啓用，榮總院內的編制與功能才臻於完整，成爲眞正的教學醫院。[11]

陽明醫學院的誕生

在榮總面臨逐步擴張、人員不敷使用的情形下，設立一所附屬醫學院成爲院務發展的議程之一。在獲得退輔會主委趙聚鈺的支持後，盧致德於1965年著手進行設立附屬醫學院的工作。[12] 這所新創立的醫學院，由榮總院長盧致德、副院長鄒濟勳等人命名爲「陽明醫學院」。命名「陽明」之因，源於盧致德等人考慮未來醫學院的校區將位處陽明山山麓、且總統蔣中正喜愛王陽明學說，故而敲定此名。[13]

然而礙於退輔會並無籌辦教育機構的資格、加上1963年後中央採取放緩增設大專院校的政策，[14] 榮總創設醫學院的過程頗費周折。主管高等教育機構的教育部，並不認可退輔會設立醫學院的申請案。在退輔會與教育部歷經數度協商未果的情形下，盧致德另循途徑向副總統嚴家淦陳情，並上呈〈籌設陽明醫學院緣起及其進展節略〉一文，說明榮總必須設立附屬醫學院的原因。在該文中，盧致德陳述目前榮總醫師來源不足，大多倚賴國防醫學院畢業生等情形。若一旦戰事開啓，軍醫人員歸建，榮民醫院將在缺員情況下難以完成日常醫療工作；且國防醫學院與軍中醫師缺額尚多，無法支援退輔會的需要，因此榮總認爲設立附屬醫學院有其必要性。再加上榮總目前朝向教學醫院發展，若能設立附屬醫學院，將使教學研究與臨床診斷相互印證。[15] 而關於醫學院的建校用地、招生等準備工作，盧致德在文中提到退輔會已向陽明山管理局、臺灣省林務局請求撥借唭哩岸 715 號林地，以作爲未來的建校用地。但盧致德亦指出，目前在招生問題方面，由於教育部的阻擋，使得退輔會興辦醫學院的計畫數度落空。故而盧致德請求副總統嚴家淦特准退輔會另行編列預算，比照國防醫學院體制，以招考公費生方式爲填補榮總醫事人員缺口。[16]

嚴家淦將盧致德的呈文交由行政院與教育部重新研擬，並加註：「此事頗值得支持，請考慮。」等批語。[17] 但教育部長閻振興仍以中央限制設立大專院校政策，答覆退輔會設置醫學院的提案：

> 查自五十二年初奉 鈞院指示限制設立大專院校以來，迄未曾核准大學及獨立學院之創設。依照目前設校情形，公立學校有兩大系統：一爲國省縣市立學校，一爲國防部轄屬之軍事學校，此外均視爲私立學校，並無例外。如開放私立大學或獨立學院開辦，其後果可能有二：（1）其他私人援例申請（2）專科申請改學院，或學院申請改大學案件將接踵而來。本案盧致德先生所陳，創設醫學院目的既在加強國軍退除役官兵醫療，及戰時支援軍醫工作，且比照國防醫學院體制招考公費生，似以擴充國防醫學院爲宜。如必須增設，亦以列爲軍事學校系統，可免政令及其他援例等問題之困擾，似較妥適。[18]

在這段覆函中，教育部強調目前行政院採取限制設立大專院校的政策，因此對於退輔會設立新大學或獨立學院的提案殊難同意。其次則是指出退輔會既非國、省、縣市行政單位，亦非軍事院校體系，因此並不具備自行籌辦大學的資格。唯一的可能性即是由退輔會自行申請開辦私立或獨立學院，但目前中央教育政策卻又限制私人辦學。因此，榮總設立附屬醫學院的提案又再度落空。

關於設置私立醫學院的想法，曾在盧致德與國防醫學院教師之間萌生。根據陽明醫學院教務處秘書吳祥明的訪談所言，國防醫學院曾提出申請設立榮總附屬醫學院的計畫，以取代代訓榮總醫師制度。經盧致德同意後，國防醫學院與榮總共同擬定設立私立醫學院的計畫。參與擬訂計畫案者，有國防醫學院副院長彭達謀、蔣旭東，以及榮總副院長鄒濟勳等人。建校計畫草案將創設醫學、牙醫、藥學、護理、醫技等五個系，建校經費由退輔會和私人捐款支應，校地則運用榮總附近建設介壽堂的空地。然而，這份建校草案有實際困難之處。首先是興建醫學院的支出過於龐大，退輔會預算與私人捐款經費無法全數涵蓋；再者，建校用地位於榮總院區，屬於公有地，無法作為私立學校建校之用。因此除了教育政策限制，由退輔會自行辦理私立醫學院方案亦窒礙難行。[19]

這段艱辛的申辦過程，退輔會主委趙聚鈺於 1975 年陽明醫學院正式成立的儀式中回憶道：

籌備處雖然是六十三年三月成立，但是創立本院的構想、計畫，和工作的進行，如購地等等，早在十年前即已開始，輔導會曾經長期就這一創校工作，與教育部多次協調研商，記

> 得從黃部長季陸先生起，歷經梅貽琦部長、閻振興部長、鍾皎光部長、羅雲平部長，到現任的蔣部長，先後經過六任部長才獲准成立。[20]

由此可知籌設陽明醫學院協商過程十分漫長，歷經數任教育部長未能達成目標。但退輔會與榮總並未停止籌建醫學院的腳步。在收到教育部回函後，榮總外科部主任盧光舜、以及國防醫學院教授韓韶華，分別以退輔會與國防部黨代表身份，於中國國民黨第十次全國代表大會中提議要求教育部增設醫學院，企圖以黨政力量推動醫學院的建設。[21] 再加上 1968 年國防部推出改造國防醫學體系發展計畫，使榮總藉此機會再次提出《籌設陽明醫學院》草案，最終獲得行政院的核可。這其中固然有許多政策與財政方面的考量，但也需歸功於盧致德等人長期鍥而不捨的努力。

第二節　啓動建校方案：榮總五年發展計畫與陽明醫學院建校草案

陽明醫學院籌建計畫的重啓，與國防部推動的「積極培育醫務人才」方針有關。1968 年 11 月 4 日，時任國防部長的蔣經國，召集國防部副部長馬紀壯、軍醫局長楊文達、國防醫學院兼榮總院長盧致德、榮總副院長鄒濟勳、三軍總醫院院長鄧述微等人，指出目前臺灣醫療品質落後，需擬定五年長期計畫培植醫療人才，以趕過香港、新加坡的醫療水準。[22] 退輔會與榮總、國防醫學院等單位，即分別向行政院提出醫療院所與醫學教育發展的長期計畫，以回應國家需要。

榮總五年發展計畫

退輔會與榮總提出的五年計畫，主要目標在於擴大榮總的病床收容數量，以及充實設備、提高人員素質、促進研究發展等等。爲了將榮總的收容數量從原有 900 張病床擴增至 1200 床，相應的人員培養、房屋建築與設備添置亦必須隨之增加及汰換。榮總預計在 1969 年至 1974 年之間，完成下列項目：將人員編配與病床數比例維持在 1 比 1.7，增加員工 460 人；選派優良醫務人員出國進修考察，並爭取美國醫藥援華會及紐約中國醫學教育理事會獎學金等經費；擴建病房、手術室、研究室等相關基礎設施；添置與汰換內科、胸腔科、急診室、護理等醫療設備與研究設施；籌設陽明醫學院，以此解決榮總合格醫師的來源；大量培養醫務人才並提高公立醫院醫師待遇，以免醫師到處兼職勞頓奔波。[23] 行政院對榮總所提出的計畫內容，多持支持態度。但籌建陽明醫學院一案，行政院建議將其由教育部主導。因此，陽明醫學院的籌建計劃需待教育部與退輔會進一步研商。[24]

退輔會對於行政院的建議，提出申覆意見。退輔會指出，近年來榮總的醫療對象從榮民擴大至退役官兵眷屬與一般民眾，因此原有病床與設備已不敷需要，擴充設備與醫事人員均屬十分必要。若新設立的陽明醫學院能夠採用公費制度，使畢業生定期分發至榮總服務，便可符合目前需要。關於陽明醫學院的師資與設備部分，榮總可利用現有設備，以及各科醫師、研究部人員兼任醫學院教師，無須另行增添人員與設備。[25] 通過上述的說明，榮總希望讓行政院同意籌設陽明醫學院一案。

在榮總的申覆與陳述下，行政院基本上同意設置醫學院。1970 年 1 月 20 日，教育部會同行政院秘書處、主計處、退輔會、財政部、榮總等代表，討論籌設陽明醫學院的基本原則，該會議決議結果如下：原則上同意榮總以自身優良設備，創設陽明醫學院；師資問題，將由榮總院內醫師支援。而關於學校隸屬問題，由於籌辦醫學院的經費由國庫支應，應循國立學校途徑辦理。關於學制部分，教育部同意陽明醫學院採公費生制度，畢業生需服公職六年，以補充榮總醫事人力缺口。[26] 此案議決完畢之後，退輔會即根據上述原則著手制訂建校計畫草案與經費需求，打造一所新的醫學院。

陽明醫學院建校草案

在獲得教育部等部會的初步議決結果後，榮總即在內部成立專案小組，並針對陽明醫學院的建校經費提出概算。榮總預估開辦第一年的建校經費將包含建築費、設備費、籌備費用等，共需 3,225 萬左右。[27] 但這筆預算因金額過於龐大，經過各方商議之後，退輔會以兼顧國家財力為由，將開辦經費縮減為 2,501 萬元。[28] 由此可見開辦陽明醫學院，對當時國家財政的確是一筆沉重的財政負擔。而榮總內部的專案小組工作，於 1970 年 5 月開始啓動。榮總將陽明建校籌備工作分為「學制擬定及課程編配組」與「校舍建築設計及經費籌管組」，分別由國防醫學院副院長陳尚球、榮總副院長鄒濟勳帶領。為了更進一步推動陽明建校進度，專案小組於 5 月 23 日在榮總舉行籌設事項座談會。會中決議陽明建校計畫必須遵守下列原則：開辦經費必須維持 2,500 萬，不可縮減；陽明醫學院學制部分採七年一貫教學，不分預科，課程與教學方法請陳尚球等人研究提出方案；開辦第一年僅設醫學系，其餘科系留待正式建校後再申請增設；陽明公費生名額佔學生總數的三分之一，其餘為自費生。[29]由此可知，陽明醫學院建校之初的構畫，即與退輔會、榮總、國防醫學院密切相關。其中校舍建築方面，主要由退輔會與榮總負責，而學制與教學內容則以國防醫學院為藍本。

根據以上的原則與分工，退輔會與榮總於 1971 年 9 月正式向行政院提出陽明醫學院建校計畫草案。該草案內計畫將於陽明設立醫學、牙醫、護理、藥學、醫事技術、醫用生物工程等六個學系。計畫書中將開辦第一年做為籌備期，自第二至第四年期因限於房屋設備及師資不全等問題，僅能開辦醫學系；至第五年開始，陽明將陸續完成增設系所之工作，開始招收牙醫、護理等科系新生，並按照計畫設置部分公費生名額。而籌設陽明醫學院的五年期經費，共將耗資 1 億 2,900 萬元左右，其中包括建築費、設備費、人事業務、學生公費等。通過陽明醫學院的設置與培育計畫，榮總預計陽明建校十年後，每年將可向退輔會分派 80 名公費生，至各地榮民醫院服務六年。[30]

而醫學院硬體建設方面，建校草案預計在學校成立初期興建一座樓高七層的教學大樓，內設 80 人教室六間、120 人合班教室兩間。該大樓的其他空間，則規劃設置生物人體解剖、生化生理、寄生蟲組織胚胎、牙醫、護理、藥學醫用生物工程等實驗室，以及圖書館和行政辦公室，預計總花費金額為 4,410 萬。而自計畫第二年起，則開始興建可容納 200 人、四層樓的學生宿舍；第三年則陸續開始興建餐廳與活動中心、女生宿舍、單身職員宿舍三棟和運動場設備。教室、飯廳與圖書館規模以單人佔 0.5 坪的空間進行規劃，實驗室則以每人佔 2 坪進行計算，宿舍部分則以每人 3 坪的空間進行規劃。[31] 實驗室設備方面，每系分配到

4 萬美金，另外加上總額 2 萬美金的圖書雜誌採購費用。[32]

關於陽明醫學院的整體組織，榮總於建校草案附件的〈組織規程草案〉、〈組織系統表草案〉提供清晰的規劃。陽明醫學院設院長一人，以及教務、訓導、總務三處，由院長聘請校內專任教授兼任三處主任。教務處負責註冊、課務、教材與圖書館，訓導處負責學生生活管理，而總務處則掌管文書事務公務出納等項。教學單位除了原先設定的系所外，包含醫學系基礎醫學與臨床醫學各學科，每學科置主任一人。而關於校務運作的程序方面，則依照教育部法定規範，設立「院務會議」與「行政會議」等組織進行。「院務會議」由醫學院院長、各處室、各科系、各學科主任所組成，負責審議學校預算、各系所設立與廢止、教務訓導總務等重要事項。「行政會議」則每週舉行一次，以院長為主席討論院務執行事項。其他各處室亦設有教務會議、系務會議、處務會議等討論內部事項。其中值得注意的是，陽明醫學院設置的各教學單位中包含「生物形態學科」，與國防醫學院的學科建置可彼此互相參照。由此反映建校草案內的學科建構部分，留存國防醫學院從中主導的痕跡。[33]

教育部對建校草案的干涉

如前所述，退輔會與榮總並非主管高等教育的機關，無法直接主導建校計畫。因此榮總所提交的建校草案，必須獲得教育部的討論與審議才能實施。對此，教育部召集教育部醫學教育委員會、臺大醫學院、國防醫學院、榮總等相關人員，針對陽明建校草案進行討論。[34] 會中結論包含應儘速建校、校名仍定為「陽明醫學院」，相關人員與編

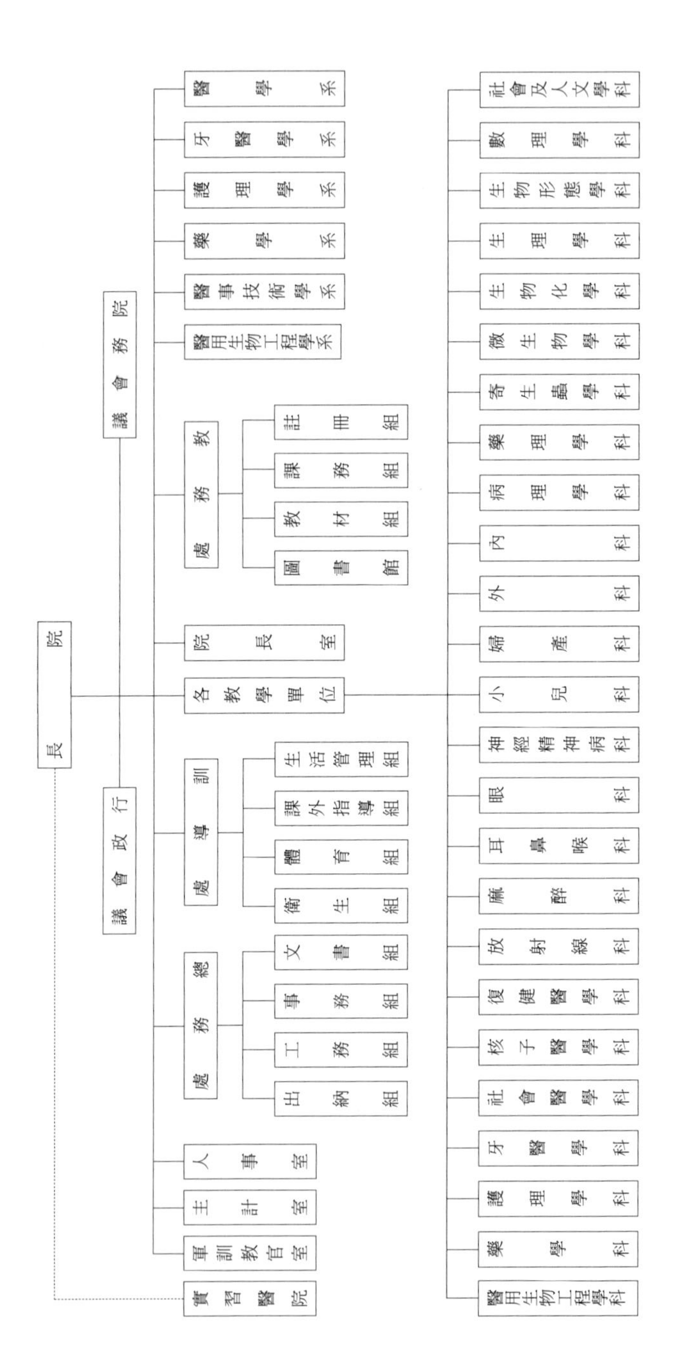

國立陽明醫學院組織系統表草案圖

（圖片來源：《陽明醫學院建校計畫草案》）

制，必須遵守教育法規行事。關於建校經費的部分，教育部將陽明醫學院開辦第一年的經費 2,580 萬列入，編列爲部內預算，以便日後籌備開辦。至於退輔會、榮總與陽明醫學院之間應如何合作、校地如何劃定，將另定辦法。[35] 教育部的基本態度是同意建校方案的籌設，但細節內容必須由教育部主導，建校相關預算也須編列在教育部項目之下。另教育部、退輔會與榮總應就哪些具體事項進行合作，則必須組成籌備委員會進行協調與商議。

分析這份建校草案的特點，明顯是榮總針對自身需求所量身打造。其中草案內的公費生佔總體三分之一名額的設計，實爲榮總原先請國防醫學院代訓醫學生的名額額度；而公費生畢業分發至榮民醫院服務六年的條款，亦在原草案補充榮總醫師人力的規劃之中。校地的選址與使用、硬體設備等細項，亦由退輔會與榮總一手包辦。直到籌備委員會正式設立與投入，陽明的建校草案方始有教育部等多方勢力介入。第三節將從籌備處的設立爲開端，介紹籌備陽明醫學院的歷程與波折。

第三節　陽明醫學院籌備處的設立與建校波折

1971 年 3 月 2 日，國立陽明醫學院籌備委員會於教育部會議室正式舉行第一次會議，象徵陽明建校工程的正式啓動。會議主席爲教育部政務次長孫宕越，列席者有宋達、李之琳、鄒濟勳、吳信、傅敏中、程維賢、趙其文、龍書祁、鍾健、周廣周、王德馨、杜聰明、盧致德、魏火曜、陳尙球、吳祥明、李鼎元、劉用光等 18 人。其中宋達、李之琳爲退輔會體系首長；盧致德、鄒濟勳、陳尙球、吳祥明則屬榮總和國防醫學院體系人員；杜聰明與魏火曜爲臺灣醫界耆宿，曾任臺大與高雄醫學院院長。行政院與教育部方面與會人員，包含高教司司長周廣周，以及教育部會計長傅敏中等十餘人。首次籌備會中，即宣布由教育部次長孫宕越擔任陽明籌委會主委，退輔會秘書長宋達爲副主委，並且推薦高教司長周廣周擔任執行秘書。[36] 觀察這份名單，陽明籌委會運作主要由教育部與退輔會所主導。

第一次籌備會議的議程，主要討論事項與提案包含如下：訂定陽明籌備委員會組織章程、設立籌備處以展開正式建校工作、協調編列籌設預算與建築校舍、陽明榮總合作辦法與校地劃分、陽明是否參與民國六十年度大學聯招等事項。其中最主要事項爲訂定籌委會章程。關於籌委會的相關事項，此次會議決議由教育部和退輔會合作組織籌委會，教育部政務次長擔任主委、退輔會秘書長擔任副主委，其下設置「籌備處」負責處理建校實際業務。關於建校預算和榮總合作案、校地劃分等事務，交由籌備處進行規劃。籌備處主任一職，由籌委會公推退輔會秘書長宋達兼任。至於陽明能否及時參與大學聯招，則視籌備處的工作進度而定。[37] 就整體工作項目分配而言，退輔會與榮總承擔了主要的建校工作與業務，教育部不直接插手實際建校工作，只在籌委會會議內提供政策指導，因此籌備處的工作更顯重要。

陽明醫學院籌備處的成立

籌備處主任宋達，歷任國防部第四廳廳長、國防部人事參謀次長、聯勤副總司令、陸軍供應司令、行政院研考會副主委等職，1970 年正式調任退輔會秘書長。[38] 其任內曾經負責建立軍品監交及查證耗損報銷制度、以及新預算財政制度，對於1949年之後國軍後勤與人事系統的改革有極大的貢獻。[39] 就任退輔會秘書長期間，曾督導榮工公司興建高速公路等工程。[40] 因此陽明建校工作，極爲倚賴其退輔會任內的工程經驗。

籌備處正式成立後，宋達開始著手擬定組織章程與工作分配。在籌備處的組織規程中，明訂退輔會擔任建校指導工作，負責建校業務之執行，正副主任分別由宋達、盧致德擔任，其下設有企劃室、秘書室、工務組、教務組、財務組等二室三組部門。企劃室主任爲國防醫學院副院長陳尚球，秘書室主任則由退輔會第六處處長李之琳擔任；工務組、教務組、財務組，則分別由鄒濟勳（榮總副院長）、盧光舜（榮總外科部主任）、曾玄愷（退輔會會計處副處長）掌理。而工務組副組長李繩武（榮總工務室主任）、教務組副組長蔡作雍（國防醫學院教育長）、財務組副組長樓思仁（榮總會計主任），均爲榮總與國防醫學院體系人員。其中，企劃室負責的事項包含籌備工作全盤規劃、協調管制，秘書室辦理人事、會計、出納、文書庶務等事項。工務組負責規劃校舍建築事宜；教務組擔負規劃設置學系、課程與學分，兼管教學器材、設備、圖書等事宜；財務組規劃建校財務事項。[41] 由此可見，陽明從校園硬體建設，乃至學制課程設計皆由退輔會與榮總全盤規劃。陽明醫學院的籌備工作，即在退輔會秘書長宋達的帶領之下迅速展開。

籌備處正式組成後，籌委會旋即召開第二、三次會議，與籌備處商議建校用地的位置，以及民國60學年度招生、校園建築計畫等事項。會中決議將退輔會與榮總名下的唭哩岸715號等13筆土地，正式撥付予陽明醫學院作爲建校用地，並將原有建校總經費從一億擴張爲三億。

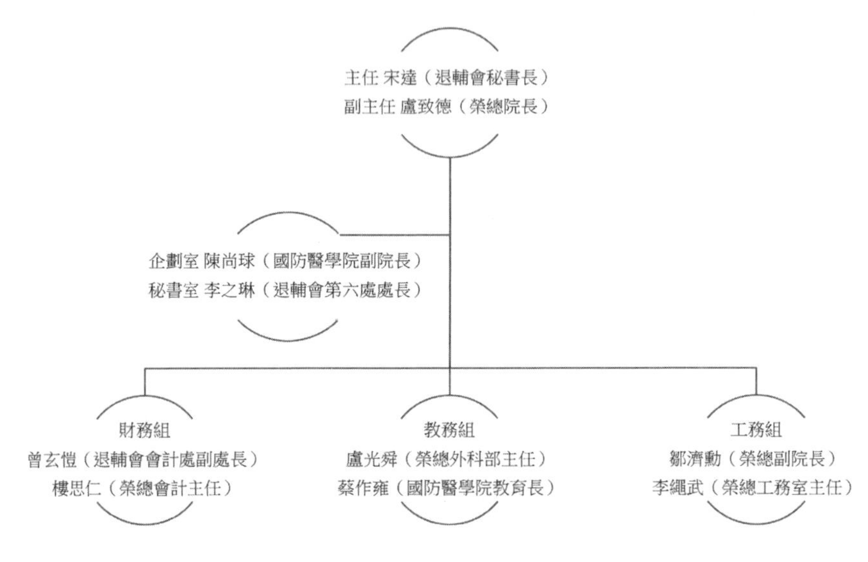

國立陽明醫學院籌備處組織圖

校園建築部分，籌備處教務組長盧光舜提議將預計興建的「教學大樓」改為「實驗大樓」。至於陽明醫學院何時正式招生等問題，與會委員分為兩派看法：一類意見主張在籌備期第一年即先行招生，請國防醫學院代訓新生，待學院正式成立之後再爭取經費與校舍。然而盧光舜反對倉促招生，堅持陽明必須在校舍與設備完善的環境之下建立一流的醫學院。因此，籌委會的最終決議仍是先行建設硬體設施，暫時擱置招生事宜。[42]

1971 年選定建校地址之後，籌備處隨即積極展開各項工作。首先最主要的任務，即是規劃建校用地與設計校舍建築藍圖。由於建校用地大多屬於山坡地形，且校地範圍緊鄰公墓與林務局造林用地。因此，關於墳塚遷移、林木保護和水土保持等工作，即成為首要的工作目標。

宋達在接任籌備處主任之初，即率領退輔會相關人員辦理遷移墳地的手續，並編列經費用於遷移補償有主墳地。[43] 而關於校區內造林地歸屬的部分，退輔會則與林務局協調林地移交接管，林務局亦同意由退輔會自行處分轄區內的林木資源。[44] 除了校地整頓清理之外，籌備處考慮在原有校地之外購買山下平地，作爲學生活動之用。因此，在第一年的建校工程中，籌備處動用剩餘預算購買山下平坦的民用地作爲校園操場。[45] 此即爲陽明建校初期校地之雛形。

關於校園的建築工程，籌備處則委託建築師張德霖進行設計。[46] 張德霖曾任國防醫學院醫事工程系系主任，並參與臺北榮總館舍的整體設計，因此對於醫療院所設備規劃等工程業務十分熟稔。[47] 在建校初期，張德霖負責興建實驗大樓，以及規劃校區道路。由於陽明預定校地多屬山坡地形，因此前期主要工作多集中在地質鑽探、挖掘與測量研究。在張德霖的規劃與退輔會農墾處的整地協作下，實驗大樓第一期的土方工程於 1972 年 2 月開始動工，其他道路建設工程也陸續在這段期間啓動。在進行校區道路規劃之時，籌備處主任宋達注意到榮總院區雖然緊鄰陽明醫學院校地，但其中橫亙一座山丘阻礙雙方通行，因此請張德霖對其進行地質探勘調查。張德霖建議以挖掘隧道方式連接榮總與陽明校區之間的道路，以取代造價高昂的開挖式道路設計。[48] 這座隧道 1973 年 7 月動工、[49]1974 年 4 月完工，[50] 由榮總負擔一半建設費用，[51]，後被命名爲「榮陽隧道」。實驗大樓的第一、二期房屋建造工程亦同時在 1974 年完工驗收，總造價爲 3,197 萬元。[52] 這座實驗大樓完工後，將作爲陽明首屆新生的住宿、教室、實驗室、飯廳，以及學校行政單位使用。[53] 陽明醫學院籌備時期的大型建設工程，即在 1974 年告一段落。

建校計畫的停擺與突現轉機

陽明的籌備與招生工作並非一帆風順。首先是籌備處主任宋達於1974年因罹患重病去職，改由副主任盧致德兼主任職。[54] 接著是1974年行政院奉院長蔣經國指示「目前暫不增設大專院校」，因此耽延陽明醫學院正式成立與招生。[55] 為何陽明醫學院的籌建工作忽然遭到全盤停擺，以致於建校工作面臨流產甚至停辦的局面？

對於這樁突如其來的波折，可以從不同的因素進行解釋。當年參與陽明建校籌備工作者，曾指出蔣經國的個人因素與建校預算等問題，可能是導致建校計畫中止的原因之一。時任籌備處財務組長的樓思仁表示，行政院之所以發出這份指示，起因於行政院長蔣經國意欲阻止年事已高的黨國元老李石曾創辦「稚暉大學」。[56] 而曾列席籌備委員會會議的吳祥明，則指出陽明籌備工作的擱置與中華民國退出聯合國、以及建校預算過高有關。[57] 除了前人的記述之外，中央教育政策的變動也可能是導致建校計畫停擺的原因之一。自民國六十年起，由於獨立學院申請改制為大學的趨勢日漸增多，教育部為提高大學品質的發展，開始限縮設立大學的政策，以不做數量擴充為原則。[58] 由此推知，陽明的建校計畫可能因抵觸政策原則而遭到擱置。

建校計畫再次中止後，退輔會即向行政院建議，將陽明籌備處的人員與財產盡數從教育部撥借予榮總使用，並由榮總利用現有設施在院內成立生理與病理研究所。[59] 根據榮總院長盧致德的批示意見，此次向行政院申請財產撥借興建生理與病理研究所，只是暫時變通的權宜之計：

陽明醫學院一俟政策許可，即照原計畫成立，目前將其財產及人口撥借榮民總醫院接收運用，乃暫時性措施，而成立生理、病理研究所，則爲長期機構，其編制、預算、設備等尚待報請核准。一經成立，於陽明醫學院收回房屋時，勢將無處可遷，造成極大困擾。且就榮總本身業務言，暫時亦無成立此一機構之必要，究宜如何因應？祈再考慮。[60]

由盧致德對撥借陽明籌備處財產人員一事的意見與態度可知，榮總並未針對成立研究所設定長遠的規劃，只是迫於情勢提出此案。榮總此舉也有試圖保留陽明未來重生的機會，希望教育政策開放後，現有的硬體財產與人員便可重啓陽明建校計畫。總而言之，此時陽明的籌建工作在第三次籌委會召開之後即陷入停擺，在 1972 至 1974 年之間並未召開籌備會議。籌備處興建完工的實驗大樓等設施，也預備移交給榮總作爲設立研究所之用。

眼見陽明建校計畫即將面臨破滅之時，卻突然出現了轉機。行政院長蔣經國於 1973 至 1974 年期間大規模下鄉視察臺灣基層農村建設後，指出未來施政「必須改進山地衛生設施，充實山地衛生所設備」。[61] 因此在行政院的指示下，甫於 1971 年成立的衛生署必須擔負改善農村醫療設備、充實衛生所醫療人員的工作。而蔣經國視察衛生署工作時，更特別指出陽明醫學院將做爲「爲大衆服務」的醫療人才培育機構：

蔣院長昨天上午由副院長徐慶鐘、秘書長費驊、副秘書長張祖詒陪同，前往衛生署巡視，並聽取署長王金茂的簡報。蔣院長在聽取簡報後指示，醫療業務應以建立良好的醫德爲要

> 件，醫德比技術更重要。同時，醫療工作應加強對貧窮病人的照顧，收費力求合理化。他也希望醫療院所充實設備，醫療工作人員多從事研究。他說，政府為加強培養醫師人才，在不准新增大專院校的情形下，特准成立陽明醫學院，其目的就是希望想多培養健全的醫療人才，為大眾服務。[62]

由這段蔣經國於衛生署發表的談話可知，中央仍然秉持不准新增大專院校的政策原則；但在培養醫師人才為大眾服務的前提下，特准陽明醫學院正式成立，陽明醫學院的建校工作方始獲得一絲曙光。除了蔣經國的談話，立法院亦在 1975 年預算案會議中建議：「陽明醫學院籌設建校工作順利，且已就緒，自六十五年度起亟應招生開學，以應社會需要」，故應儘速編列陽明醫學院建校預算。[63] 為了配合中央積極改良基層醫療系統的政策與社會的需要，瀕臨流產的陽明籌建計畫因而絕處逢生。但值得注意的是，原本以設置榮總附屬醫學院為導向的陽明建校計畫，日後將受到衛生署等部會介入，為陽明公費生的分發工作增添複雜性。

在行政院與立法院設定招生時程的敦促下，陽明籌委會於 1975 年 3 月 18 日召開第六次籌委會會議，列席者多為原籌委會的成員。會中首先宣讀前次會議記錄，以及行政院於 1974 年 12 月 26 日核准陽明成立招生的公函。接著籌委會便討論陽明何時宣布成立、醫學院組織規程、院長遴選、如何招生等事項。籌委會成員敦促教育部應儘速提交醫學院院長人選，待新院長正式上任後即著手規劃學院內一切事務。關於學院招生的事務，籌委會建議將醫學系新生擴增為 120 人，以大學聯招方式招收高中畢業生。此外，為了推行行政院致力推動的公醫制度，陽明醫學院入學的全部學生給予公費，畢業後應分發服務六年。[64]

此次籌委會會議確立了陽明醫學院的招生人數，以及醫學系學生全體公費的待遇。但榮總方面對於陽明醫學院實施全公費制度表示異議。因故無法出席此次會議的籌備處教務組長盧光舜，請託副組長蔡作雍表達了反對全公費制度與擴增招生名額等建議。盧光舜認為公費分發制度對一般學生沒有強制力，更難以安排未來的分發服務工作，應讓學生自行選擇是否拿取公費。[65] 但盧光舜的意見並未被籌委會採納，陽明醫學院的招生規模與公費待遇一案，即在中央政策的干涉下成為定局。

陽明籌委會與籌備處的工作，於第七次籌委會會議中宣告結束。第七次籌委會於 1975 年 6 月 9 日召開，會中介紹教育部選定的醫學院院長韓偉，以及籌備處工作與財務移交等事項。籌委會決議，陽明醫學院將訂於 1975 年 7 月 1 日正式成立，新任院長韓偉於 6 月 30 日接任後應速將學院組織規程、醫學生服務辦法、編制員額等章程報請教育部核准，而籌委會與籌備處工作人員即正式解除職務。[66]

校地收購與採石場爭議

除了建校籌備工作遭到短暫挫折外，由校地所衍生的糾紛，亦使陽明籌備處初期的建校工作更顯艱困。陽明建校用地位於北投唭哩岸山一帶，此地的地政工作屬於陽明山管理局管轄，陽明建校初期的校地紛爭亦與陽明山管理局息息相關。

陽明山管理局創建於 1949 年，隸屬於臺灣省政府，其行政位階為「準縣市」狀態，負責管轄士林、北投一帶的行政與地方自治事務，與臺北縣政府處於平行地位。陽明山管理局的創設，與動員戡亂條款有關。臺灣省政府爲了維護士林、北投地區內的治安、以及士林官邸等相關建築設施，特別設置陽明山管理局加強境內的行政工作。[67] 但在1968年該局改隸臺北市政府之後，其行政法源來自於臺北市政府授權行使，但又依然保持獨立行政的地位，因此導致雙方經常產生權責難以劃分、行政職務無法協調的衝突。例如地方建設與財政補助等部分，陽明山管理局受限於財力無法獨自規劃，卻又因其獨立地位無法得到臺北市政府預算奧援，因此府局之間經常產生互相推託的局面。[68] 直到1974年後，陽明山管理局的行政權才遭到拔除，該局相關事務改由臺北市政府直接管轄。[69] 陽明醫學院建校時期所發生的用地糾紛事件，正值陽明山管理局處於組織改造的期間。

陽明籌備處進行第一年建校工程期間，曾因校地不足等考量，動用剩餘的開辦款項費購置原校地外的山下平地，做爲建校後的運動場與司令台預定用地。但根據籌備處與陽明山管理局的探勘，發覺預定購地範圍內的土地多屬臺灣省財政廳、情報局眷舍所有。因此，陽明籌備處僅能購置其他民用土地。但這些民用土地必須經過都市計畫等方式變更，方能成爲學校用地。爲了未來校園規劃起見，籌備處商請陽明山管理局對劃定區域進行都市計畫變更，將原有的住宅區變更爲學校用地，並重新規劃附近道路。[70] 在陽明山管理局等部門的協助下，陽明醫學院所購置的石牌住宅區用地，正式變更爲學校用地。[71] 陽明山管理局並將陽明醫學院與榮總附近地區，劃定爲「醫院學校特區計畫」，不准石牌地區地主申請建築。此舉引發石牌地區民眾的不滿與抗議，並聯合臺北市議員採取杯葛行動。[72] 然而，當地居民的反對仍然徒勞無功，石牌醫院學校特定區依然在1975年正式公告。[73] 值得注意的是，關於地目變更的問題，仍然影響日後陽明校地規劃。

在前述的校地收購案件中，陽明山管理局扮演從旁協助的角色。但在處理另一樁與採石場相關的校地糾紛時，該局卻採取消極的態度。採石場糾紛一案，必須從陽明建校用地與北投當地產業的連結談起。陽明建校預定地原爲榮總撥付的唭哩岸段 715 號地，該地段內的唭哩岸山蘊含豐富砂岩石材，自清代以來便有大量採石業者在此處進行開採工作，供應各式建築之用，興盛時期曾有十餘家採石場在此活動。從事採石業的工人多爲當地農人，趁農閒時節從事開採工作以增加收入。後因採石成員人數眾多，當地工人遂組成「陽明山石作業職業工會」（下略稱「石作工會」）。由此可知採石業爲當地社區重要的經濟來源之一。[74]

陽明的建校用地範圍，即與唭哩岸山採石場場域互相重疊，因此初期的建校工程不斷受到當地採石業者的干擾。1971 年陽明籌備處開始進行整建工程之時，籌備處主任宋達即注意到校址內有民間工人採石，破壞校區原有地形，因而通報陽明山管理局與石牌派出所協助取締。在陽明籌備處開始干涉採石工作後，石作工會便前往中國國民黨臺北市黨部陳情，並邀請陽明醫學院籌備處、陽明山管理局、石牌派出所等單位召開協調會。

在第一次協調會中，陽明醫學院籌備處堅持校地爲政府合法撥用，採石業者在此作業已屬違法，且施工期間有外人出入易發生意外，應全面禁絕採石作業。石作工會則陳述該地向來爲採石場作業區域，若驟然查禁將使工會成員蒙受鉅額商業損失。在採石糾紛一案中，主管北投地政事務的陽明山管理局，卻傾向維護石作工會繼續採石的立場。由於該局深恐逕行取締採石將影響石牌地區數千人的生計，進而引發地方社會的強烈抗議與衝突，因此一向默許當地進行開採工作。在陽明山管理局的協調下，雙方只能各退一步。陽明籌備處同意石作工會將目前已開採的石材運出校區，而石作工會亦認可未來採石的作業範圍需由陽明籌備處指定。而關於石作工會的轉業與就業輔導，則待下次協調會解決。[75]

然此次協調會並未徹底解決籌備處與北投石作工會之間的紛爭，關於採石期限與石作工會工人的補償與轉業方案仍然爭執不休。1973年7月13日，籌備處仍不時發現採石工人一再越界開採，因而再次要求陽明山管理局、石牌派出所等單位前往現場勘查。在陽明山管理局消極處理的情形下，籌備處只能暫時准許石作工會在限定範圍內進行開採，並限期在8月1日前將非指定區的石材運走。關於採石工人轉業與就業輔導的問題，陽明籌備處承諾待學校正式成立後，會視實際需要安置或雇用。[76]

隨著1974年行政院發布停辦大專院校政策，使籌備處運作陷入停擺之時，雙方的爭執與衝突也因此暫時停歇。但在1975年陽明醫學院正式獲准成立與招生之後，解決建校用地糾紛便成爲迫在眉睫的問題。此時陽明山管理局的行政權已遭拔除，相關事務便改由臺北市政府出面介入協調。在臺北市政府社會局的主持下，陽明醫學院籌備處與石作工會再度召開協調會解決採石紛爭。在會中，籌備處代表認爲，陽明提供的救濟措施已逾三年，但石作工會不斷破壞校區地形，妨礙校區建設導致學校遲遲無法開學。陽明石作工會則主張，此地的採石業淵源已久，業者已取得優先權，陽明醫學院應給予補償及安置，並負責石作工會會員的生計問題。在雙方各執一詞的情況下，臺北市政府主導的協調會決議：採石工人的準備轉業時期以半年爲期限，期滿後全面禁止開採；

需要輔導就業者，請石作工會造冊，將會員資料送交臺北市政府社會局研究處理。[77]

而石作工會的補償金部分，同樣由臺北市政府社會局再度主導，催促雙方達成補償金額的共識。石作工會代表於會中提出生活救助金、綠化造林、開闢山道等項目的補償要求。陽明醫學院則以公立學校預算有限爲由，回絕了石作工會的其他要求，只允諾給予短期安置費用。最終雙方達成協議，以每人發放四個月的救助金爲限，而石作工會亦允諾自 1976 年 1 月 8 日起全面停止採石作業。[78] 而補償金的來源，則由行政院以「救助金」的名義，向石作工會發放。[79] 最終行政院核發 390 萬元作爲採石場工人的生活救助金，至此延宕數年未決的建校用地糾紛，在行政院與教育部的介入下，得到徹底解決。[80] 而北投一帶的採石業，則因陽明建校後禁止開採石材而趨於沒落。[81]

由採石場爭議案的處理過程中，可觀察到陽明山管理局對此案的態度，以及臺北市政府介入此案前後的處置結果。在行政體系中，陽明山管理局已於 1968 年隸屬於臺北市政府管轄，但自身又具備特別行政區的地位，導致臺北市政府無法直接干涉北投地方事務。在該局雖有獨立行政之名，卻無推動地方自治事務之能的情況下，陽明校地採石案的爭端拖延數年之後，遲遲未能獲得解決。直到在臺北市政府介入後，才促成雙方達成基本協議。採石場一案的處理過程，突顯以陽明山管理局系統爲主的地方治理體系的問題，以及 1970 年代北投地方的政治經濟樣貌。

結語

回顧陽明醫學院建校各階段的過程，從籌劃到正式建校歷經十載，其中耗費的心血與人力物力不可計數。在中央政策限制高等教育擴張的情形下，退輔會與榮總雖有心力與資源，籌辦一所支援榮總醫院診療與教學工作的附屬醫學院，但在中央教育政策與公共衛生政策的影響與介入下，使得陽明醫學院的籌建工作困難重重。陽明最終也從原本做爲榮總專屬醫學院的理想，轉而肩負補充臺灣基層公共醫療體系人員的任務。除此之外，陽明醫學院的建校用地與地方社會傳統領域發生衝突，進而改造北投地方產業的樣貌，實是籌建學校之初始料未及之事。陽明醫學院建校的崎嶇與艱辛歷程，折射了 1970 年代國際潮流劇烈變動下的臺灣內政與社會變遷。

註釋

1　喻蓉蓉，〈蔣經國與榮總〉，《通識教育與多元文化學報》1 期，頁 145。

2　蔡篤堅，《臺灣外科醫療發展史》（臺北：唐山，2002），頁 191。

3　〈籌設陽明醫學院緣起及其進展節略〉，《籌設國立陽明醫學院》，行政院藏，檔號：0056 / 7-3-4 / 12 / 1。

4　何邦立，〈百年協和——林可勝生理學術系譜在臺灣〉，《中華科技史學會學刊》22 期，頁 99-105。

5　〈盧致德先生事略〉，《盧致德先生哀思錄》，頁 9。

6　羅澤霖，〈敬悼醫學教育宗師盧致德先生〉，《軍醫文粹》24:3-4，頁 1-2。

7　關於戰後國防醫學院內部「德日派」與「英美派」醫學教育體系的路線之爭，參見葉永文、劉士永、郭世清，《國防醫學院院史正編》（臺北：五南，2014），頁 96-97。

8　楊岑福，〈憶盧致德先生〉，《傳記文學》36:1，頁 106-110。

9　葉永文、劉士永、郭世清，《國防醫學院院史正編》，頁 189。

10　劉仁賢編，《榮總五十——跨越半世紀的榮耀》（臺北：榮民總醫院，2009），頁 16-17。

11　劉仁賢編，《榮總五十——跨越半世紀的榮耀》，頁 14-29。

12　魏秀梅，《趙聚鈺先生年譜》（臺北：中央研究院近代史研究所，1990），頁 299-300。

13　陳慈玉，〈樓思仁先生訪問記錄〉，《臺北榮總半世紀——口述歷史回顧 下篇》（臺北：中央研究院近代史研究所，2011），頁 578。

14　黃國維，〈戰後至 1970 年代初期臺灣的大學教育發展研究〉（臺北：國立師範大學教育系碩士論文，2011），頁 45。

15　〈籌設陽明醫學院緣起及其進展節略〉，《籌設國立陽明醫學院》，行政院藏，檔號：0056 / 7-3-4 / 12 / 1。

16　〈籌設陽明醫學院緣起及其進展節略〉，《籌設國立陽明醫學院》，行政院藏，檔號：0056 / 7-3-4 / 12 / 1。

17　《籌設國立陽明醫學院》，行政院藏，檔號：0056 / 7-3-4 / 12 / 1。

18　〈設陽明醫學院奉交本部表示意見一案，復請查照轉陳〉，《籌設國立陽明醫學院》，行政院藏，檔號：0056 / 7-3-4 / 12 / 1。

19 蕭亦裕，〈從萌芽到茁壯——陽明醫學院的創校經過〉，《神農坡》創刊號，頁13。

20 魏秀梅，《趙聚鈺先生年譜》，頁299-300。

21 喻蓉蓉，《臺灣免疫學拓荒者——韓韶華先生訪談錄》（臺北：國史館，2004），頁157。

22 陳慈玉，〈樓思仁先生訪問記錄〉，《臺北榮總半世紀——口述歷史回顧 下篇》，頁568-569。

23 〈檢呈本會榮總五年發展計劃恭請撥專款辦理〉，《榮總五年發展計劃案》，行政院藏，檔號：0058 / 5-19-2-2 / 19。

24 〈奉院令為輔導會呈報榮總五年發展計劃並擬籌設陽明醫學院，請編列專案預算分年撥款，飭核議具報〉，《榮總五年發展計劃案》，行政院藏，檔號：0058 / 5-19-2-2 / 19。

25 〈行政院國軍退除役官兵輔導委員會對榮總五年發展計劃案申復意見〉，《榮總五年發展計劃案》，行政院藏，檔號：0058 / 5-19-2-2 / 19。

26 〈奉交核議籌設陽明醫學院一案經會商擬定原則報請 鑒核示遵由〉，《榮總五年發展計劃案》，行政院藏，檔號：0058 / 5-19-2-2 / 19。

27 《商討籌設陽明醫學院事宜》，臺北榮民總醫院藏，文號：5900235。

28 《榮總檔案依照教育部開會結論重新擬呈陽明醫學院第一年概算呈請鑑核》，臺北榮民總醫院藏，文號：5900863。

29 《陽明醫學院籌設事項第二次會議記錄》，臺北榮民總醫院藏，文號：5903031。

30 〈檢送修正國立陽明醫學院建校計畫草案請核轉〉，《籌設國立陽明醫學院》，行政院藏，檔號：0056 / 7-3-4 / 12 / 1。

31 〈陽明醫學院建築說明表〉，《籌設國立陽明醫學院》，行政院藏，檔號：0056 / 7-3-4 / 12 / 1。

32 〈陽明醫學院設備費說明表〉，《籌設國立陽明醫學院》，行政院藏，檔號：0056 / 7-3-4 / 12 / 1。

33 〈組織系統表〉，《陽明醫學院建校計畫草案》，國立陽明交通大學藏，檔號：060/SEC001000/1/0001/002。

34 蕭亦裕，〈從萌芽到茁壯：陽明醫學院的創校經過〉，《神農坡》創刊號，頁14。

35 〈為奉交議籌設國立陽明醫學院一案 呈請核示由〉，《籌設國立陽明醫學院》，行政院藏，檔號：0056 / 7-3-4 / 12 / 1。

36 〈國立陽明醫學院籌備委員會第一次會議記錄〉，《籌設國立陽明醫學院》，行政院藏，檔號：0056 / 7-3-4 / 12 / 1。

37 〈國立陽明醫學院籌備委員會第一次會議記錄〉，《籌設國立陽明醫學院》，行政院藏，檔號：0056 / 7-3-4 / 12 / 1。

38 〈輔導會秘長 由宋達出任〉，《聯合報》，1970 年 9 月 12 日，第 2 版。

39 鄭文光，〈懷念蓋忠典型的宋達將軍〉，《傳記文學》47:2，頁 41-44。

40 〈輔導會前秘書長宋達辭世卅周年〉，《榮光雙周刊》2012 期，https://epaper.vac.gov.tw/zh-tw/C/42%7C1/6698/1/Publish.htm，擷取日期：2022 年 6 月 20 日。

41 〈擬訂「陽明醫學院籌備處組織章程」，並遴選出各主要負責人員〉，國立陽明交通大學藏，檔號：060/SEC001000/1/0001/003。

42 蕭亦裕，〈從萌芽到茁壯──陽明醫學院的創校經過〉，《神農坡》創刊號，頁 14-15。

43 陳慈玉，〈樓思仁先生訪問記錄〉，《臺北榮總半世紀──口述歷史回顧 下篇》，頁 578。

44 〈勘察唭哩岸段 715 號等 13 筆土地林木處分協調會議紀錄一案〉，國立陽明交通大學藏，檔號：060/DGA332030/2/0001/001。

45 陳慈玉，〈樓思仁先生訪問記錄〉，《臺北榮總半世紀──口述歷史回顧 下篇》，頁 578。

46 〈陽明醫學院建校工程委託張德霖建築師設計報請核備〉，國立陽明交通大學藏，檔號：060/DGA332030/2/0001/003。

47 王少甫，〈榮總醫學工程組簡介〉，《醫院》18:6，頁 17。

48 〈本院與榮總後山道路銜接，採用開建隧通設計，請先做好地鑽探〉，國立陽明交通大學藏，檔號：061/DGA332030/2/0001/008。

49 〈國立陽明醫學院後山連結隧道工程 07.01 日正式開工，並派本廠林宏彰為工地負責人〉，國立陽明交通大學藏，檔號：062/DGA332030/2/0001/017。

50 〈國立陽明醫學院後山連絡隧道已於 63 年 4 月 12 日如期完工，請派員驗收〉，國立陽明交通大學藏，檔號：063/DGA332030/2/0001/003。

51 〈國立陽明醫學院後山連絡隧道工程，各自負擔工程費半數計 1，362，552 元整。〉，國立陽明交通大學藏，檔號：062/DGA332030/2/0001/012。

52 〈新建大樓驗房屋建造工程第一、二期工程已完工於 6 月 26 日驗收完畢隨文檢送證明書及驗收紀錄〉，國立陽明交通大學藏，檔號：063/DGA332030/2/0001/001。

53 陳慈玉，〈樓思仁先生訪問記錄〉，《臺北榮總半世紀──口述歷史回顧 下篇》，頁 580。

54 陳慈玉，〈樓思仁先生訪問記錄〉，《臺北榮總半世紀——口述歷史回顧 下篇》，頁 579。

55 〈建議將國立陽明醫學院籌備處，現有財產及人員撥借榮總，並由該院成立生理、病理研究所接收運用〉，《將陽明醫學院籌備處撥借榮總醫院案》，行政院藏，檔號：0063 / 7-3-4 / 20 / 1。

56 陳慈玉，〈樓思仁先生訪問記錄〉，未刊文稿，樓思仁先生提供。

57 蕭亦裕，〈從萌芽到茁壯——陽明醫學院的創校經過〉，《神農坡》創刊號，頁 15。

58 臺灣教育發展史料彙編編輯小組，《臺灣教育發展史料彙編——大專院校篇（下）》（臺中：臺灣省教育廳，1987），頁 885。

59 〈建議將國立陽明醫學院籌備處，現有財產及人員撥借榮總，並由該院成立生理、病理研究所接收運用〉，《將陽明醫學院籌備處撥借榮總醫院案》，行政院藏，檔號：0063 / 7-3-4 / 20 / 1。

60 《關於陽明醫學院籌備處現有財產及人員撥借榮民總醫院成立生理病理研究所接收運用，並飭先報房屋使用計畫一案》，臺北榮民總醫院藏，文號：6302892。

61 關於蔣經國下鄉視察、改革基層醫療的指示與談話，詳見相關報導：〈處理物價蔣院長在立院說明四要點〉，《經濟日報》，1973 年 10 月 10 日，第 2 版；〈蔣院長昨巡視台東 強調重視東部開發〉，《聯合報》，1974 年 2 月 17 日，第 3 版。

62 〈蔣院長促衛生人員 加強改善環境衛生〉，《聯合報》，1975 年 1 月 25 日，第 2 版。

63 《將陽明醫學院籌備處撥借榮總醫院案》，行政院藏，檔號：0063 / 7-3-4 / 20 / 1。

64 〈檢送國立陽明醫學院籌備委員會第六次會議紀錄一份〉，國立陽明交通大學藏，檔號：064/SEC002000/1/0002/001。

65 採訪組，〈訪盧光舜副院長〉，《神農坡》2 期，頁 6-7。

66 〈檢送國立陽明醫學院籌備委員第七次會議紀錄〉，國立陽明交通大學藏，檔號：064/SEC002000/1/0001/001。

67 溫振華，《陽明山國家公園草山（陽明山）管理局相關檔案、資料之蒐集及研究計畫》（臺北：陽明山國家公園管理處委託辦理報告，2013），頁 6。

68 張枝榮，〈陽明山管理局組織與地位之研究〉（臺北：國立政治大學公共行政研究所碩士論文，1973），頁 5-13。

69 溫振華，《陽明山國家公園草山（陽明山）管理局相關檔案、資料之蒐集及研究計畫》，頁 128。

70 《檢送陽明醫學院運動場及司令台等預定土地資源調查資料敬請查照》，臺北榮民總醫院藏，文號：6002364。

71　〈石牌保警總隊旁住宅區 改為學校用地 市府定明公告〉，《聯合報》，1972年9月7日，第6版。

72　〈變更榮總附近都市計畫 議會主張撤銷〉，《聯合報》，1972年3月31日，第6版。

73　〈石牌醫院學校特定區 都市計畫昨公開展覽〉，《聯合報》，1975年1月19日，第6版。

74　林芬郁、張靜宜、游智勝、蔡承豪、蕭景文，《北投區志》（臺北：臺北市北投區公所，2011），頁141-142。

75　〈建院禁止採石及獸運運輸影響廠商訂購賠償及會員失業問題協調會於61年4月26日下午3時在本會第一會議室開會由林溪圳、馬鎮方主持〉，國立陽明交通大學藏，檔號：061/DGA332030/2/0001/008。

76　〈會勘陽明山石作業工會會員在唭哩岸採石區〉，國立陽明交通大學藏，檔號：062/DGA332030/2/0001/018。

77　〈協調國立陽明醫學院與石作業職業工會採石紛爭案開會時間64年6月16日上午9時開會地點本局會議室主持人科長王俊成〉，國立陽明交通大學藏，檔號：064/DGA332030/2/0001/014。

78　〈國立陽明醫學院禁止本市石作業工會會員在校區採石案第二次協調會議開會時間65年1月7日下午2時開會地點本局會議室主持人王科長俊成〉，國立陽明交通大學藏，檔號：065/DGA351000/1/0001/020。

79　〈檢送本院為解決臺北市石作業工會採石工人補償案簡報及座談會紀錄乙份及平面圖三份〉，國立陽明交通大學藏，檔號：065/DGA351000/1/0001/019。

80　「國立陽明醫學院第九次院務會議記錄」，〈院務會議暨行政工作會報規定事項，希遵照〉，國立陽明交通大學藏，檔號：064/SEC002000/1/0002/002。

81　牛慶福，〈立農街訪古 老廟古厝故事多〉，《聯合報》，1993年10月23日，第15版。

第二章

奠基與開展：創校初期校務規劃與學科建置

陽明醫學院創校初期，可謂千頭萬緒、百端待舉。在韓偉正式接任院長後，學院組織建構、師資的延聘與硬體建設，即成為建校初期院務工作的重點。在預算經費有限與師資聘任困難的情形下，韓偉憑藉著信念與學界人脈，為陽明的未來發展指明道路。

本章將以陽明醫學院正式建校之後的校務規劃、訓導制度，以及醫學系、牙醫系、醫事技術學系與各學科的發展做為主軸，介紹首任院長韓偉任期內校務與學務推展的概況。第一節將以韓偉及其提出的「十年長期教育計畫」做為起點，介紹其教育方針、師資、設備、研究方向的擘畫與願景。第二節則從訓導制度、生活教育等面向，討論陽明教育理念與校風的成形。第三節則以醫學系各學科以及牙醫系與醫事技術學系的創建，介紹各科系師資與教學課程的發展概況。

第一節　首任院長韓偉與陽明初期校務規劃

1975年6月30日上午九時，陽明醫學院首任院長韓偉，由教育部部長蔣彥士手中接過印信。陽明醫學院即在教育部與籌備處主任盧致德等人的注視下，於教育部會議室內正式宣告成立。[1] 韓偉原爲中原理工學院院長，曾任教於國防醫學院、美國賓州大學等校，後獲得教育部提名遴選爲陽明醫學院院長。[2] 在韓偉的帶領下，陽明度過了從草創到初具規模的建設階段，其治校理念亦爲陽明塑造出獨特的校園風氣。爲瞭解首任院長韓偉的校務規劃理念，首先需瞭解韓偉的生平背景。

韓偉生平與初期治校工作

韓偉生於1928年，國防醫學院醫科第49期畢業。1955年考取教育部生理學科公費後，前往美國賓州大學攻讀神經生理學，於1960年獲得生理學博士學位後，回到臺灣履行公費生服務義務，爲公費留學返臺服務者第二人。1966年至1968年期間，韓偉再度返回美國任賓州大學副教授、獲終身教授等職位。[3]

韓偉出身於基督教家庭，其父韓時俊曾任中華基督教會長老。在韓偉留美期間，亦熱中參加基督教團契與佈道活動。1969年中原理工學院董事長張靜愚去函，邀請韓偉返臺灣接任中原理工學院院長一職。由於中原理工學院以基督教立校，韓偉考量基督徒爲主侍奉的精神，以及院長職位亦爲一介學者大展長才的機會，允諾出任中原理工學院校長一職。[4] 擔任中原院長期間，韓偉廣邀海外華人學者返臺任教、推動建立醫學工程系，爲臺灣教育界之創舉。由於韓偉擔任中原理工學院院長

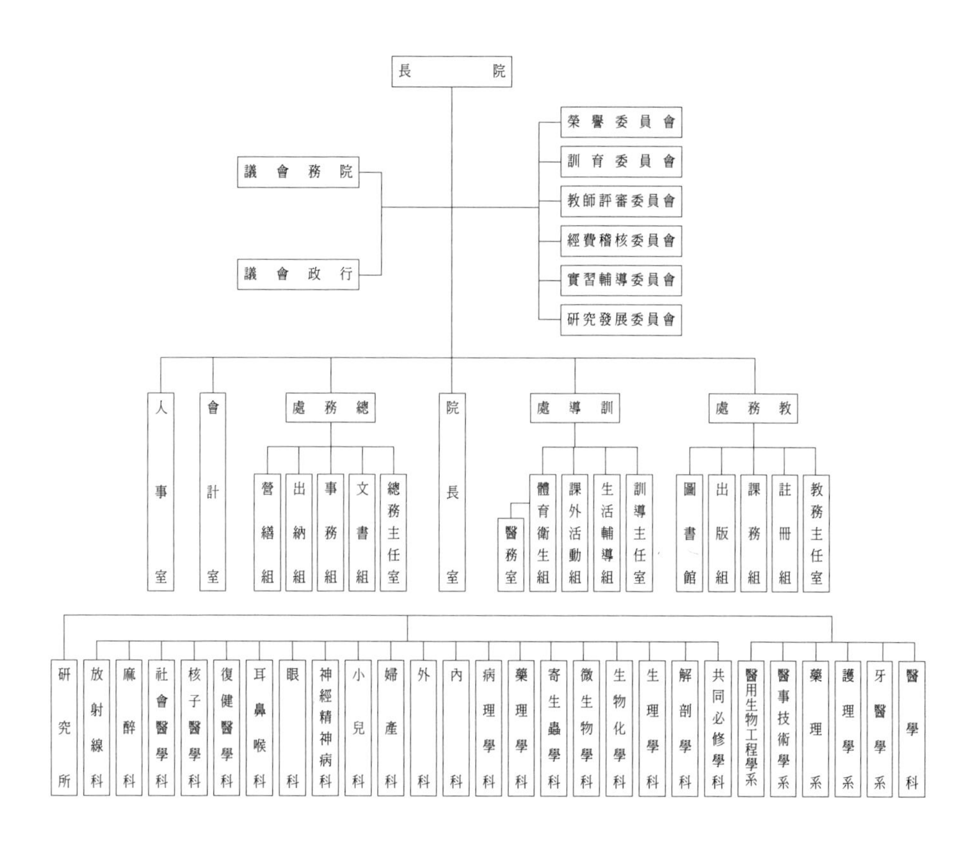

創校初期組織系統表

（圖片來源：〈檢呈本院組織規程與系統表二十份〉，國立陽明交通大學藏，檔號：064/SEC002000/1/0001/003。）

任內辦學有成，頗受高等教育部門矚目，因此獲得出任陽明醫學院院長的機會。[5]

韓偉正式接任院長後，首要工作為擬定校內重要章則、籌備第一屆新生開學事宜，以及規劃學校未來的長期發展。故韓偉上任後，即開始著手擬定醫學院組織規程、學生學則，以及公費生待遇與畢業後服務分發辦法草案。韓偉依據榮總建校草案的基礎、以及教育部指示，刪除原建校草案中醫用生物工程學科、牙醫學科、生物形態學科、藥學科、社會及人文學科，改為設置二十個學科、六個學系。而校內公費生的待遇與服務辦法，則增加公費畢業生赴公立衛生機構服務六年等條款。[6]

建校初期校務工作的推展方面，韓偉在建校第一年的施政計畫與〈國立陽明醫學院成立四個月之工作報告〉中，闡述陽明醫學院短期、中期與長期的校務規劃方向。陽明校方預計建校第一年內，配合新生開學積極延聘相關師資，並完成教學大樓、行政大樓、學生宿舍等硬體建設。校內教師研究支援方面，韓偉草擬兩、三套「合作研究計畫」，試圖以此整合校內各系所的研究方向。而關於陽明中期的發展計畫，韓偉計畫從民國66學年度起，增設牙醫系與研究所等科系，並積極延聘海外學者回國任教，與榮總密切合作開發尖端性的研究項目。

除了教學與研究之外，韓偉亦注意到陽明建校的精神與宗旨，肩負著臺灣社區醫療服務與醫學常識的推廣。因此，韓偉預計在中期計畫中，納入籌辦醫學新知雜誌、組織社區醫療服務隊，以及提供地方衛生醫療機構諮詢等工作。[7]在硬體設施方面，因建校之初，有許多校舍的設計與建設工程尚未啓動招標，只能暫時將作為研究與實驗用途的「實驗大樓」，改裝為教室、宿舍、行政辦公室使用。除了課程與硬體建設之外，攸關陽明學生未來前途的臨床實習課程，以及公費生服務分發辦法，雖在此時草擬完畢，但由於臨床實習課程和公費分發辦法涉及退輔會、榮總、衛生署等單位的內部作業，尚須陽明醫學院與其他單位共同協商，因此未能定案。[8] 在行政單位與師資聘用方面，韓偉邀請劉家煜、郭宏亮、高道旭等人擔任校內的教務、訓導與總務工作。而關於醫學系一年級的課程與教學，韓偉則聘請姜壽德、周先樂、魏如東、哈鴻潛等教師擔任生理、藥理、生化、解剖四個學科主任，負責教授基礎醫學課程。[9]

對於陽明將來的長期的發展，韓偉從教育方針、師資、設備、研究方向等方面提出了願景。韓偉認爲，陽明醫學院的教育目標是培育「德術兼備」的良醫，醫師不僅要擁有第一流的知識技術，更必須具備無私、奉獻社會的胸懷，方能成爲基層醫療的生力軍。因此，在師資挑選與招聘方面，韓偉以挑選理念相近、學問兼備的教師做爲目標。根據韓偉的長期規劃，陽明醫學院將在創校五年內邀請海外學人共 20 人來臺任教，並利用國科會經費，派遣有潛力的講師與助教出國進修，爲陽明儲備未來的教學研究師資。在研究領域發展方面，韓偉除了支援校內教師發展個人擅長領域外，亦提出跨領域整合中藥、針灸、寄生蟲等學科的「合作研究計畫案」，希望發展陽明的研究特色。而關於科系設置方面，韓偉將依照建校計畫書的進度，預計自 1976 年起設置牙醫系、1977 年起開設研究所，1978 年後陸續增設藥學系、護理學系、醫學工程系、醫事技術學系等其餘系所。在校內硬體設備方面，韓偉計畫於 1976 年完成學生宿舍、學生餐廳、教學大樓等設施，並在 1977 年陸續啓動圖書館、體育館等建設工程。

不過，在陽明建校初期的校務規劃書中，韓偉也指出了陽明醫學院未來發展的隱憂，以及亟待解決的困難。首先是聘請師資方面的困難，韓偉認爲目前國內外符合陽明師資要求條件者甚少，如何挑選適合教師將成爲陽明未來的難題。其次則是籌辦醫學院的經費預算問題。韓偉指出，由於醫學院課程的實驗器材與設備耗資甚鉅，未來陽明醫學院運作的龐大經費與預算，需依靠教育部代爲編列、籌措預算。最後則是攸關陽明畢業生前途的問題。韓偉認爲，目前醫學系公費生畢業後的服務辦法尚未定案，將會影響學生就讀的意願，進而造成入學學生素質的降低。因此，韓偉希望中央主管機關能夠在許可範圍內，積極協助陽明醫學院爭取預算、通過公費生服務辦法。[10] 從韓偉呈報的校務施政計畫中，可略知陽明醫學院建校初期所面臨的發展問題與挑戰。由於陽明醫學院爲一所獨立的國立醫學院，與綜合大學下轄的醫學院相比，其編制與經費較少，亦無法有其他學院支援開課。且陽明尚未建立其附屬教學醫院，所有臨床醫學課程需仰賴榮總醫院的支援。因此陽明與其他機構單位間的協調與合作，亦成爲初期校務規劃的一大難題。[11]

十年長期教育發展計畫

爲了積極爭取教育部的預算支援，以及規劃陽明的未來發展方向，韓偉召集校內教師共同擬定長達十年的教育發展計畫書。在這份計畫書中，明訂陽明醫學院的發展目標爲培養優秀醫療人才，配合國家推行全民保健制度。以此作爲發展目標，陽明預計在 1975 至 1987 年期間向教育部提出增設系所、擴大招生等需求，以及擴增系所單位所需的人事和建設費用。在增設科系方面，陽明將從民國 67 學年度開始，依序向教育部申請設置護理、藥學、醫事技術、醫用工程等學系；這些新增設的科系將著重於實務訓練，以配合未來國家推展全民保健制度之用。其次則是設立基礎醫學、臨床醫學研究所，以科際統合的角度深化醫學研究。基礎與臨床醫學研究所的研究方向，將特別針對國民保健醫療問題以及當前國家科學發展趨勢等主題進行探討。此外，爲了推行十年計畫，陽明在員額、建築設備亦提出了相應的需求。在員額方面，陽明將大量延聘專門領域與臨床醫學專家，以符合基礎醫學研究與臨床醫學學科之需要。在建築設施方面，陽明配合新增科系的開設，將陸續興建生化病理實驗室、醫學系等各系館。[12]

然而，陽明十年發展計畫的實際執行狀況並不順遂。除了順利增設牙醫系外，原本擬於 1977 年至 1978 年間申請增設的護理學系，遭教育部以「護理人才過剩」爲由回絕。[13] 爲了使增設科系的提案更易通過，陽明校方對校內現有師資進行評估後，認爲只有生化與微生物領域的教師陣容較爲齊全，故轉而申請設立「醫事技術學系」。[14] 而關於申請設立基礎與臨床醫學研究所一案，校內教師意見頗爲分歧。反對者認爲，基礎與臨床醫學的定義與範圍過於龐大，若僅以基礎或臨床醫學研究所做爲單一申請項目，恐難獲得教育部的認可與批准。因此，院務會議決定，關於設置研究所的計畫該如何實行、各學科研究領域該如何劃分，將交由校內各學科主任分別商議討論後決定。[15] 由此可見，在高等教育政策的變動、以及政府預算限制下，陽明醫學院建校初期的科系建置與發展，不得不隨之進行策略性的調整。

由初期的組織章程擬定、至十年教育計畫的制訂，可觀察到韓偉個人思想、學術養成對陽明醫學院整體發展方向的影響。韓偉早年就讀於國防醫學院，後以生理學研究領域獲得公費赴美留學，因此甚爲注重基礎醫學學科的教學與研究。在其赴美留學與任教期間，亦對國際醫界等發展潮流有所掌握，因此也關切跨領域、跨學科的合作。而在創校初期，韓偉經常強調公費醫師應爲社會服務、奉獻的精神，除了爲配合政府推行公費制度外，亦與其虔誠的基督信仰有重合之處。以下將從韓偉的個人信仰與陽明訓導體制的變化，談韓偉對陽明醫學院建校精神的形塑。

第二節　成爲史懷哲：榮譽制度與陽明精神的推行

一所大學的建校精神，不僅攸關學校的辦學方向，同時也涉及學校在社會中的定位。在陽明醫學院建校之初，即有人不斷叩問陽明的建校宗旨與精神內涵爲何，而相關的議題亦成爲校內師生討論的焦點。如前所述，陽明醫學院在籌辦階段，即被國家定位爲推行公醫制度、補充基層醫療機構人力的訓練機構。院長韓偉更曾在陽明校內刊物的專訪中特別強調：「創立陽明是基於一個十分崇高的理想，要培養一批醫術高超，又肯犧牲、不自私的衛道者，貢獻出我們的心力。」[16] 由此可知，在韓偉的辦學理念中，如何配合中央政策，培養出具備醫德、願意下鄉服務基層醫療的公費醫師，才是陽明醫學院的立校根本。韓偉爲陽明醫學院勾勒的願景，即是鼓勵醫學系公費生以具有高超的品行，心懷大愛前往偏鄉行醫。因此，如何養成陽明醫學院公費生的服務熱誠與品德，便成爲陽明校內學生訓導工作的指導方針。

榮譽制度與陽明精神的推行

所謂「醫德」，其內涵爲何？從韓偉在陽明院務會議中的發言，可略知一二。韓偉認爲，「醫德」即是在品德方面要誠實無欺，做人做事要前後一致。爲了培養陽明學生以誠爲本的精神，韓偉乃提出「榮譽制度」的構想，希望透過學生自動自發、彼此督促的方式建立集體榮譽感，將誠信等美德潛移默化於日常言行之中。在陽明醫學院第一次全校週會中，韓偉即以〈讓榮譽制度在陽明紮根〉爲題發表演講，期許陽明醫學院的新進學生，能夠發自內心建立一套正確的人生價值觀。韓偉提倡的榮譽制度即是協助學生建立這套人生觀，其內涵包括尊重生命、相信眞理追求至善、守法並尊重法律、不影響他人的自由、誠實、正確認識自己的能力、謙恭和藹、盡忠職守、主動關懷他人等等。簡而言之，即是一種樂觀、進取、奮鬥、健康的人生觀，此即爲韓偉希望能夠樹立的「陽明精神」。[17]

爲了推行榮譽制度，陽明醫學院全校學生於1976年1月投票選出陳才友、王惠暢、季匡華、潘筱萍、李清發、呂季映、曾鴻鉦、張鴻仁、陳鴻銘等九名學生代表，擔任榮譽制度籌備委員會委員，負責制訂榮譽制度公約與委員會組織章程。同年三月，榮譽制度委員會通過了榮譽制度公約與委員會章程。韓偉對此表示期許：「陽明建立了榮譽制度，表示榮譽制度將成爲陽明的基本精神，陽明的學生在這種制度的孕育下，必能陶冶出一種特殊的風氣，將來更能以這種風氣，去服務人群，影響社會。」[18] 榮譽制度委員會即以韓偉的論述做爲基礎，制訂具體的〈榮譽公約〉，其全文如下：

> 我陽明人秉「眞知力行，仁心仁術」之校訓，爲「全民健康，社會幸福」而獻身，然物有本末，事有終始，我們深知欲貫徹此一理想，必須由個人人格的發展中，樹立起陽明的風格。因此我們毅然地建立起榮譽制度，務其能在這種制度的孕育下陶冶其特殊的器識與氣質，以蔚爲陽明醫學院的整體精神，俾將來更能以這種陽明精神去服務人群，影響社會。
>
> 先哲有云「人者，天地之心也」，人能自覺眞理，且積極的實現眞理，化育天地，這是人之所以爲人的至高尊嚴，至高榮譽。因此榮譽制度是基於我們對人生具有清晰明確的認識後，所堅持所建立的做人行事的準則，這套準則是出於眞知的榮譽感在向上向善的意志下，持之以恆的表現。
>
> 榮譽制度的精神是建立在個人的自覺與自我的發展上，是活潑而負責的，我們認爲以清晰明辨的理性，決定我們的信念，以擇善固執的決心與毅力實現之，是至高的榮譽。爲了不流於口號並納團體於軌道，我們定下具體的公約，使所有的公約皆代表我們的信念。
>
> 我們鄭重地、自主地保證實踐以下的公約：一、凡本院同學暨校內各團體，皆爲公約之實踐者與監護人。二、尊敬師長、注重禮節。三、主動幫助及體諒同學造成全校友愛和睦的氣氛。[19]

從榮譽制度委員會的建立和榮譽公約的制訂，可推知榮譽制度的目標不僅是對個人道德品格修養的要求，同時也強調對社會人群的奉獻精神。

經由學生自動自發、互相監督與提醒的方式，從個人內心發展出誠實、互助與互相尊重等美德，進而形成一種群體意識。

榮譽公約與委員會章程制訂之後，即正式推選委員會主席與行政組、執行組委員。榮譽委員會第一屆主席由蔡篤義擔任，行政組委員由邵國寧、范世華、邱寶琴負責，執行組委員則為盧榮坤、江建中與顏得楨等人。委員會主要的任務為溝通校方與學生之間的意見，以及推動陽明在校學生實踐「誠實」、「待人禮貌」等公約條文內容。[20] 校內更實行「榮譽考試」、「榮譽商店」等制度與設施，考試不必監考，商店物品可自行取物投錢。然而不到一年的時間，榮譽考試制度因頻傳舞弊、榮譽商店亦因鉅額虧損而關閉，使得榮譽制度難以為繼。[21] 除此之外，大多數學生亦認為榮譽制度只是流於形式的生活教條，因此參與意願低落。[22]

為了解決這些問題，改選後的第二屆榮譽制度委員會提出擴大參與等方式挽救頹勢。第二屆委員會提出的方案，包含制訂榮譽公約的具體推行辦法、將榮譽制度的適用對象擴及全校教職員工；委員會的成員，亦因適用對象而擴張至學生七人、教師五人、職員三人。[23] 校方也回應第二屆委員會的要求，將原先的榮譽制度委員會改組為規模更大的「榮譽精神推行委員會」，並邀請生化科副教授陳正益擔任該會召集人，協助溝通全校教職員生的觀念與做法。[24] 1977 年 10 月，陽明全校師生通過週會投票，決定將「榮譽精神推行委員會」改名為「陽明精神推行委員會」，並擬定〈陽明精神公約〉，以取代原先的榮譽制度公約。[25] 其內文如下：

> 一、我尊重我自己，一切的道德始於自愛，我絕不以非道德的事來侮辱我的人格。二、我尊重其他的人，不論他人如何待我，我要誠敬忠恕，推己及人，避免虛偽欺詐。三、我尊重團體，無論我身屬於任何單位或家庭，或學校、或機關，或國家，我會遵循共同的規約，養成守法的精神，負起一己的責任，視團體的榮譽和利益同我的生命一般。四、我尊重中華民族的優良傳統。五、我尊重生命，不敢有所輕慢。六、我要創造積極的德行，主動從事爲他人服務。[26]

相較於之前的榮譽制度委員會及公約，〈陽明精神公約〉更加注重道德的自覺與內省，並且不斷強調誠信、尊重生命與服務社會的精神。新修訂的〈陽明公約〉之所以朝著抽象的方向重新修訂，可能與之前陽明學生對榮譽公約缺乏「精神的啓發」的批評有關。再者，新版精神公約特別強調尊重生命、誠實、注重團體榮譽感，與韓偉強調的「醫德」、奉獻社會等觀念息息相關。陽明精神推行委員會的具體作爲，除了推行與溝通陽明精神與觀念之外，也干涉學生獎懲等事務。例如陽明精神委員會曾針對校內學生操行獎懲辦法提出修正案，主張初次觸犯校規的學生若能表達誠實與悔過的態度，將可由訓育委員會酌情減輕其處分。[27] 由陽明精神公約與推行委員會的內涵與具體作爲，可推知校方試圖從觀念和實際作爲進行改革，以此平息校內輿論對於榮譽制度缺乏精神啓發與具體措施的批評。

繼榮譽制度失敗後，重起爐灶的「陽明精神推行委員會」其成效如何？通過一份陽明校內的問卷調查結果，可略知一二。該問卷的提問如下：（1）您對陽明精神之看法；（2）您對陽明精神委員會之看法；（3）您對精神委員會處理懲罰問題；（4）對陽明精神委員會的呼籲你的態度；（5）您對陽明精神有甚麼構想和建議。在已回收的問卷中，對於陽明精神的內涵與推行會的績效，高達五成以上的答卷者回答：「無甚具體效果」、「尚求進步中」。而對於陽明精神委員會介入學生懲處事務部分，則有 54.8% 的答卷者認為「確實能給同學自新之機會」。可見陽明校內學生對於推行委員會的效用雖然感到存疑，但認為制度本身立意良善。而對於陽明精神委員會的具體建議，答卷者的意見頗為分歧。大多數的校內學生，依然覺得「陽明精神」過於抽象，希望精神推行委員會能夠研究出方法使其具體化，避免陽明精神淪為口號。另一種意見，則是希望校方相信學生自身的榮譽心，以指導的方式鼓勵學生自治自律，而非以限制、禁止的措施約束學生行為。[28]

對於這份問卷調查的結果，陽明精神推行委員會召集人陳正益做出了回應。他認為，「陽明精神」具體展現，即是培養學生做人起碼的修養與德行，使其成為一個仁心仁術的醫者。而關於委員會成效不彰的批評，他則解釋大學的校風難以在短短數年內形成，需要時間的醞釀才能看出成績；但若陽明精神能夠激勵校內學生自願發起社區服務、山地服務等活動，亦是一種無形的成果。[29] 陳正益希望陽明校內學生能夠保持耐心，時時刻刻提醒自己實踐陽明精神，成為一位仁心仁術的醫者。但陳正益等人的努力與期盼，在經過一年的努力後仍然無功而返，隨後陳正益亦辭去委員會召集人的職務。[30]

武光東與訓導自治

校內輿論對於陽明精神推行委員會成效不彰、以及訓導處人員管理工作的批評，依然揮之不去。在陽明精神推行委員會力量逐漸式微的情況下，校內生活管理漸趨嚴格，學生與校方的衝突更顯激烈。爲了徹底改革陽明校內的生活教育問題，校方邀請遺傳學教授武光東擔任訓導處主任、社會醫學科副教授藍忠孚任課外活動組主任，接掌校內學生的訓導與生活管理工作。武光東曾任職中研院植物所，後赴加拿大麥基爾大學（McGill University）深造獲遺傳學博士，於 1976 年應聘至陽明醫學院任教。在其早年任職中研院時期，深受胡適的自由主義影響，因此對於大學教育主張採取開明作風。[31]

武光東與藍忠孚等人提出的訓導工作新方針，以開放學生自治、積極輔導爲原則，並與陽明精神委員會合作，進行訓導工作與學生管理。武光東等人的構想，即是將「陽明精神推行委員會」作爲訓導事務的決策單位，通過會內的教職員工生代表進行民主討論和表決後，再將達成共識的決議事項交由訓導處執行。[32] 因此，陽明的訓導工作不再以記過等方式對校內學生進行懲處，而是以學生進行自我生活管理爲主體。例如校方訓導處不再干涉校內宿舍生活行爲，而是由學生幹部自行籌組「自治委員會」管理宿舍事務。[33]

在武光東的帶領下，陽明訓導處於 1979 年 9 月召開首次由學生參與決策的訓導會議。此次會議涉及學生宿舍自治事項，以及校內膳食改善等討論。在此次會議中，訓導處與學生代表均同意由學生推選的方式成立自治委員會，維持宿舍秩序、內務清潔與確保住宿安全等事項。[34] 在確立學生自治的原則後，男生第一宿舍、女生宿舍即開始選出自治會幹部，並訂定組織章程與宿舍公約，負責管理宿舍門禁登記、寢室內務檢查、電源開關檢查等工作。[35] 但由於原自治會章程將管理的範圍侷限於宿舍點名和內務檢查，範圍過於狹隘，因此男生第一宿舍自治會決定擴大自治範圍，並將原先的組織改組爲生活促進會。新選出的自治會，將一改原先消極被動的管理模式，積極舉辦各類團康與競賽活動，並通過收取會費的方式集資改裝宿舍空間。[36]

那麼校內學生對於校方一改之前的生活管理模式，轉而走向「訓導自治」的方向有何看法？在訓導處實施學生自治管理半年後，校內刊物《橘井》對校內各年級學生進行了一次問卷調查，詢問校內學生對於訓導自治、陽明精神委員會的看法。對於校方現行的訓導自治模式，大多數學生表示「贊成，因爲學校尊重同學，讓大家發揮了自重自愛的精神」。由此可見大多數人對於校方開明的民主作風表示肯定與支持。而對於學生自身是否願意積極參與自治工作，有超越半數的人自認願意配合擔任自治幹部，但也有人抱持獨善其身，以被動的方式配合訓導自治。而關於陽明精神委員會的看法，大多數學生認爲精神委員會與學生的接觸太少，委員會的提案亦無法達成全校意見的疏通，應該像一般社會或自治會擴大參與成員。但亦有人對陽明精神委員會的存在表示肯定，認爲委員會這個平台提供一個討論陽明精神的園地，也時時刻刻提醒全校師生維護陽明精神。由此可見，陽明精神委員會成爲決策機構之後，在校內學生眼中成爲一個偶爾開會決定學生獎懲處分的機構，鮮少與學生進行接觸與溝通。訓導自治模式的施行，反而弱化了陽明精神委員會原先的角色。

至於陽明校內學生對陽明精神的看法爲何？低年級學生的意見認

爲陽明精神等於良好品德的總和，但對於陽明精神的具體內涵爲何，仍處於概念模糊、難以把握的狀態。而高年級學生（醫學系大四、大五）則有三成的意見表示：「要大家謹愼自持是可以做到的，但是要大家變成史懷哲是辦不到的」、「大部分的同學都能謹愼自持，但是奉獻犧牲的胸懷還不夠」。[37] 由此可見，校內學生普遍認爲，「陽明精神」具體內容爲何仍然難以把握，而面臨臨床實習課程的高年級學生，又認爲陽明精神理想難以與現實生活相符。[38] 總體而言，訓導自治施行之後，大多數的意見仍然肯定訓導處的開明民主作風，但認爲對推展陽明精神的幫助有限。

這股校園內的開明之風，卻因爲校內偷竊賭博等案件頻傳，而遭到嚴重的挫敗。在校方實行訓導自治數個月後，院長韓偉召開訓育委員會，決定將涉及賭博偷竊的五年級學生共四人勒令退學、休學。而全案的調查與訪談工作，則由訓導主任武光東全權負責。[39] 對於此案，校內學生的反應分爲兩類。一類意見則是對校方的處分表示心存疑慮，認爲案件懲處過重、大多數罪證並未抓到現行證據。但大部分的意見是擔心此次事件將對陽明的訓導方針造成打擊，使得原先陽明開放自治的風氣出現倒退。[40] 爲此事承受極大壓力的武光東，則在事件爆發後數月內病倒，後因自身健康狀況以及處置校內鬥毆事件的爭議，而辭去訓導主任一職。[41]

從榮譽制度、陽明精神推行與學生自治的推行與摸索，處處可見理想與現實的碰撞。面對校方以培育公費醫師爲導向的生活教育，校內學生認爲過於理想不切實際，故而成效有限。直到以武光東爲首的「訓導自治」展開後，才開始步上實踐陽明精神之路。而由韓偉首先提倡的榮嚮制度，其內涵也因此逐漸被學生自治的各種規章所取代。然而當時的臺灣正處於戒嚴時期，國家對學生的校園生活控制無所不在。武光東所倡導的學生自治不免招致保守派的批評。[42] 武光東的訓導自治，對於身處於戒嚴時期的陽明學生而言，不啻爲一次「實驗」——一場認識自治精神與主體的實驗，在戒嚴時期萌發的大學校園民主意識發展的脈絡下別具意義。

第三節　科系建置與課程師資

陽明醫學院創校初期，即依照建校草案於第一年先行成立醫學系與各學科，第二年後再陸續申請設立牙醫學系、護理學系等科系。在教育部駁回陽明設立護理學系的申請後，校方重新評估校內師資，轉而申請設立醫事技術學系，方始獲准成立。其中，醫學系的教學師資大多來自國防醫學院、榮總，以及海外留學返國任教之學人，爲設立醫學系奠定基礎。牙醫系的創立則與榮總牙科密切相關，相關師資訓練與臨床教學，皆由榮總一手包辦。醫事技術學系則由微生物與生化學科教師支援教學，並透過自行培養師資的方式，逐步發展學系的規模。

醫學系設立與課程創新

創校時即成立的醫學系，由周先樂擔任首屆系主任，其創設宗旨爲國家培育公費醫師下鄉服務、以及訓練基礎醫學研究人員。故校內的課程安排，除了必須符合醫學生的學科訓練，亦需加強醫學生接觸基礎醫學研究、基層醫療機構的機會。因此院長韓偉提出試辦「暑期實習」

課程構想，由醫學系二年級學生開始選修，希望加深醫學系公費生對基層醫療機構的瞭解。這份暑期實習的內容包含「基礎醫學研究實習」、「衛生所、診所及醫院之觀察實習」等項目，希望醫學系學生能夠趁暑假籌組社區服務隊調查地區疾病、認識鄉村的醫療單位，或是進入校內的基礎醫學學科實驗室見習，以增進實作經驗。[43]

除了加強醫學系公費生接觸基層醫療與醫學研究的課程外，醫學系整體的課程設計，亦受到教學合作醫院榮總影響。依照醫學系的章程與課程進度，第一學年至第四學年教授基礎醫學與臨床醫學概論，第五學年開始接觸臨床科目實習。待前五學年的成績及格後，進入第六、第七學年的臨床學科實習與醫院臨床實習課程。由醫學系必修科目表可知，前三學年修習的科目包含化學、生物、物理學、大體解剖、生物化學、藥理學、生理學等基礎醫學科目。第四學年則開始修習臨床診斷學、內科、外科學概念，以及循環、消化、呼吸、傳染、血液學等專題科目。第五學年開始接觸內外科、小兒科、眼科、耳鼻喉、皮膚科等臨床實習課程。陽明醫學院將基礎醫學與臨床醫學教學課程壓縮在前五年講授完畢，並在第五學年下學期進入榮總學習，課程可謂十分繁重。[44]

在榮總的協助下，陽明醫學系的臨床課程亦進行教學創新。首先是「實驗外科」課程的實施。實驗外科課程於 1980 年 7 月開設，由榮總實驗外科主任王丕延負責教學內容。實驗外科課程的教學目標在於透過動物實驗室模擬外科開刀房的情境，使醫學生在五年級進入臨床外科實習前，能夠先透過各類動物手術瞭解外科手術的細節與事項、實驗並改進外科技術問題，並從中發展出新的外科技術。該課程需時六週，學生必須在實驗手術中操作手術室裡的各項技術，舉凡刷手、換衣、麻醉、動刀、止血等都在訓練範圍之內。課程進行期間的訓練手術包含闌尾切除、全胃切除、大小腸吻合等，每次課程均由兩位學生主刀，其餘學生則分別操作輔助儀器、抽血、檢驗等等。此課程另外一項特點爲學生需要自行設計新的實驗技術，通過構思、尋找題目等方式。創造出合理且有用的外科技術。爲了實驗外科課程的發展，陽明特別裝設實驗外科實驗室一間、手術室兩間，以及手術顯微鏡七台，加強陽明醫學系的外科教學與研究內容。[45]

其次是急症醫學（Emergency Medicine）課程的開設。急症醫學爲1970至1980年代新興的醫學專業，其課程特性爲整合臨床各科急症的處理原則與技術，需要結合外科、小兒、婦產、眼科、耳鼻喉科、皮膚、精神、核醫等各科教師參與。陽明醫學系與榮總合作，於1980年開設急症醫學整合性課程，並邀請美籍專家魏思道醫師（John O. West），來臺講授心肺復甦術、創傷與昏迷評估等課程，爲陽明醫學系開闢新的教學領域。[46]

各學科發展概況

支撐醫學系所有教學課程內容者，爲基礎醫學與臨床醫學領域所組成的各個學科。根據陽明醫學院建校的組織系統，醫學院設有解剖學、生理學、生物化學、微生物、寄生蟲、藥理學、病理學、內科、外科、婦產科、小兒科、神經精神病科、眼科、耳鼻喉科、復健醫學、核子醫學、社會醫學、麻醉、放射線科等19個學科。[47]然在建校初期，由於師資聘任未齊等種種問題，使得陽明的學科建置至1979年才得以完備。[48]

各學科師資的來源，來自數個管道：一類是透過「外職停役」（軍職轉公職）的方式，向國防醫學院與榮總聘請教員。陽明於創校之初，即透過此方式聘請姜壽德、周先樂、韓韶華、魏如東等四人，分別擔任生理學、藥理學、微生物學、生物化學學科主任。其中韓韶華因國防醫學院教學需要不便同意之外，其餘三人均辦理停役手續前往陽明任職。[49] 國防醫學院寄生蟲學教授范秉真，亦透過相同管道被網羅成爲陽明醫學院寄生蟲學科首任科主任。另一類管道，則是海外學人透過教育部或青輔會等機構，自行申請返臺任教。第三類管道，是由院長韓偉親自延攬海外人才、或是邀請在國內任教之專才，再由陽明向教育部提請聘任。1976 年建校初期，透過後兩種管道回國任教者，有朱樂華、陳錫松、陳正益等人。其中朱樂華爲加州大學醫學院生化博士，曾任加州大學生化研究員、密蘇里大學副教授；陳錫松爲田納西州大學化學博士，曾任賓州大學研究員、Philip Morris 研究中心研究員；而陳正益爲辛辛那提大學化學系博士，曾任該校醫學院副研究員。[50] 從延聘海外人才返國任教的狀況而言，陽明建校初期的生化科系師資陣容可謂十分堅強，新進教員均獲得美國相關科系博士學位，且曾擔任研究機構專職一年以上。

至於對醫學系教學至關重要的解剖學科，則邀請國科會、衛生署共同聘請回國客座的賓州州立大學教授哈鴻潛，擔任該學科的開創與建設工作。[51] 而關於臨床醫學教學師資部分，因陽明的臨床教學課程主要由榮總負責，故臨床學科主任均由榮總各科主任兼任。例如內科、外科、病理學科，即分別由榮總內科主任丁農、外科主任盧光舜、病理學科朱邦猷等人擔任。以下爲 1979 年陽明醫學院創校初期醫學系各學科副教授以上職等的師資名單：[52]

科系	職稱	姓名	備考
醫學系	教授兼系主任	姜壽德	兼生理學科主任
醫學系	兼任教授	楊文達	
醫學系	兼任教授	李煥燊	
解剖學科	教授兼科主任	哈鴻潛	衛生署支薪
解剖學科	副教授	劉國鈞	
解剖學科	副教授	沈清良	
生物化學科	教授兼科主任	魏如東	
生物化學科	教授	陳錫松	
生物化學科	教授	朱樂華	出國研究
生物化學科	副教授	陳淑眞	
生物化學科	副教授	陳正益	
生物化學科	副教授	陳滇娥	
生物化學科	副教授	吳妍華	
生物化學科	副教授	蕭廣仁	
生理學科	教授兼科主任	姜壽德	
微生物學科	副教授代科主任	蔡文城	
微生物學科	副教授	張仲明	
寄生蟲學科	教授兼科主任	范秉眞	
寄生蟲學科	副教授	何兆美	
藥理學科	教授兼科主任	周先樂	出國研究
藥理學科	副教授代科主任	陳介甫	
藥理學科	副教授	蘇美貴	
社會醫學科	副教授代科主任	藍忠孚	
病理學科	兼任教授 兼科主任	朱邦猷	榮總病理部主任兼
病理學科	兼任教授	杜炎昌	

科系	職稱	姓名	備考
內科	兼主任教授	丁農	榮總內科部主任
內科	教授	金鏗年	兼榮總內科內分泌室主任
內科	教授	姜必寧	兼榮總心臟病科主任
內科	副教授	彭瑞鵬	兼榮總胸腔病診斷中心主任
外科	兼主任教授	盧光舜	榮總副院長兼外科部主任
外科	副教授	沈力揚	兼榮總神經外科主任
外科	副教授	羅惠熙	兼榮總外科專科醫師
婦產科	兼任教授 兼科主任	吳香達	榮總婦產科主任
小兒科	兼任教授 兼科主任	蕭遺生	榮總小兒科主任
神經精神病科	兼任教授 兼科主任	朱復禮	榮總神經精神病部主任
眼科	兼任教授 兼科主任	林和鳴	榮總眼科主任
耳鼻喉科	兼任教授 兼科主任	榮寶峯	榮總耳鼻喉科主任
復健醫學科	兼任教授 兼科主任	徐道昌	榮總復健醫學科主任
復健醫學科	臨床教授	趙尚良	專任振興復建中心醫務組主任
核子醫學科	兼任教授 兼科主任	葉鑫華	榮總核醫部主任

科系	職稱	姓名	備考
皮膚科	兼任教授 兼科主任	王鑄軍	榮總皮膚科主任
麻醉科	兼任教授 兼科主任	金華高	榮總麻醉科主任
放射線科	兼任教授 兼科主任	于俊	榮總放射線部主任

由這份名單可知，陽明建校初期的師資十分缺乏，專任師資大多集中於生物化學領域，其他學科教師大多由榮總或校外兼職。爲了補足微生物、病理、生理、藥理、公共衛生等學科的師資，院長韓偉於 1978 年年底親自前往美國延攬人才，其行程包含拜訪舊金山、鹽湖城、芝加哥、底特律、費城、華盛頓特區等城市的醫學院、留學生與華人執業醫師。在此次訪美的過程中，共有 30 人表達願意返國任教的意願，但最終眞正成功延攬回國者，只有正在夏威夷大學任教的崔玖。[53] 爲何海外學人返國任教的意願低落？根據這份訪美報告所附的行程表，可推知韓偉前往美國延攬人才的時間，適逢美國與中華民國斷交、臺灣外交處境風雨飄搖之際，使海外學人返臺的意願更爲降低。由前述師資聘任狀況，可從中瞭解陽明建校初期所面臨的內外困境。

而在硬體設施方面，陽明創校初期設備與教學空間相當匱乏，校內僅有實驗大樓一棟校舍，各學科以此爲安置實驗設備的基地。實驗大樓內一樓設有生物實驗室、二樓爲生理、藥理實驗室，三樓爲生化實驗室。解剖學科所屬的大體解剖室、視聽教學教室位於實驗大樓一樓，整體教學設施經過數次空間調整後才大致完備。[54] 除了空間不足之外，校內供電不穩與建築物水管漏水亦對學科發展造成嚴重的挑戰。例如曾因校內停電，損毀各學科的重要標本；[55] 藥理實驗室更曾在短短一年半之內遭到五次水災，導致精密儀器損毀，且經常停電影響實驗進行、耗損實驗用品甚鉅。[56] 在缺乏設備與資源的情況下，各學科仍然艱辛地逐步完成教學課程設計與研究設備的安裝，爲陽明帶來嶄新的教學風格。例如由解剖學科主導創設的閉路電視教學系統、超微結構研究室、實驗動物房，爲創校初期的陽明奠定日後研究發展的基礎。

裝設公共教學研究設施

陽明創校之初，由於各學科所需之研究教學設施付之闕如。因此在聘任師資之餘，亦積極進行研究設施的裝設。在校方與解剖學科的合作下，先後完成了閉路電視教學系統（CCTV）、超微實驗室、動物室等設施的裝設與建造。

首先是閉路電視教學系統的建置。該系統由日本引進，包含中央控制室與攝影棚等設備，主要用於組織學、神經科學、生理學等課程教學，具備教學現場實況轉播、錄製教學節目、播放各種影片教材等功能。任課教師在教授大體解剖與生理、藥理實驗課時，可利用此系統進行現場實況轉播，或是將錄影帶、幻燈片等教材轉換爲電視訊號播放在彩色電視畫面內，並利用控制室的對講系統與學生直接互動。除此之外，教師亦可另外製作錄影帶以作爲視聽教材之用。在建置電視教學系統初期，解剖學科得到教育部經費的支持，先在解剖科大體實驗室裝設彩色電視接收機，並完成主控室與攝影棚建設工作。1979 年後，陸續安裝 CCTV 相關器材與預設管線工程。裝設閉路電視教學系統的原因，起於陽明醫學系設立之初即加收醫學生至 120 人，加上創校初期各學科專任師資缺乏，無法應付教學需求，因此亟需視聽教學系統進行輔助。授課教師可藉由電視轉播方式向修課學生示範實驗儀器操作方法、病人檢查方法，或是展示組織學實驗的顯微鏡片。除此之外，教學內容可直接錄影保存，提供學生借閱觀看複習課程內容。這套閉路電視教學系統除用於內部教學之外，亦獲得衛生署與榮總的支持，做爲錄製電視醫學教學節目之用。[57]

其二爲超微結構研究室的設立。超微結構（ultrastructure）意指普通顯微鏡所觀察不到的生物結構，例如細胞內的細胞膜、核膜、核糖體等，因此必須使用分辨率更高的電子顯微鏡進行觀測。解剖學科成立超微結構研究室，是爲了推展院內分子生物研究，並促進院內各科系的教學與研究合作。超微結構研究室的建置工作，主要是向國外採購電子顯微鏡，並且完成裝設運轉。解剖學科在實驗大樓 B1 區正式成立超微結構研究室後，於 1977 年向日本採購裝設掃描式電子顯微鏡（JSM-35C 型），再於 1979 年裝設穿透式電子顯微鏡（JEM-100CX 型）。該研究室由陳德雄、劉國鈞等人主持，至 1979 年裝設運轉完成進入實用階段，提供全院各學科教學研究之需。[58] 除了提供研究設備之外，研究室亦計畫製作數套掃描與穿透式的組織學電子顯微鏡照片，提供組織學教學之用。[59]

其三爲籌備建立動物室。爲了解決醫學系飼養實驗動物的問題，解剖科主任哈鴻潛協同建築師張德霖前往美國賓州州立大學 Hershey 醫學中心，研究該院的動物中心研究設備，並根據該中心的建築資料著手設計，此即爲日後陽明醫學院實驗動物中心的雛形。[60]

解剖學科

解剖學科創建於 1976 年，由院長韓偉力邀當時正在臺灣擔任客座專家的賓州州立大學教授哈鴻潛，擔任設立解剖學科的工作。哈鴻潛於 1944 年畢業於滿洲國時期的哈爾濱醫科大學醫學部，後進入母校解剖學教室擔任助教。1948 年前往臺灣大學醫學院擔任解剖學科助教，在金關丈夫、余錦泉教授指導下從事研究，後於東京大學醫學部與腦研究所攻讀腦解剖學，師事小川鼎三教授，並獲得九州大學醫學博士學位。哈教授在 1959 年赴美國賓州大學（University of Pennsylvania）醫學院神經科學研究所，後於解剖學科擔任副教授，從事知覺解剖與生理學研究，1972 年轉任賓州州立大學（Pennsylvania State University），獲得醫學院終身教職。1973 年受行政院衛生署、國科會之邀被聘爲客座專家，返回臺灣主持針刺止痛研究計畫長達十年。[61] 在韓偉的盛情邀約下，哈鴻潛認爲陽明醫學院的成立將爲臺灣醫學教育帶來新局，因此決定加入陽明創校的行列。[62]

解剖學科草創時期，科內僅有科主任哈鴻潛一人、助教一人、技術員三人，其餘的實驗設備與空間付之闕如。解剖學科所擔負的教學任務，主要爲開設醫學系二年級的大體解剖課、三年級的組織學與神經解剖課。故遺體的取得與儲藏設備、製作組織學相關標本，以及延攬課程助教，成爲學科初期的建設目標。自 1977 年起，解剖學科爲了籌備第二學年的課程，加緊裝設大體解剖室，以及製作上百種組織教學用標本，以滿足課程的基本需求。[63] 不過，人才訓練、延攬與教學設備創設與更新，仍然是該科亟待解決的問題。對於解剖學科的人才延攬與培養問題，哈鴻潛認爲目前臺灣的解剖學科師資難求，因此將從自行培養、邀請國外學者返臺任教、邀請客座教授等方式著手。在自行培養人才方面，解剖學科透過國科會計畫、交換計畫等方式，派遣助教張台昌、陳秋枝、許世昌等人，前往美國從事進修研究。其中張台昌前往美國奧克拉荷馬大學等校進修半年至一年，並在阿拉巴馬大學獲博士學位；陳秋枝則透過國科會計畫，前往美國加州大學洛杉磯分校與伊利諾大學修習神經科學與解剖學；許世昌亦透過國科會資助，前往美國賓州大學解剖學科、神經科學研究所進行研究，並於 1983 年獲得該校博士學位後，返回陽明擔任解剖學科副教授一職。[64]

在聘請國外學者方面，哈鴻潛邀請到海外學者至陽明任教，分別爲陳德雄、劉國鈞、沈清良等人。其中陳德雄來自紐約大學，爲電子顯微鏡專家，負責規劃組織學課程。[65] 沈清良則爲伊利諾大學博士，專攻大體解剖、神經解剖，將可強化相關研究與教學。劉國鈞爲伊利諾大學博士、阿肯色州州立大學研究員，專攻電子顯微鏡研究，對即將成立的「超微結構研究室」有重大的貢獻。[66] 在客座教師聘請方面，解剖學科曾邀請美國學者董厚吉、居叔寧等人至陽明擔任客座教學一學期左右，以分擔解剖學科的教學工作。[67]

生物化學科

生物化學科爲陽明醫學院創院初期師資陣容最爲完備的學科，由魏如東擔任首屆學科主任。魏如東歷任國防醫學院教授、榮總柯柏館研究員等職，曾於 1961 年獲得國家長期發展科學委員會獎學金，赴美國康乃爾大學深造取得生化博士學位；其主要研究領域爲黴菌毒素研究，曾於 1976 年以藍酪黴毒素對腹水癌細胞的抑制作用研究，獲得行政院頒發研發報告特優獎等殊榮。[68] 除了魏如東之外，該學科在創立初期即有數位學者自海外受邀或申請返國任教，計有朱樂華、康有燃、陳淑貞、陳正筮、陳錫松、吳妍華、魏耀揮等人。其擔負的教學工作，主要爲負責教授醫學系第一學年至第三學年的普通化學、分析化學、有機化學、生物化學理論與實驗課程，使修課學生瞭解化學理論、化學分析理論與實驗，並使用化學方法探討生物體之生命現象。[69]

生化學科創立之初，因受限於人員與研究經費等因素，主要以集中資源，以及榮總醫學研究部合作等發展模式進行研究工作。在歸國學人的經營與結合榮總臨床醫學研究的脈絡下，生化學科在粒腺體疾病、脂肪細胞、肝炎病毒研究等領域取得成果。[70] 其中生化學科吳妍華與朱廣邦教授更曾與醫技系丁令白教授、共同科羅時成教授組成團隊，參與國科會於 1981 年策劃的「基因體重組開發 B 型肝炎疫苗」計畫。[71] 除了個別的研究計畫外，陽明生化學科的發展，亦得益於 1980 年代臺灣分子生物學研究領域的整體發展與茁壯。自 1986 年中研院正式設立分子生物研究所後，帶動了細胞與個體生物學、基因體研究，對於疾病的防治與診斷治療有很大的進展。陽明生化學科教授亦在這股學術潮流中，佔有一席之地。[72]

生理學科

生理學科爲陽明創校初期即已創建的學科之一，主要擔負的教學工作爲教授醫學系三年級生理學與生理學實驗，使修課學生理解人體器官的主要功能與相互關係。負責創建生理學科者，爲原先任職於國防醫學院生理學科的教授姜壽德，經由外職停役轉任陽明醫學院教授。

姜壽德畢業於國防醫學院醫科 40 期，因在校成績優異，經國防醫學院生理系延攬留校擔任助教，師承「中國生理學之父」林可勝、柳安昌等人的生理學研究傳統，由此開啓研究職業生涯。1956 年出版《實驗生理學》一書，爲臺灣早期生理學界的重要著作。1958 年，姜壽德獲獎學金赴美國杜克大學醫學院生理學系進修心肺生理一年。回國後，奉命籌備八〇一軍醫院的心肺功能實驗室，開啓臺灣「呼吸生理學」研究之先。後又應榮總邀請，籌劃設立榮總的肺功能實驗室，爲榮總當時設備最先進的實驗室。1962 年，姜壽德獨力設計了肺量計套量圖尺，並發表相關論文，引起歐美呼吸生理學界的迴響。故再次受邀至美國紐約州立大學擔任客座助理教授，以及耶魯大學博士後研究員、客座助理教授等職。返國後發表一系列關於呼吸機械學的相關論文，並與電腦資訊部門合作設計一套診斷肺功能生理變化的軟體，爲臺灣醫學界之創舉。[73]

1974 年，陽明醫學院籌備與創校之際，姜壽德受院長韓偉之邀請擔任創建生理學科之工作。在學科建設初期，學科內僅有教師陳滇娥、李不偏，以及陳李仲惠與蕭正夫等兩位講師，且生理實驗室等相關設施尚未裝設完畢。在努力經營下，生理學科於 1980 年後陸續聘請到王錫崗、邱蔡賢等海外學者返國任教，爲生理學科陸續開創神經內分泌學等領域之研究。[74]

藥理學科

藥理學科由周先樂負責創建。該學科主要擔負的工作爲教授醫學系第三學年的藥理學理論與實驗。課程內容主要教授臨床上藥物使用之主要原理、每類藥物藥效與作用機轉所可能產生的副作用。

周先樂畢業於國防醫學院47期，1968年赴美國猶他大學研究藥理學，於1970以甲狀腺內電離子運輸系統研究獲博士學位。[75]1978年赴美國進修後，由藥理學科陳介甫暫代其職務。陳介甫歷任國防醫學院講師、副教授等職。1967年考入國防醫學院生物物理研究所，受藥理學家李鉅教授[76]指導進行心理藥物研究。研究所畢業後，隨周先樂教授進行藥物傳導等研究。1975年5月後，因協助周先樂籌設陽明醫學院生理學科與藥理學科，此後正式成為陽明醫學院藥理學科副教授。[77]

在院長韓偉的支持下，陽明藥理學科成為臺灣少數以西方醫學為基礎進行中藥分析的學術單位。其研究項目包含降血脂藥物、吳茱萸的血壓升降作用、糖尿病治療藥物、生藥成分分析等，使藥理科的研究發展別具特色。[78]

微生物學科

微生物學科創建於1977年，由國防醫學院微生物學科教授王貴譽擔任開創學科的工作。微生物學科主要擔負醫學系第三學年的微生物學理論與實驗的教學工作，其教學目標為介紹細菌學、免疫學、病毒學的發展，進而指導細菌病毒與黴菌檢驗之能力。

微生物學科創始之初，除了科主任王貴譽之外，尚有返國任教之副教授蔡文城，以及講師郭美霞等人。蔡文城於1974年獲得南達科塔州立大學（South Dakota State University）微生物系博士，曾任德州大學博士後研究員等職，專長為微生物檢驗鑑定、微生物診斷學。陽明創建之初，微生物學科即開始規劃設計位於實驗大樓三樓的微生物實驗室。微生物學科正式成立一學期後，陸續聘請到比利時魯汶大學醫用病毒學博士劉武哲負責教授病毒學，以及國防醫學院教授韓韶華兼任免疫學教授。1979 年後，亦有免疫學學者張仲明、胡承波等人，自美國申請返國任教，並與榮總醫學研究部組成團隊進行研究合作。[79] 在該學科教師與榮總醫研部的合作下，於肝癌研究領域取得重要的研究成果。其中包含肝癌細胞株的收集，以及對於肝癌細胞的分化、轉形、肝癌病患的免疫反應；以及從分子生物學與病毒學的觀點，研究 B 型肝炎與肝癌的關係。[80] 在雙方密切合作的情形下，為該學科設立臺灣第一所微生物及免疫學研究所，奠定了基礎。

寄生蟲學科

寄生蟲學科成立於 1976 年，其創建工作主要由首屆學科主任范秉眞承擔。范秉眞師承著名寄生蟲學家許雨階，[81] 歷任國防醫學院寄生蟲學副教授、教授等職，1976 年轉任陽明醫學院教授。其研究領域為血絲蟲病防治、條蟲病研究，曾受農復會、軍醫署、美國陸軍遠東研究及發展中心等單位計畫資助，前往金門進行血絲蟲病防治研究，並發明食用藥鹽「海喘散包衣食鹽」徹底根除流行於金門地區血絲蟲病。1984 至 1992 年期間，在國科會的資助下，對臺灣山地進行條蟲病調查與治療研究，發現與確認亞洲條蟲的特殊性。[82] 鑑於以往的卓越研究貢獻，范秉眞曾獲頒傑出科技榮譽獎、醫療奉獻獎等殊榮。[83]

寄生蟲學科主要擔負的教學工作，為教授醫學系第四學年的寄生蟲學與實驗。其主要的教學目標，為認識人體寄生蟲的外部型態與特徵，以及寄生蟲對人體危害的臨床診斷。授課課程內容包含醫用蠕蟲學、醫用原蟲學、醫用昆蟲學、寄生蟲免疫學、寄生蟲診斷學等六個部分。除了范秉眞之外，寄生蟲學科亦聘請何兆美、趙大衛爲副教授，以及劉鋭中、連日清、徐爾烈爲兼任教授，充實學科的相關教學師資，並積極朝向寄生蟲免疫學之研究方向發展。[84]

社會醫學科

社會醫學科成立於1978年，其教學科目包含公共衛生學導論、流行病學、環境醫學、牙科公共衛生學、生物統計學、衛生化學實驗、社會醫學、醫院管理學等等。該學科的研究與教學方向，主要以醫院業務評估、栽培醫事教育人才爲主，並且鼓勵學生多方參與公共衛生研究計畫與社區醫療服務工作。[85]

社會醫學科創科初期，僅有科主任藍忠孚與講師周碧瑟等人，其研究領域與教學專長涵蓋流行病學調查研究、醫療保健、政策與管理、醫院管理、全民健康保險、民眾醫療行爲等等。社會醫學科的教學與研究兼顧理論與實務，並且策劃及參與許多衛生行政與社會服務工作。例如陽明校內的勵青社服務隊、社區醫療服務隊、口腔衛生服務隊與防癌十字軍，皆有社會醫學科在幕後策劃、提供諮詢的身影。[86]

臨床學科

陽明創校初期的臨床學科課程與教學，大多仰賴榮總各科的臨床醫師負責組建。在臨床學科建置初期，設有內科、外科、病理、婦產、小兒、神經精神病、眼科、耳鼻喉、復健、核子醫學、皮膚、麻醉、放射線科，分別由榮總內科部主任丁農、榮總外科部主任盧光舜、榮總病理科主任朱邦猷等人兼任學科主任。在榮總臨床學科教師的協助下。外科與榮總、衛生署與華視合作，首創臺灣醫學界電視教學之先。[87] 內科則提出與陽明加強互相合作與支援的計畫，從醫療管理系統協助陽明建立臨床教學制度。[88] 然而，創建初期的臨床各學科，亦同樣面臨教學設備、人員與資金方面不足等隱憂。例如外科課程運作經費僅佔全院專案性經費分配的百分之三，且該科並未配置助教與技術員，難以準備實驗課程。[89] 由此可見，在臨床教學與研究方面，陽明與榮總雙方該如何就教學課程進行協調與配合，進而建立一套教學制度，誠爲創院初期的重要課題。

牙醫學系的創立

牙醫學系建立於 1976 年，爲陽明醫學院正式建院後第二個設立的學系。牙醫系創設初期，由院長韓偉邀請榮總外科部牙科主任惠慶元出任陽明牙醫系首任系主任。在缺乏課程安排、實驗室與器材的情況下，惠慶元著手從美日牙醫教育體系收集課程資料、加強師資培育，以及設立牙醫系系館等籌備工作。在課程安排方面，陽明牙醫預計調整五至六年級的課程安排，將增加臨床實習的課程時數。而在師資聘任的部分，惠慶元計畫招考助教，並邀請甫自天普大學博士畢業的楊世芳教授口腔組織胚胎學，以及透過與臺大、國防醫學院師資交流等方式，補充教學師資陣容。關於牙醫系系館的建設工作，則交付宗邁建築事務所進行初步設計。[90]

在經歷數年的草創階段後，惠慶元於 1979 年辭職退休，改由榮總新任牙科主任、陽明牙醫系贋復學教授詹兆祥兼任牙醫系系主任。在其擔任系主任期間，解決了課程內容、師資缺乏與系館建設等問題，並大幅提升陽明牙醫系的地位。在其任內，陽明牙醫系特別注重課程實習的水準。除了拉長臨床實習的時數外，教學內容特別增加顎顏咬合學等實用學科課程，並根據牙醫系需要調整口腔微生物學等課程的比重。不過陽明牙醫系開創初期亦有其限制。例如在基礎醫學課程方面，由於陽明師生人數稀少，牙醫系只能配合醫學系進行合班教學，無法針對其科系特性進行內容修改。[91]

在詹兆祥的主導下，陽明牙醫的師資來源與培養，則呈現了榮總與陽明密切結合的關係。陽明牙醫的教學師資來源，大多來自於榮總牙科醫師，由榮總選派醫師出國進修留學後，再返回陽明任教。例如凌莉珍、張哲壽、賈孝範等人，即赴美國進修牙周病、口腔顎面外科、兒童牙科等領域，學成回國後投入牙醫系的教學工作。爲了配合陽明牙醫的臨床教學工作，詹兆祥更籌劃擴大榮總牙科的編制，設立口腔贋復科、口腔外科、牙體復形科、兒童牙科與矯正牙科、牙周病及根管治療等部門，使陽明牙醫系與榮總牙科形成教學一體的緊密關係。[92]

在系館建設方面，經過惠慶元與詹兆祥等人的努力爭取，牙醫系系館自建系之初開始籌劃，於 1982 年正式開幕啓用。[93] 牙醫系系館特別著重於視聽教學器材的裝設，以借重錄影設備等方式製作案例教材。牙醫系系館樓高四層，一樓即裝設視聽教室與資料閱覽室，將臨床特殊案例資料集中於此進行教學。二、三、四樓則設置口腔解剖與形態學等實驗室設施，爲當時陽明校內設施最爲新穎的系館。[94]

增設醫事技術學系

醫事技術學系（下略稱「醫技系」）成立於 1979 年，為陽明醫學院正式建校後成立的第三個學系。由於醫技系的核准設立，出於校方意料之外，於是出身醫技系的微生物學科副教授劉武哲即在任教陽明一年後，成為首屆系主任最適當的人選。劉武哲於 1962 年畢業於臺大醫技系，後獲臺大微生物所碩士、比利時魯汶大學醫用病毒學博士學位，於 1978 年進入陽明醫學院任教。[95]

醫技系創設之初，最主要的困難是聘請專業師資、系所空間不足以及課程設計等問題。雖然陽明已有生化學科等相關師資可擔任醫技系基礎學科教師，但校內仍需醫技相關科系訓練者開設課程。因此尋找相關師資，便成為醫技系創系初期首要之務。然而，當時臺灣受醫技訓練、擁有博士學位者，仍屬鳳毛麟角；再加上當時任職榮總的資深技師雖可指導學生實習，但因學歷條件不足，無法充任醫技系專任教授。[96] 故而醫技系師資只能自行培養，或是向外尋找。在創系初期，醫技系即向臺大與榮總檢驗部聘請助教與兼任講師，支援分析化學、實驗診斷學等課程教學工作。[97] 其次則是教學空間不足的問題。創系初始，醫技系的辦公空間被分配在實驗大樓三樓 B 區，[98] 並配置一間「細胞學診斷實驗室」。[99]1982 年又因教學空間調整，由實驗大樓遷移至醫學館。醫技系亦因辦公與教學空間不斷搬移，使得創系初期發展受限。[100] 除此之外，擬定醫技系四年課程，亦是創系要務之一。由於醫技系的實習課程與榮總檢驗部門合作，因此醫技系的課程需納入放射線治療技術、核子醫學技術等科目，因而使得陽明醫技系的課程獨樹一格。[101]

為了醫技系長遠的發展，該系在1981年至1982年期間，聘請丁令白、張振耀兩位留美學人返國任教，並充實教學基本設備與發展新科目。其中丁令白負責臨床生物化學研究教學，張振耀則協助建立四年級實習與實驗課程。在充實基本設施方面，將購置血液學實驗用儀器與放射技術學相關教學設備。在發展新科目方面，醫技系與藥理學科、榮總檢驗部合作發展「臨床藥物學」、「毒物學」等課程，為醫技系開拓新的領域。

結語

由陽明創校初期的校務發展、以及師資招募與科系發展等情形，可知校內的硬體設施與教學、行政人員十分匱乏，校務經費亦有不足與各學科分配不等的問題。但在經費與人才拮据的情形下，各學科仍然努力發展自身的研究特色與發展領域，並在教學醫院榮總的支持下完善臨床學科、牙醫系與醫技系的教學內容。另一方面，做為以訓練公費醫師為導向的陽明醫學院，設定教育方針亦是建校初期的重點之一。韓偉試圖以榮譽制度、暑期實習及生活教育等方式，加強學生對於公費體制的認同。但在榮譽制度成效不彰的情形下，卻意外開啓了校內學生自治的風氣，實為陽明建校初期始料未及之事。

註釋

1 〈本院奉准成立，並請韓偉爲院長〉，國立陽明交通大學藏，檔號：064/SEC002000/1/0001/006。

2 由於陽明前期的建校籌備工作中，主事者均爲榮總與國防醫學院的教師與行政人員，已有傳聞中央將內定榮總副院長盧光舜接任陽明醫學院院長。因此韓偉接任陽明首任院長的訊息傳出後，令外界頗感驚訝。根據曾任陽明籌備處財務組長的樓思仁回憶，由於退輔會第六處處長戴榮鈐推崇韓偉在中原理工學院的治校成績，加上行政院長蔣經國與韓偉晤談之後深爲其學養所折服，韓偉因此雀屏中選，成爲陽明醫學院首任院長。陳慈玉，〈樓思仁先生訪問記錄〉，《臺北榮總半世紀——口述歷史回顧 下篇》，頁 582。

3 〈韓偉先生生平及見證〉，《韓偉先生紀念集》，頁 11-12。

4 〈醫者的畫像：韓偉先生自述〉，《韓偉先生紀念集》，頁 29。

5 〈生平年表〉，《韓偉先生紀念集》，頁 209-210。

6 〈檢呈本院組織規程與系統表二十份〉，國立陽明交通大學藏，檔號：064/SEC002000/1/0001/003。

7 《國立陽明醫學院六十五年度施政計畫》，國立陽明交通大學圖書館藏。

8 《國立陽明醫學院成立四個月之工作報告》，國立陽明交通大學圖書館藏。

9 《國立陽明醫學院十年長期教育發展計劃》，國立陽明交通大學圖書館藏。

10 《國立陽明醫學院成立四個月之工作報告》，國立陽明交通大學圖書館藏。

11 《國立陽明醫學院成立四個月之工作報告》，國立陽明交通大學圖書館藏。

12 《國立陽明醫學院十年長期教育發展計劃》，國立陽明交通大學圖書館藏。

13 〈增設護理學系，未准核列預算，應予緩議〉，國立陽明交通大學藏，檔號：067/DAA110010/1/0001/001。

14 〈國立陽明醫學院第十三次院務會議記錄〉，《院務會議暨行政工作會報規定事項，希遵照》，國立陽明交通大學藏，檔號：064/SEC002000/1/0002/002。

15 〈國立陽明醫學院第十二次院務會議記錄〉，《院務會議暨行政工作會報規定事項，希遵照》，國立陽明交通大學藏，檔號：064/SEC002000/1/0002/002。

16 〈韓院長訪問記〉，《橘井》第 4 期，1976 年 10 月 20 日，第 4 版。

17 韓偉，〈讓榮譽制度在陽明紮根〉，《韓偉先生紀念集》，頁 70。

18 〈榮譽制度推行委員會成立〉，《橘井》第 2 期，1976 年 4 月 4 日，第 1 版。

19 〈榮譽公約〉，《橘井》第 2 期，1976 年 4 月 4 日，第 4 版。

20 〈榮譽委員會現況〉，《橘井》第3期，1976年6月14日，第4版。

21 武光東，〈歸根復命〉，《丹心集》，頁195。

22 〈第二屆榮委會已產生〉，《橘井》第7期，1977年7月2日，第1版。

23 〈第二屆榮委會已產生〉，《橘井》第7期，1977年7月2日，第1版。

24 〈國立陽明醫學院第十二次院務會議記錄〉，《院務會議暨行政工作會報規定事項，希遵照》，國立陽明交通大學藏，檔號：064/SEC002000/1/0002/002。

25 〈爲全體教職員工和學生致推行陽明精神通過組織及公約請轉知所屬同仁出席本月十月十二日週會〉，國立陽明交通大學藏，檔號：066/SEC007030/1/0002/001。

26 〈陽明生活面面觀〉，《神農坡》第2期，頁12。

27 〈獎懲辦法修訂通過 誠實悔悟減輕處分〉，《橘井》第8期，1978年4月19日，第1版。

28 〈陽明生活面面觀〉，《神農坡》第2期，頁13。

29 〈陽明生活面面觀〉，《神農坡》第2期，頁13。

30 武光東，〈歸根復命〉，《丹心集》，頁196。

31 武光東，〈艱困求學〉，《丹心集》，頁187。

32 〈訓導工作新措施 同學須自重自治〉，《橘井》第11期，1979年9月18日，第1版。

33 〈未來訓導工作的方向—訪武、藍二主任〉，《橘井》第11期，1979年9月18日，第4版。

34 〈第一次同學參與決策的訓導會議〉，《橘井》第12期，1979年10月3日，第2版。

35 〈男一舍自治會組織及章程要點〉，《橘井》第14期，1979年10月30日，第1版。

36 〈一舍自治會將有大改革〉，《橘井》第18期，1980年1月14日，第1版。

37 〈關於這半年〉，《橘井》第18期，1980年1月14日，第2版。

38 〈關於這半年〉，《橘井》第18期，1980年1月14日，第2版。

39 〈賭博偷竊風氣初萌 訓育委員會緊急會商〉，《橘井》第21期，1980年4月29日，第1版。

40 〈開明乎？放縱乎？教育乎？懲罰乎？〉，《橘井》第21期，1980年4月29日，第1版。

41 武光東，〈陽明與我〉，《丹心集》，頁215。

42 武光東，〈陽明與我〉，《丹心集》，頁214。

43 〈國立陽明醫學院第十一次院務會議記錄〉，《院務會議暨行政工作會報規定事項，希遵照》，國立陽明交通大學藏，檔號：064/SEC002000/1/0002/002。

44　〈貴院所報醫學系牙醫系必修科目表一案〉，國立陽明交通大學藏，檔號：067/DAA101000/1/0001/005。

45　〈實驗外科簡介〉，《神農坡》第 4 期，頁 24-25。

46　〈本學院所聘之魏思道醫師，於本年七月來台，檢附急救醫學請課程計劃一份〉，國立陽明交通大學藏，檔號：069/PER407000/1/0002/12。

47　〈檢呈本院組織規程與系統表二十份〉，國立陽明交通大學藏，檔號：064/SEC002000/1/0001/003。

48　《國立陽明醫學院教職員錄》，國立陽明交通大學圖書館藏。

49　〈本學院擬聘請國防醫學院教授韓韶華等四員一案〉，國立陽明交通大學藏，檔號：064/PER400000/2/0001/030。

50　〈呈回國人才任聘之教師名冊〉，國立陽明交通大學藏，檔號：065/PER400000/2/0001/047。

51　哈鴻潛、高田編，《臺灣解剖學百年史》（臺北：合記，2003），頁 222。

52　《國立陽明醫學院教職員錄》，國立陽明交通大學圖書館藏。

53　〈檢送本院院長韓偉赴美延聘師資經過報告一份〉，國立陽明交通大學藏，檔號：068/PER406000/1/0001/002。

54　哈鴻潛，〈老兵憶往〉，《陽明十年》，頁 52。

55　〈國立陽明醫學院第二十七次行政會議紀錄〉，國立陽明交通大學圖書館藏。

56　〈國立陽明醫學院第二十九次行政會議紀錄〉，國立陽明交通大學圖書館藏。

57　〈檢發商討電視醫學教學節目製作播映有關事項會議紀錄乙份〉，國立陽明交通大學藏，檔號：072/DAA100000/1/0001/016。

58　哈鴻潛、高田編，《臺灣解剖學百年史》，頁 47。

59　〈超微結構研究室〉，《橘井》第 16 期，1979 年 12 月 17 日，第 3 版。

60　張德霖，〈函啓：哈教授鴻潛〉，國立陽明交通大學圖書館藏，未刊稿。

61　哈鴻潛、高田編，《臺灣解剖學百年史》，頁 222。

62　哈鴻潛，〈老兵憶往〉，《陽明十年》，頁 52。

63　〈國立陽明醫學院第十一次院務會議記錄〉，《院務會議暨行政工作會報規定事項，希遵照》，國立陽明交通大學藏，檔號：064/SEC002000/1/0002/002。

64　哈鴻潛、高田編，《臺灣解剖學百年史》，頁 45-46。

65　哈鴻潛、高田編，《臺灣解剖學百年史》，頁 43。

66　〈國立陽明醫學院第三十三次行政會議紀錄〉，國立陽明交通大學圖書館藏。

67 哈鴻潛、高田編，《臺灣解剖學百年史》，頁45。

68 中央社，〈魏如東分離出新毒素 對腹水癌有強抑效果〉，《聯合報》，1976年6月30日，第3版。

69 〈生物化學科〉，《陽明醫學院概況》，頁82。

70 魏耀揮，〈陽明生化所二十五年回顧與前瞻〉，《國立陽明大學生化暨分子生物研究所貳拾伍週年所慶特刊》，頁7-9；馮濟敏，〈我在陽明生化所25年〉，《國立陽明大學生化暨分子生物研究所貳拾伍週年所慶特刊》，頁10-11。

71 〈基因工程的拓荒者〉，《陽明十年》，頁24-26。

72 黃伯超，〈百年基礎醫學發展史〉，《中華民國發展史——學術發展（下）》（臺北：聯經出版公司，2011），頁730-732。

73 〈姜壽德教授生平事略〉，《追思與懷念——姜壽德教授（1920-2015）》，國立陽明交通大學圖書館藏。

74 林茂村、王錫崗，〈臺灣生理學的發展〉，《中國生理學史》（北京：北京醫科大學出版社，2000），頁260-261。

75 〈周先樂〉，《軍事委員會委員長侍從室》，國史館藏，典藏號：129-240000-3126。

76 李鉅（1905-），曾任協和醫學院藥理學、北京大學藥學系教授，赴臺灣後任教於國防醫學院藥理學系二十餘年。〈李鉅〉，《軍事委員會委員長侍從室》，國史館藏，典藏號：129-230000-2051。

77 陳介甫，〈教學相長——怎樣做學術領導人〉，《生理科學進展》38:1，頁9-10。

78 〈陽明藥理科〉，《神農坡》第4期，頁54-55。

79 蔡文城，〈回憶微免所成立初期的點點滴滴〉，https://wctsai.pixnet.net/blog/post/34693491，擷取日期：2022年11月27日。

80 〈向肝癌挑戰的一群〉，《陽明十年》，頁26-28。

81 劉復興，〈醫學界泰山北斗 許雨階年登大耄〉，《聯合報》，1976年1月16日，第3版。

82 范秉眞，〈回憶及懷念〉，《范秉眞教授榮退紀念專輯》，頁35-36。

83 〈傑出科技人才 政院卅日表揚〉，《經濟日報》，1978年10月27日，第2版。

84 〈寄生蟲學科〉，《國立陽明醫學院概況》，頁90-91。

85 〈社會醫學科〉，《國立陽明醫學院概況》，頁95-96。

86 〈學而優則仕 訪藍忠孚主任〉，《陽明醫訊》73學年度第1期，頁16。

87 〈國立陽明醫學院第五十二次行政會議紀錄〉，國立陽明交通大學圖書館藏。

88　〈國立陽明醫學院第五十八次行政會議紀錄〉，國立陽明交通大學圖書館藏。

89　〈國立陽明醫學院第四十四次行政會議紀錄〉，國立陽明交通大學圖書館藏。

90　張佑良，〈訪系主任談建系計畫〉，《陽明牙醫》創刊號，頁 36-38。

91　〈訪主任談榮總及陽明〉，《陽明牙醫》第 4 期，頁 8。

92　張哲壽，〈回顧陽明牙醫三十年〉，《張哲壽教授榮退專輯》，頁 207-208。

93　〈牙醫館開幕〉，《橘井》第 40 期，1982 年 4 月 20 日，第 1 版。

94　〈訪主任談榮總及陽明〉，《陽明牙醫》第 4 期，頁 7-8。

95　方諾妮，〈醫技系創系主任 劉武哲教授專訪〉，《神農坡彙訊》第 7 期，頁 2-5。

96　方諾妮，〈醫技系創系主任 劉武哲教授專訪〉，《神農坡彙訊》第 7 期，頁 2-5。

97　劉武哲，〈陽明醫技系第一年記事〉，《陽明醫技》創刊號，頁 2。

98　劉武哲，〈陽明醫技二十年〉，《國立陽明大學醫事技術學系二十週年專刊》，頁 11。

99　「細胞學診斷實驗室」的設置，與陽明校內組織「防癌十字軍」（後改稱「陽明十字軍」）等有關。院長韓偉應相關組織的請求，提撥專款於醫技系設置細胞學診斷實驗室，以協助子宮頸抹片檢驗等工作。劉武哲，〈陽明醫技系第一年記事〉，《陽明醫技》創刊號，頁 1。

100　劉武哲，〈陽明醫技二十年〉，《國立陽明大學醫事技術學系二十週年專刊》，頁 11。

101　〈賀醫技系成立 訪劉武哲系主任〉，《橘井》12 期，1979 年 10 月 3 日，第 1 版。

第三章
發展與挑戰：真知力行仁心仁術的實踐之路

在度過創設學系與學科的階段後，陽明醫學院展開十年的發展期。陽明於創校四年後陸續增設神經科學、微生物及免疫、生物化學研究所，朝向深化學術研究的方向發展。然而，來自經濟環境的變化，卻使得校務發展受到限制。首先是 1970 年代爆發全球石油危機，導致臺灣物價飛漲。在經濟趨勢的影響之下，陽明校內的各項建築工程，因營建商不堪虧損而導致數度流標，或是產生工程延宕的情形，故校內硬體設施與系館的建設進度未如預期。除了硬體建設之外，困擾陽明校方已久的醫學系公費生分發服務草案，亦在第一屆畢業生面臨分發之際尚未定案。使得陽明校方必須在教育部、衛生署、退輔會與公費生之間，進行居中協調的工作。而陽明與臨床實習醫院榮總的合作關係，亦在此時面臨挑戰。雖然陽明創校之初已明訂榮總爲臨床教學實習醫院，但由於雙方的行政系統分屬教育部及退輔會，因此存在磨合的問題。這些發展歷程中的障礙與困難，爲陽明發展的前景帶來各種考驗。

第一節　研究所與學士後醫學系

爲了奠定陽明醫學院長遠的發展基礎，增設系所即爲院務計畫方針之一。其中，院長韓偉最爲關切的即是基礎醫學研究發展。在教育部的許可之下，醫學系解剖、生化與微生物學科分別設立研究所，並與榮總醫學研究部合作，使相關領域研究成果大幅躍進。除了深化學術研究基礎之外，韓偉亦在榮總的支持之下推動學士後醫學系學制，試圖改革臺灣基礎醫學人才缺乏、醫學教育選才的僵化問題。但在缺乏相關政策的配合與支持下，使得新學制的建立難竟全功。

增設研究所

在陽明創校初期所擬定的十年教育計畫中，設立基礎醫學與臨床醫學研究所爲院務發展的基本方針之一，其目的在於促進醫學研究發展。至於應當申請設置哪些類別與科目，校內教師對此意見不一。校長韓偉主張以「基礎醫學研究所」的名目，向教育部申請立案。但校內教師認爲基礎醫學研究所的名目過於廣泛，以此名目申請恐將影響未來研究發展。最終，校內決議交由研究發展委員會討論，分科申請研究所等相關事宜。[1] 在經過研究發展委員會與各學科內部研商之後，院務會議決定向教育部申請生化、神經科學與微生物及免疫三個研究所，最終獲准通過。[2] 神經科學研究所最先獲得教育部核准，爲全臺灣首創之整合神經科學領域研究所；微生物及免疫學研究所，則爲三個研究所中最早設立博士班，教員陣容涵蓋陽明與榮總醫學研究部等多位學者；生物化學研究所則藉助陽明創校初期師資與設備最爲齊全的生化學科爲基礎，開拓生物化學與臨床結合的研究道路。以下將從院長韓偉任期內三間研究所的設立，介紹陽明建校初期學術研究發展的概況與挑戰。

神經科學研究所

神經科學研究所（下略稱「神研所」），於 1979 年獲教育部核准設立，由院長韓偉兼任首任所長。該所整合基礎與臨床醫學研究等多個學門，並分爲四個研究領域，其中包含神經解剖、神經生理、神經藥理以及神經化學。[3] 陽明神研所的建立，奠基於校內解剖學科，由學科主任哈鴻潛主導設立。哈鴻潛認爲，近期世界神經醫學與腦科學發展神速，加上中風等腦部疾病已高居臺灣重症之首，應速成立科際整合研究所並與榮總臨床師資合作。

神研所創立初期，旗下師資以醫學系解剖學科的教師爲基礎，共有教授四人、副教授四人、講師三人、助教四人；臨床神經學科師資，則有榮總神經醫學各科主任與專科醫師兼任。首任所長由院長韓偉暫時代理。課程設計方面，由院長韓偉負責教授神經生理學；哈鴻潛、沈清良、劉國鈞等人，負責神經解剖學；孫永光等人負責神經化學課程；柯立文負責神經病理；陳介甫等人負責神經藥理課程；榮總神經外科主任沈力揚教授臨床神經醫學。[4] 創所第二年後，由院長韓偉邀請中山醫學院周德程教授擔任新任神研所所長，並教授神經解剖學。除了周德程教授之外，並外聘教師魏健吾、錢嘉韻教授等人，逐步充實神研所的師資陣容。[5] 在研究設備方面，神研所創所初期，在設備方面相當缺乏，沒有教授辦公室與實驗研究室，只能暫借生化系的實驗器材與設備使用。神研所即在創所初期艱困的情形下，逐步進行碩士班學生的培育、以及細胞培養與神經化學等領域的發展。[6]

做爲獨立的研究所，神研所的發展亦有其他侷限。其一爲員額的限制，教育部對於獨立研究所設下「四員一工」的編制上限，使得神研所的教學與發展研究受到阻礙，以致於神研所遲遲無法成立博士班，只能依靠校內外兼任師資與教育部延攬海外學者等計畫擴展教學與研究領域的範圍。[7] 其次，神研所辦公與教學空間不足，仍是創所以來揮之不去的問題。神研所創所初期，由於校內空間不足，所內教師只能商借生化系或解剖學科等單位的實驗室進行研究。創所四年後，由於醫學系自實驗大樓遷移至新落成的系館，神研所方始分配到實驗大樓一樓內的四間實驗室。[8] 在教學空間不斷被遷移與切割的情形之下，神研所初期的發展受到一定的限制。

微生物及免疫學研究所

微生物及免疫學研究所（下略稱「微免所」），設立於 1981 年，由醫學系微生物學科教師支援成立。申請設立微免所的目的，在於力求提高醫學界微生物及免疫學的研究水準，其次則是希望培養醫界檢驗人才。微免所創所初期，共有專任師資與研究人員共 12 名，教學方向包含免疫、病毒與細菌學方面的研究教學。除此之外，微免所師資亦得到榮總醫學研究部的支持，教學內容與師資陣容可謂十分堅強。[9] 微免所創所初期的研究領域，著重於以下三個方面：在細菌與黴菌領域方面，著重於醫用檢驗微生物；病毒領域研究則偏重於討論肝炎病毒、疱疹病毒的基本性質；免疫學方面則側重於研究腫瘤免疫的發展。[10] 除此之外，微免所亦與榮總合作進行癌症免疫研究項目，因此在相關領域有長足的發展。[11]

在師資、設備與研究資源充裕的情形下，微免所於 1984 年更進一步獲准設立博士班，爲陽明醫學院開啓高等學術研究之先河。微免所之所以能在碩士班設立短短三年後成立全臺灣第一所微免領域博士班，有賴於其研究方向與行政院所核定的重點科技發展項目「生物技術與肝炎防治」相符；以及微免所教師與榮總醫學研究部、國科會等單位之研究人員形成學術群體，爲該所持續累積相關研究的動能。[12] 在微免所正式成立五年後，該所逐漸發展出主要的研究方向與重點，其中包含：肝細胞病毒、細胞生物與免疫等性質，例如肝細胞如何轉變爲肝癌、肝細胞的分化過程等專題；在免疫學方面，主要研究方向爲探討白血球介素的生物性質、淋巴激素和巨噬細胞之間的關係。其中，微免所在肝癌研究方面已經建立了收集臺灣肝癌細胞株的實驗室，並在肝炎病毒研究與治療取得相當成果，使得陽明微免所在相關領域中開始嶄露頭角。[13]

生物化學研究所

生物化學研究所（下略稱「生化所」），於 1982 年獲教育部核准成立，所內師資由生物化學科支援。生物化學科爲陽明醫學院創建初期，師資與設備最爲完備的學科之一，因此生化所成立初期頗受校內矚目。所內教師擁有博士學位者有六位、碩士學位者三位。[14] 生化所創所初期，由生化學科主任魏如東兼任首屆所長。在兼任數年後，魏如東卸任生化學科主任與所長等職，生化學科主任與生化所所長由魏耀揮與吳妍華分別接任。[15]

在多位教師努力經營下，生化所的研究領域甚爲廣泛，其中包含如下：（1）毒素方面研究：延續前任所長魏如東對藍酪黴毒素的研究基礎，生化所亦致力於毒素的研究。相關研究成果，有陳淑貞以魚細胞培養致癌性黴菌毒素、以及李旭生展開的黃麴毒素研究；（2）利用基因體重組以及相關分子生物學技術，進行B型肝炎與肝癌相關研究：參與相關研究計畫者，有吳妍華以及微免所教師羅時成、陳文盛等人；（3）生物能轉化的粒腺體系統與細胞生物活性間的關係，由魏耀揮致力於相關領域研究；（4）昆蟲性費洛蒙研究；（5）青蛙食道分泌胃蛋白之機轉：（6）熱能與蛋白質需要量之研究；（7）微生物酵素研究。[16]

學士後醫學系

陽明醫學院學士後醫學系（下略稱「後醫系」）課程的設立，爲院長韓偉任內開創的新學制，其初衷爲醫學系設置MD-PhD學程進行準備。榮總院長鄒濟勳對此亦大表支持，認爲仿照美國制度開辦後醫系並授予博士學位，將有利於提升臺灣醫師的基礎醫學研究水準與國際地位。[17]除了陽明與榮總的提議之外，1979年國建會醫藥衛生組專家，亦提出臺灣各大醫學院缺乏基礎醫學師資、醫科畢業生甚少投入基礎醫學研究等情形，因此建議加強基礎醫學研究師資的培養計畫。[18]

在醫學界的敦促之下，行政院院會於1981年2月審查「人力發展計畫」時，提議籌辦四年制醫學課程，以加強醫事方面相關人才的培育。在行政院提出人力發展計畫草案數月後，教育部決定以此爲基礎擴大公費醫師培養計畫，[19]並將創設四年制醫學系的主要目標設定爲縮短醫師的培養年限、培養基礎醫學研究專才，以解決臺灣未來的醫師缺口與基礎醫學研究人員不足等問題。[20]由此推知，在中央教育政策的規劃與政策影響下，後醫系由原先做爲培育基礎醫學研究師資之用的本意，開始轉變爲補充公費醫師人力爲導向。

在教育部與醫學院校機構的推動之下，臺大、陽明與高雄醫學院成爲首批招收後醫系醫學生的醫學院。後醫系首屆招生考試於 1982 年 10 月至 12 月舉行，科目分爲筆試與口試兩個部分，以徹底考察考生個人的品行與習醫動機。陽明醫學院首屆招收的後醫系醫學生共有 40 人，由校方給予四年公費，並採取與六年制醫學生分班上課的方式進行教學。[21]

陽明醫學院後醫系的教學內容，與六年制並無太大差異，仍需完成基礎醫學、臨床見習與實習等課程修習：第一至第三學年安排基礎醫學各科與臨床各科專題等課程之修習，第四學年下學期至第五學年則開始赴教學醫院見習與實習。但與六年制較爲不同的是，後醫系特別指定了暑期的必修科目。醫學生必須在修業前三年的暑假，參加總共 18 週的基礎、臨床或公共衛生等領域的醫學研究課程，並在畢業時提交研究論文。[22] 這項修業規範明顯是爲了配合招生政策，確保後醫系醫學生具備醫學研究的能力，並鼓勵其畢業後延續研究論文的成果繼續深造。由此可見，就課程安排而言，已初步符合原先的創設初衷。

然而，後醫系是否解決基礎醫學研究人員缺乏的問題，卻有待評價。醫界建議創設後醫系的初衷，原是爲了篩選出有志於從事基礎醫學研究者。但在分發服務辦法尚未定案的情況下，並未達到預期效果。例如分發辦法規定後醫系畢業生需履行公費醫師服務，但卻未制訂鼓勵從事醫學研究的條文。如此一來，後醫系醫學生反而成爲填補偏鄉醫療資源的公費醫師。這兩種培育目標的分歧，導致後醫系開辦不久後即引發爭論與質疑。在後醫系試辦一年之後，即有若干醫學院教師指出：

「原本的構想是四年制的畢業生應從事基礎醫學，但目前公布的辦法並未作此限制，而且服務年限四年，剛好是住院醫師訓練的時間。」[23] 言下之意，即是後醫系招生辦法並未強制畢業後必須從事基礎醫學研究，根本無從解決基礎醫學研究人員匱乏的問題。另一方面，負責醫事人力調配的衛生署，對於後醫系公費生亦不抱期待。因為後醫系的公費分發服務年限僅有短短四年，且大多數時間需接受住院醫師訓練，對於紓解偏鄉醫師不足等問題幫助有限。[24] 此外，各校對於籌辦學士後醫學系投入的資源，亦攸關創辦該課程的成敗。例如臺大後醫系在開辦初期，即面臨課程安排失當、師資與儀器不足等問題，[25] 甚至在開辦三年後向教育部建議停招後醫系，顯示其成效與存續受到極大的考驗。[26]

第二節　擘劃校園建設

陽明醫學院籌建之初，所完成的校內建築與公共設施，僅有實驗大樓、榮陽隧道與水塔三座。其餘教學設施與房舍，則待院方向教育部申請經費一一籌建。在正式建校初期，陽明校方陸續完成各學科實驗室的裝設，以及餐廳、第一宿舍、第二宿舍、教學大樓等工程，並預計開始興建圖書館、女生宿舍、行政大樓、牙醫系系館、動物中心等主要建物。但在 1970 年代末期爆發石油危機之後，校內主要工程建設受物價飆漲的影響逐一停擺。而校園內的各類軟硬體建設，亦因經費短缺與校內行政人力不足而未盡完善。此外，由於陽明校園主要地形為山坡地，因此校內建設常因地質問題受限。對此，陽明校方邀請宗邁建築事務所團隊，重新規劃校園活動區塊，試圖克服地形方面的限制。

校園建設與設施

1970 年代所爆發的兩次全球性石油危機，源於 1973 年中東地區爆發第四次以阿戰爭與 1979 年伊朗伊斯蘭革命。在地緣政治的動盪之下，中東主要產油國紛紛減產，導致高度依賴能源進口的臺灣物價飛漲、經濟成長率大幅衰退。[27] 在物價飆漲的情形下，使陽明校方原先所擬定的建築預算不敷使用，導致流標與工程延宕。例如醫學系館與活動中心工程，即因石油價格不斷攀升，使得大型工程公司不敢貿然投標。總務處只能商請建築師修改工程預算，再行招標。[28] 即便如此，醫學系館工程仍然流標了 12 次之多。[29] 除工程不斷流標之外，校內已展開的行政大樓與牙醫系館工程亦因建材價格飆升，導致包商虧損連連，難以如期完工。[30]

除了校內工程的延宕之外，校內各類設施亦因經費與專責人員不足，而招致批評。例如校內水電供應經常中斷，導致貴重實驗儀器受到影響。[31] 其中供水問題尤其嚴重，長期影響校內實驗工作與學生生活。因此陽明校方尋求以挖掘深水井、裝設濾水器等方式，解決供水短缺問題。[32] 經費匱乏的問題亦影響校內師生的伙食設施。由於陽明創校初期制度尚未健全，加上採購經費短絀，使得校內餐食供應與清潔設施品質不佳。[33] 在學生對於菜價昂貴、承包廠商合約權責不清，且校方並無專責管理人員負責等現狀產生諸多抱怨。[34] 由此可見民生設施短缺與不足等問題亦成爲創校初期的難題之一。

校園規劃

陽明校區內部的地理環境，爲校園初期工程建設的阻礙。建校初期，陽明校區佔地共 35 公頃，其中將近 80% 爲山坡地，且地質多爲層砂岩、砂頁岩所組成的脆弱岩層。在颱風季來臨時，校區內山坡地常因豪雨產生泥沙倒灌的情形。再加上校區建設初期，由於排水與防洪設施不足，以及忽略水土保持等因素，使得校區建築物的安全堪慮。爲了實際瞭解校內建築的環境安全問題，陽明校方於 1978 年邀請中華水土保持協會、臺大地質系教授張石角，針對校內山坡地的開發與利用提出建言。在經過初步的勘查後，地質學者指出陽明校區東側岩盤較爲完整，而原爲採石場的西側校區則已形成斷岩位層，因此建議校區大型建築物宜向東側發展。再者校區內的砂岩地質與坡度，亦造成目前校內建物有隨坡滑動的疑慮，應將建物基礎深入岩層以免移動。[35]

在這份探勘報告的基礎之下，校方於 1979 年透過總務主任朱樂華的關係委託宗邁建築師事務所對校區進行整體規劃並提出報告，其中包含土地使用模式、建築配置、交通系統、公共設施系統、供水系統、電氣設施系統、污水排水等系統設計。這份報告書參考水土保持協會等機構的建議，將教學與行政中心等單位大型建築物，放置在岩盤與植被情形較爲良好的東側校區。而西側碎石遍布的廢石區，則建造對環境負荷較低的學生宿舍與休憩區。平地部分則因已設置田徑場等設施，未來將繼續做爲運動區使用。而爲了考量地勢因素，校內建築物採東西走向水平排列，以避免大規模整地。由前述的原則做爲規劃基礎，宗邁建築師事務所將校園分爲教學行政區、休閒活動區、運動區、學生宿舍區、教授學人宿舍區。而爲了加強各區之間空間的聯繫，校園規劃將以教學行政、學生生活區做爲中心，並以一交通主軸連貫之。[36]

除了確立各區的發展模式，校內的基礎建設亦爲此次校園規劃重

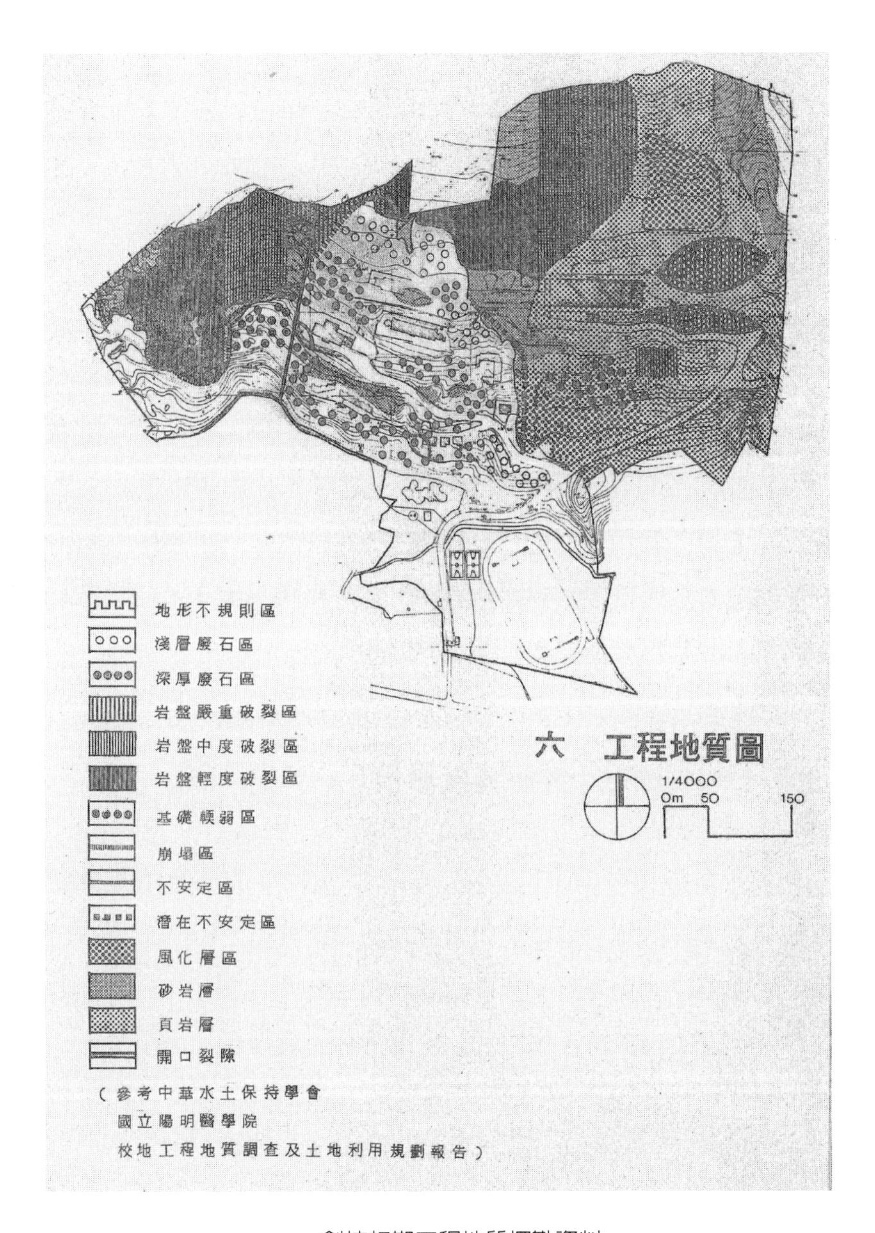

創校初期工程地質探勘資料

（圖片來源：宗邁建築師事務所，《國立陽明醫學院校區整體計畫規劃報告》，1979 年。）

點，其中包含供水幹管系統、供電系統、污水排水系統等建設，以及校區內的長期水土保持計畫。在長期為校內師生詬病的供水系統方面，規劃書中將依照地形設置高區與低區幹管，以形成環路供水系統，減低供水不穩的問題。在供電系統方面，將計畫新增一處總受電站，並由此分成三個高壓回路維持供電穩定，以取代校區內原先的單一高壓回路系統。在排水系統方面，由於校區內原有的排水溝並未考慮到整體容量，以致時常導致下游溝渠不敷使用的情形。因此新建系統將以分區設置明溝與沉沙池等方式解決排水問題。而攸關校區環境安全發展的水土保持計畫，在規劃書報告中，建議以加強排水工程、有效穩定土方、清除鬆石危岩等方式，確保校區內地層穩定。[37] 在宗邁建築事務所的規劃之下，採取避免大規模整地、順應地勢的原則，為陽明確立了校區整體的發展模式，並解決校內基礎建設不足的問題。

第三節　學生社團與活動發展概況

陽明醫學院創校初期，由於校內學生人數稀少，因此校園學生社團發展較其他學校困難。但在校內學生的努力經營下，陽明創校初期即開創數個社團組織，大多是學藝性社團，其中包含愛樂社（分為合唱、國樂、口琴、吉他、音賞五個組別）、國術社、羅浮群（大學童軍）、橋藝社、美術社、中醫社、三民主義研究社、閱寫社，以及校內報刊橘井社。

至 1979 年左右，陽明校園社團開始邁向發展期。此時適逢武光東教授接任訓導主任，其任內採取學生自治的開明作風、並全力支持各社團舉辦活動，使陽明社團活動進入蓬勃發展的階段。除了校內訓導部門採取開放政策，1978 年年底中美斷交事件，亦引發了臺灣大專院校青年對於服務社會的熱潮，因此紛紛成立服務性社團。在這股社會浪潮的影響之下，陽明學生陸續創立社區服務隊、勵青社等組織，培養陽明學生進行社會服務的精神。再加上陽明原先開創的「青幼社」，以及社會醫學科教師周碧瑟所帶領的「陽明十字軍」，使服務性社團如雨後春筍般湧現。

在服務性社團之外，校內亦創立學藝性社團與醫學院院際交流活動，顯現學生對於相關議題的關切與興趣。在學術性社團方面，陽明於 1978 年成立「展抱社」，社團活動以籌辦國學、演辯、大陸問題、一般科學等講座爲主，爲陽明校內學生提供進修人文科學的機會。在校際交流活動方面，陽明醫學院與臺北醫學院共同舉辦「葫蘆杯」等校際競賽，試圖拉近與其他醫學院校的距離，並藉此促進陽明院內的團結與認同。[38] 以下就陽明醫學院主要活動及組織的發展逐一介紹。

愛樂社

成立於 1975 年，爲陽明醫學院創院時期最早組成的社團之一。愛樂社成立初期，共分爲合唱、國樂、口琴、吉他、音賞五個組別。創社初期，愛樂社曾多次策劃舉辦大型音樂季與音樂晚會等活動，其中包含五月音樂季、國樂之夜、交響之夜等活動。1976 年，愛樂社轄下五組紛紛獨立成社，爲陽明校內開啓音樂聆賞的風氣。[39]

展抱社

展抱社創立於 1978 年，爲陽明醫學院早期成立的學術性社團之一，其創設宗旨為「展愛國之胸襟、抱濟世之情懷」。展抱社創立的初衷，是希望在社會科學、人文科學等方面，為陽明醫學院在校學生提供探索人文學科的空間，進而促使陽明學生關心國家社會。展抱社創社初期，主要規劃的活動包含國學、一般社會科學、演辯技巧、大陸問題講座。其中較為重要的活動是邀請校外人士進行講座，該社創設之初即邀請韋政通主講「從西方衝擊看中國文化」，為陽明增添一股學術的氣息。[40]

《橘井》與橘井社

《橘井》創刊於 1976 年，原為醫學系系報，由醫學系系學會以東晉葛洪《神仙傳》中井水橘葉療疾之典故命名。[41]《橘井》發行至第四期後，升格為院報，改由學生活動中心出版。[42] 然而《橘井》創刊初期因人手不足等因素，其編制與出刊日期不定，最終導致暫時停刊。[43]1979 年後，因武光東教授接任訓導主任，使得校內言論自由風氣大開，《橘井》因此重新復刊並正式成立「橘井社」，使其組織制度化。《橘井》復刊後採取雙週刊的型態發行，社內分為「主筆團」、「研展組」、「編輯組」等組織，負責社論撰寫、校內新聞採編以及舉辦專題活動。[44] 在橘井社社員的努力下，《橘井》對於時事與院務發展提出針砭，亦舉辦「中國未來十年」系列演講、文化藝術講座、橘井小說獎、編輯研究營隊等活動，為陽明師生提供溝通討論、思想批判的園地。

青幼社

青幼社成立於 1976 年，為陽明醫學院最早成立的服務性社團，其創立宗旨為秉持「青青幼苗，願助其滋長、茁壯」的精神融入社區、服務社會。青幼社創立的構想，由陽明一群具有服務熱誠的學生發起，並參考臺大慈幼社與東吳幼幼社的發展模式，選定社團服務對象爲扶助兒童。社團草創之初，由校內生理科教師陳滇娥擔任社團輔導教師，並由李清發擔任社長。創社初期的活動，主要爲露德育幼院院童進行課業輔導工作，並以戶外參訪活動補其不足。除了育幼院院童的輔導工作之外，青幼社亦進入榮總小兒科病房，進行陪伴與安撫病童與家屬的工作。但在社員課業壓力，以及該社行政組織結構未臻完善的情形下，不時陷入社團活動停頓的狀態。陽明青幼社的發展情況，反映了陽明校內經營服務性社團組織的不易。[45]

陽明十字軍

陽明十字軍成立於 1978 年，由社會醫學科教師周碧瑟帶領陽明醫學院校內學生與中華民國防癌協會合作，投入臺灣子宮頸癌防治的工作。在組織成立初期，由防癌協會總幹事林今開命名爲「防癌十字軍」。但在陽明學生璩大成、李宏昇、李丞華、陳嘉祥的提議下，將「防癌十字軍」改名爲「陽明十字軍」，期許該組織將來進行的工作不僅止於癌症防治，亦可擴及測量血壓尿糖等社區預防醫學計畫等工作。[46] 陽明十字軍的組織架構採取總領隊制，由全國總領隊負責找出各縣市領隊分擔各區域工作，並由許明信等人組成「醫藥版編輯小組」定期撰寫衛教文章，爲陽明十字軍提供衛教資料的依據。[47]

陽明十字軍成軍第一年的主要工作，爲協助中華民國防癌協會加強子宮頸癌患者的追蹤與訪視，並擔負陽明醫學系的衛生所調查與民眾的衛生教育工作。在第一年的追蹤工作方面，陽明十字軍的訪視範圍遍及臺灣 16 個縣市，追蹤率更從七成攀升到八成，可謂成果斐然。而關於民眾衛教工作方面，陽明十字軍從第二年開始著手擬定農村婦女衛生教育計畫，並在農委會的協助下，透過各地鄉鎮農會的農村家政推廣系統展開子宮頸癌與乳癌的衛教工作。除了病患追蹤與衛教工作外，陽明十字軍亦積極接觸各縣市醫院，推動開業診所、醫院將子宮頸防癌抹片檢查列入婦科的例行檢查。[48]

隨著組織的成長與茁壯，陽明十字軍在正式成軍十年之後，其任務轉向進行「社區預防醫學」的工作。1986 年，在農委會的資助下，陽明十字軍赴南投鹿谷鄉進行「防癌示範計畫」，對當地民眾進行子宮頸癌與肝癌篩檢。在經過鹿谷鄉的經驗後，陽明十字軍將原先的癌症工作，擴及到常見的慢性病（如糖尿病、高血壓、腦中風）檢查服務，並藉助陽明公費畢業生下鄉執行基層醫療服務的網絡進行訪視調查。[49]

衛生醫療服務隊與勵青社

衛生醫療服務隊與勵青社的成立源於 1978 年中美斷交，所引發的關懷社會浪潮。自 1970 年代臺灣經歷保釣運動、退出聯合國與中美斷交等政治動盪後，引發臺灣學生與知識分子的覺醒，要求政治與社會改革。在這股覺醒的潮流下，關懷臺灣社會現實問題與社會批判，蔚為一股潮流。[50] 在衛生署的資助下，服務隊於 1979 年 7 月初次組成「偏遠地區衛生醫療服務隊」，由社會醫學科教授藍忠孚帶隊，前往屏東縣滿州鄉進行衛生教育宣導、寄生蟲防治、公共衛生調查等工作。此次工作共完成一千多位學生衛教、回收四百多份問卷，成果斐然，獲得院長韓偉的讚許。[51] 在第一屆衛生服務隊獲得迴響後，便著手策劃成立正式社團組織「勵青社」，試圖延續衛生醫療服務隊的工作。

1979年9月24日，以衛生醫療服務隊爲前身的「勵青社」正式成立，由黃怡超擔任社長、唐心北爲副社長，以「鼓勵青年走入社會、服務大衆」做爲創社宗旨。在衛生署與慶齡基金會持續資助下，勵青社於1979年起，開始定期於寒暑假期間前往宜蘭、臺東達仁等地進行醫療服務工作。[52]

社區服務隊

社區服務隊成立於1979年，由張凱理、許明信、曾鴻鉦、謝瑞坤等人奔走建立。該組織起初隸屬於醫學系系學會，後爲了活動方便與廣納各系學生加入起見，「社區服務隊」向校方正式申請成立社團，推舉謝瑞坤擔任第一屆社長。

社區服務隊成立的背景脈絡，受到中美斷交所引發的知識分子愛國、服務社會的熱潮有關。在這股浪潮的影響下，社區服務隊成立之後即開始著手擬定服務計畫。社區服務隊所進行的第一個服務項目，即是針對校園附近「東華里」的居民進行課業輔導與課外活動。在獲得初步成效後，服務隊將工作擴張至鄰近的立農國小，其中包含課業輔導、對國小教師進行衛教工作，以及學生心理輔導。[53]

口腔衛生醫療服務隊

口腔衛生醫療服務隊（下略稱「口衛隊」），創立於1979年，由牙醫系系員大會通過後成立，隸屬於牙醫系系學會。口衛隊的成立時間與背景，亦是因中美斷交所引發的報效國家、服務社會的浪潮，而掀起成立服務性社團的熱情。顧名思義，口衛隊即是由牙醫系學生運用自身所學，向社會大衆宣傳口腔衛生保健的醫療常識。口衛隊在成立初期，由社會醫學科教授藍忠孚進行指導，並選定與陽明醫學院鄰近的石牌國小進行衛教宣導工作。衛教工作共分為五組進行，其中包含認識牙醫師、刷牙方法與口腔清潔用具等主題，並由調研組發放問卷指導學童作答等等，得到學童的熱烈呼應。[54]

在經過第一次成功的衛教宣導工作之後，口衛隊逐漸形成調研組、衛教組等部門，逐步完善該隊組織。其中調研組負責設計問卷、安排學童口腔檢查、整理相關數據等等；而衛教組則負責設計教案與演練，針對學童進行醫療知識的普及。[55] 在經過長達數年的發展之後，口衛隊逐漸發展出幹部訓練營，並將工作擴展到臺北市其他校園，更曾前往臺南縣七股鄉服務鄉民。[56]

運動代表隊與校際運動賽事

在醫學院課業繁重的情形下，陽明校內運動代表隊的發展，仍然具備韌性與活力。由陽明學生積極參與組織的校隊，包含足球、棒球、桌球與田徑隊等等。其中以棒球、排球、桌球隊的表現最為優異，曾在全國大專盃與醫學盃等賽事獲得佳績。[57] 除了對外競賽的運動代表隊之外，陽明醫學院亦曾與臺北醫學院聯合舉辦校際對抗賽事——葫蘆盃，以增進陽明醫學院與臺北地區醫學院校等互動，並藉此凝聚陽明校內的向心力。

第四節　榮總合作與臨床教學

合作辦法的形成

陽明醫學院設置之初，即爲臺灣唯一一所無附設教學醫院的醫學院校。校內所有的臨床教學與實習課程，皆仰賴榮總的協助與合作。然陽明醫學院隸屬於教育部管轄，榮總則爲退輔會所屬的醫療機構，分屬兩種不同行政體系的機構應如何互相磨合，實爲陽明建校初期的一大挑戰。爲了推動雙方的教學與研究的合作，韓偉甫就任院長之時，即著手擬定榮總與陽明的合作草案，希望早日解決陽明醫學院臨床教學的問題。陽明院方擬定的合作項目包含如下：雙方醫務人員與技術人員互相支援、陽明學生具有前往榮總見習與實習的機會、陽明與榮總互聘臨床教師及研究員進行教學與研究工作，以及陽明負責維修榮總儀器等條款。[58]

陽明擬定的合作辦法提交至榮總後，雙方就人員支薪、技術支援等細項一一商討，達成決議：榮總臨床人員均以兼任身份前往陽明任教，但不另外支薪，並且保留榮總本職的權利與義務；陽明各學科向榮總聘任臨床醫師前，應先向榮總相對部門進行協調；[59] 彼此義務提供儀器修繕；陽明學生實習時可比照醫院員工享有榮總醫療服務；醫工系實習由榮總提供，但陽明亦有義務爲榮總維修儀器；圖書儀器與康樂設施互借；合建幼稚園一所，供員工子女就讀等條款。除此之外，榮總亦在合作辦法中申明，榮總與陽明的行政工作互不支援，特別是陽明學生到榮總實習的餐飲等一應事項，必須由陽明校方自行負責。[60]

合作方案爲榮總與陽明的合作奠定了基礎，但也造成一些隱憂。首先是榮總醫師前往陽明任教的支薪問題。在合作草案中，榮總醫師均以兼任、不另外支薪的方式擔任陽明醫學院教職。在待遇微薄與臨床教學工作繁重的情形下，使榮總臨床教師難以融入陽明的教學體系。而在行政事務方面，榮總在合作草案中表明互不支援行政事務，因此陽明必須自行處理醫學系高年級實習生的相關庶務。在行政系統方面，陽明與榮總存在需要互相協調的難題。

臨床教學的困難與挑戰

自 1979 年陽明醫學系首屆學生開始進入第五年見習課程起，雙方需要磨合與協調的事項開始浮出檯面。陽明醫學系的課程設計，原本計畫從第五、六學年開始進行臨床學科見習教學，至第七學年正式進入實習課程。換言之，在課程進度的安排之下，榮總必須承接五至七年級的陽明醫學生到院見習與實習教學工作，並負責實習醫師的住院食宿。再加上與榮總合作的醫學院校尚有國防醫學院，使得榮總的院務運作的負擔益發沉重。在 1979 年 2 月所舉辦的學生實習安排問題會議中，榮總對陽明醫學院提出以下建議：

> 茲建議陽明醫學院按照教育部規定在校教學六年，第七年派本院實習…建議陽明醫學院按照教育部之規定，改爲實習一年，第一批自七十年暑期起派學生至榮總實習。建議陽明醫學院考慮每班減少爲 40 名，最多不超過 60 名，將更可提高教學水準，與緩解實習困難，并亦解決就業問題。必要時請陽明醫學院考慮借民間有教學能力之醫院（如長庚等），做

第二年實習。[61]

榮總的言下之意，是希望陽明醫學院自行調整課程時數，以及減少來院實習的學生數量，以免造成榮總運作的負擔，或亦可考慮另尋合作的教學醫院。如此一來，陽明醫學系原先的課程設計極有可能因此分崩離析，與榮總臨床教學的合作關係亦不復存在。

為了解決雙方的歧見，陽明與榮總就醫學生的課程安排特別進行研商。在院長韓偉與醫學系主任姜壽德的斡旋下，榮總同意接收陽明醫學系五至七年級的學生到院見習與實習，但對於課程內容進行調整：五年級醫學生赴榮總上課或做基礎檢驗工作，六年級進入榮總小科擔任見習；五、六年級醫學生不住院，亦不照顧病人，六年級生以「代理實習醫師」的身份在榮總院內活動。七年級則進入榮總大科實習，正式進行臨床工作。[62] 藉由分散陽明學生進院實習的科別與人數，以稍微緩解榮總院務運作的壓力。

陽明與榮總尚存其他事務的磨合問題。例如陽明首屆醫學生大批進入榮總實習之初，即產生人事資料對接與移交方面的困難。陽明學生雖具有學籍，但進入榮總實習後身份又依附在醫院的行政體系之下，其人事資料必須由陽明交付至榮總建檔。首屆實習生資料即因校內行政失誤，導致名冊並未被完整移交至榮總，使陽明學生在榮總工作的權益受到影響。[63] 此外，陽明醫學院自 1979 年起開始增設醫技系等科系。這些新成立的教學單位應如何與榮總進行實習合作，亦需校方與榮總進一步協商。例如醫技系成立之初，亟需榮總檢驗部門的教學支援。但因醫技系教學科目中的「血液學」隸屬於榮總內科部而非檢驗部，導致雙方的合作教學需要重新商議協調。[64]

對於陽明建校初期與榮總的合作情形，擔任陽明臨床教學的榮總醫師又如何看待？1979 年陽明首屆學生即將前往榮總見習前夕，外科主任沈力揚於陽明醫學院的行政會議內，對目前臨床教學的問題與雙方關係提出了意見：

> 本學院人事與會計對後期醫學教育之人員編制及預算沒有概念，希望學校注意後期教學的問題，如何與教學醫院密切合作。臨床醫學很多課程必須及早聯繫，後期員額編制不包括技術員在內需要 27 位人選，預算與支援計畫配合項目應做充分準備。[65]

沈力揚發言中所稱的「後期教學」，即是指醫學系高年級的臨床課程安排。沈力揚指出，陽明校方對於臨床教學的人力與經費投入不足，而且與教學醫院榮總之間缺乏長期及持續性的聯絡，導致臨床學科未來的發展計畫付之闕如。對此，內科教授金鏗年亦深表同感，建議陽明與榮總必須加強密切合作互相支援。在沈力揚與金鏗年的促成下，榮總院方同意正式邀請陽明院方出席榮總的行政會議。[66] 在 1979 年雙方因醫學系見習課程安排產生分歧後，此舉不失爲消解雙方歧見的一種管道。

除了在行政與教學方面的溝通外，臨床課程教學內容更是雙方進行合作的主要議題之一。由陽明醫學生與榮總院方的座談會紀錄，可從中觀察榮總對於臨床課程安排情形，以及陽明醫學生見習與實習的概況。陽明醫學生對於榮總內科與婦產科採取小組制與實作問答等教學方式普遍表示滿意，認為達到了良好效果；反觀實驗內科與外科等部門課程較為鬆弛，經常發生臨床醫師無暇教學、內視鏡等設備不足，或是課程時間安排不當等情形。而其他規模較小的科別（如復健科）缺乏常規工作，使醫學生難以從日常查房進行學習，只能自行閱讀醫學文獻期刊完成該科的實習課程。[67]

對於陽明醫學生所反應的情形，榮總承認尚有不足之處。例如榮總所開設的許多臨床科目（如實驗內科），都是實驗性質，且缺乏相關課程配合；反觀臺大醫學院卻設有配合臨床課程的講授課程。除了課程安排之外，榮總各部門的特性與發展概況，亦使得臨床教學課程安排遭遇到各種困難。例如榮總外科規定見習生不能進開刀房，因此無法採取小組教學制，只能找暫時不進開刀房的醫師進行大組教學；小兒科的教室與病房容量過於狹小，無法容納太多學生，造成課程進行的困擾。而復健科則因編制不完整，並未成立病房、無法訓練人員，只能指定相關期刊讓見習生與實習醫師研讀。[68] 在缺乏臨床實習的資源下，陽明只能依附榮總各部門的發展適時調整教學內容。如何與榮總密切合作，以完善臨床教學品質，始終是陽明立校後主要的校務議程。

第五節　公費分發服務制度的初步形成

陽明醫學院公費制度的起源，來自榮總於籌建醫學院時期提出的概念。為了補充院內醫師不足的問題，榮總仿照國防醫學院公費制度，以部分招收公費生的方式，要求公費生至所屬醫院服務六年。但在教育部介入陽明醫學院籌辦後，為了配合國家公共衛生政策的需要，將公費制度擴大實施至醫學系全體學生。然而在實施公費制度初期，卻因教育部未能即時協調各分發單位意見，導致醫學系公費生的權利義務遲遲無法定案。而各分發單位的名額用人問題，也使得公費生下鄉服務的分發方式不斷變動。在公費制度施行初期，陽明公費生面臨前途未卜的情形下，亦對公費制度產生許多反彈。如何讓公費制度順利實施，並保障公費生的權益，實爲校務發展初期一大挑戰。

公費分發服務辦法草案審議

陽明醫學院設立之初，以貫徹國家公衛政策、充實基層醫療機構人員、強化全民醫療保健爲目的，故設置醫學院公費生制度。在 1975 年 7 月陽明醫學院建校之初，院長韓偉即草擬了《國立陽明醫學院公費學生待遇及畢業後分發服務辦法草案》，希望教育部早日頒佈施行，並與行政院衛生署醫政司積極聯絡，實行畢業生實習與分發服務一貫作業。然而公費生制度的適用對象、分發辦法，在歷經了數年的討論與協商，卻遲遲尚未定奪。

陽明校方所擬定的草案，大致分爲兩個部分，其一是關於公費制度的適用對象以及應享之待遇，其二則是關於公費生的服務年限與分發辦法。校方將公費制度的適用對象與範圍擴及全校，凡是在校享受公費一年者，就必須前往公立衛生機構服務一年。其中醫學系與牙醫系因離校實習一年，則必須分別服務五至六年，其餘科系則因修業年限服務四年。關於公費生的待遇方面，公費生免繳學雜費等一切費用，並享有學校供給膳食的服務，另外還酌發書籍費、制服費，以及前往分發地點的旅費。公費生應屆畢業之後，由陽明醫學院具名造冊呈報給教育部，再由教育部協調退輔會、衛生署等單位，依照各單位的缺額需求進行分發。分發程序分爲兩個階段：第一階段將畢業生分發至榮總，或是「設備完善」的省立、市立醫院服務，期限二至三年。第二階段則將第一階段分發至榮總或衛生署系統醫院者，由退輔會及衛生署視情況之需要二度分發至各地榮民醫院、省市立醫院等基層醫療機構。除了兩階段的分發服務外，校方特別請求保留十分之一的優秀畢業生名額，留校擔任助教，爲陽明醫學院培養未來基礎醫學教學師資。[69]

校方所擬定的二階段分發服務法，其用意在於加強醫師的臨床經驗、減少分發程序的繁瑣。在《國立陽明醫學院畢業學生分發辦法建議書》一文中，陽明校方特別說明二階段分發法的基本精神：第一階段應先將畢業生分發至「設備完善」的大型醫院服務，因爲實習醫師結業後雖有醫師之名，卻無獨當一面之能，故而必須先在設備完整的醫療機構服務，使其成爲可單獨作業的醫師。第二階段的分發方式，則是著眼於衛生署與退輔會分發技術與人員規劃。若是在第一階段即確定畢業生的去向，分屬於兩種體系的醫師便不需重新分派。這種一貫作業的分發方式減低了技術上的困擾，還可預先規劃所需人員。不過，建議書中也注意到榮總與衛生署體系培育醫師的差異。陽明公費生進入退輔會所屬的榮總與榮民醫院體系後，將塡補院內專科醫師的空缺；而進入衛生署體系者，將接受全科醫師（General Practitioner）訓練，分發前往衛生署轄下的各鄉鎮衛生所，以解決偏鄉醫療問題。[70] 故而，被分發到退輔會體系者有機會接受一貫的專科醫生訓練，且享有榮總最先進的醫療儀器與研究資源。而被分發至衛生署體系的公費生，則進入資源較爲匱乏的省市立醫院，並在加強全科訓練後派往基層醫療單位。

對於陽明醫學院的畢業生而言，這兩種截然不同的訓練體系，對未來醫師職涯發展有著巨大的差異。

而關於陽明公費生與分發單位的應盡義務與限制，在韓偉所擬的草案中也有詳細的說明。公費生在教育部核定分發單位之後，即必須向相關單位報到，不得以任何理由展緩服務。不履行義務者，將追繳在學期間的公費待遇。在公費生正式進行公費服務期間，任職單位應依其學經歷敘薪，且不得因其工作不力等因素將其解職。若是公費生在服務期間表現良好，得由分發的服務單位推薦或選送至國外深造。關於公費生的畢業證書形式也有限制，陽明公費生所獲得的畢業證書必須加註「先依規定服務六（四）年，俟取得服務期滿證明書，方可升學或從事其他工作」等字樣，並且在服務期限未滿之前拒發英文畢業證明書與成績單。此舉是為了防止公費畢業生拿到證書後，逕自出國深造或是自行開業，待服務期滿後方可註銷上述文字。[71]

然而，這份由陽明醫學院所擬定的草案，一直未獲得教育部的批准。雙方尤其對於草案中的第八條分發服務辦法，意見頗為分歧。教育部在針對草案的覆函中表示：

> …其中第八條更經由醫教會魏常委約集行政院衛生署、國立陽明醫學院、醫教會、高教司等單位代表深入研究，獲致結論：「經深入研究後，認為六年後實際情況如何，不能預測，其詳細分發服務方式，不宜即行決定」。茲將第八條原分發實習刪除，於文末加列「其詳細分發服務辦法，由協調會議決定之。」以示概括性之規定。俾適應事實需要。[72]

原本陽明擬定的草案是透過二階段分發法，確保陽明公費生畢業後三年內獲得良好的住院醫師訓練，再進入榮總或衛生署下轄的醫院獨立作業。但教育部與其他部會認爲，陽明自行草擬的方案並不符合目前實際狀況，必須由教育部召開各部會參與的「協調會議」，方可裁決陽明公費生的去向。

除此之外，對於原草案中公費生畢業證書與專業證書的發放問題，參與分發作業的衛生署亦表達異議。原草案中只規定公費生的畢業證書將加註「需服務六到四年」等字樣，但在衛生署要求之下，在草案第十三條加上「亦不核發其專業證書」等條款。衛生署此舉引來退輔會的質疑，認爲若不核發專業證書勢必無法執行醫療工作，故要求衛生署給予解釋及說明，以免日後產生糾紛或困擾。[73]衛生署則回函解釋：「『亦不核發其專業證書』之含義爲：『服務未滿期限者，專業證書不直接發給，而暫由其服務主管機關保管，俟服務期滿再行發給，至執業報審，則由該主管機關出具證書影印文件證明之。』」[74]衛生署的言下之意，即是由服務機關扣留公費生的專業證書，直到服務年限完畢才得以領回；若服務期間需要出具證書，則由服務機關給予證件影本以資證明。最終，教育部同意了衛生署的提案，將主管機關扣留專業證書等條款，納入公費分發服務辦法中。

經過各單位意見的反覆折衝與修訂之後，陽明公費生畢業後的分發實施辦法經行政院批准正式定案，全名改爲《國立陽明醫學院醫學系公費學生待遇及畢業後分發服務實施要點》。顧名思義，原草案中以陽明全校學生量身打造的分發服務計畫，被限縮在醫學系的範圍之內，其餘的牙醫、醫技等系則不在公費分發的範圍之內。而關於討論甚多的

第八條、第十條與第十三條修改如下：

八、公費學生畢業前一年，由國立陽明醫學院造具名冊，函報教育部，並由教育部洽商行政院人事行政局會同行政院衛生署，行政院國軍退除役官兵輔導委員會、臺灣省政府及臺北市政府，依畢業生畢業之學系暨各公立衛生醫療機構之缺額需要分發服務。

分發之協調會議由教育部、行政院人事局、行政院衛生署、行政院國軍退除役官兵輔導委員會、臺灣省政府、臺北市政府及國立陽明醫學院組成之，並以教育部爲召集單位。

公費學生畢業時，應先分發至行政院國軍退除役官兵輔導委員會所屬之榮民醫院及臺灣省及臺北市政府所屬之地方醫療機構服務，惟服務期間，至少應調至教學醫院或較具規模之公立醫院服務兩年。其分段服務辦法，由前項協調會議決定之。

十、公費畢業生分發服務機構一經核定，不得請求改分發，並依照規定日期向分發之公立衛生醫療機構報到服務。除因兵役徵集及患重大疾病經指定之公立醫院診斷屬實外，不得以任何理由展緩服務。在規定服務期間內，亦不得請求辭職。

經教育部公費留學考試錄取出國進修者得展緩服務，但報考前應經服務機關之同意。進修期滿返國後，仍須回原機構服務，其有特殊情形者，得由原分發機關另行分發至公立衛生醫療機構工作，其出國留學期間，不視爲服務年資。

公費畢業生於服務期間內，一律不得以自費出國留學。

十三、公費生在規定服務期間內，除依本要點第十點之規定，得展緩服務外，不得自行升學或從事其他工作，並於發給之畢業證書上註明：「先依規定服務六年，俟取得服務期滿證明書後，方可升學或從事其他工作」。服務未期滿者，不予核轉有關機關頒發之各項證書或有關證明。其專業證書，先由分發機關代爲保管。[75]

這份新出爐的實施要點，對於公費生的限制更爲嚴格。原先陽明的草案中，允許公費生透過分發的單位推薦出國深造。但新版的實施要點卻將出國深造限定爲公費留學，限制陽明公費生出國進修的機會。而關於爭議甚多的證書發放問題，在衛生署的介入之後，導致公費生的專業證書必須扣留在分發單位，至服務完畢後才可領回。因此，醫學系公費生在尚未履行服務義務之前，即喪失在外執業的資格。而關於分發辦法的部分，新版的實施要點幾乎推翻了陽明校方草案所提的二階段分發法，只承諾陽明公費生能夠前往教學醫院或較具規模的公立醫院服務兩年。至於公費生應在哪一階段前往教學醫院進行訓練，則取決於協調會議的決定。而參與協調會議的成員，也從原先的退輔會、衛生署，擴大到臺北市政府與臺灣省政府等地方單位，爲分發作業增添了複雜性。

分發單位的觀點與衝突

參與協調會議的各單位，在草擬分發服務辦法期間，彼此意見頗爲分歧。衛生署認爲，陽明公費生的分發事務在畢業前一年召開協調會議即可；且衛生署將實施「加速農村醫療保健計畫」，預計在四年內增加醫師 317 名，因此需才孔急。而退輔會則強調應將陽明公費生的二分之一名額，分發至該會轄下的榮總及榮民醫院服務。臺灣省政府則期盼將公費生優先分發至偏遠地區醫院、特種醫院服務。[76] 在各方意見需要統合的情形下，教育部於 1981 年召開研商會議，討論陽明醫學院第一屆公費畢業生的分發服務事宜。此次研商會議主要討論的方向爲各單位的名額分配比例，以及分發訓練各階段應如何安排等事項。

在研商會議中，退輔會與榮總建議將陽明公費生先分發至一級教學醫院服務兩年，使其訓練完整後再進行分發。榮總則認爲畢業後的服務環境將對陽明公費生造成深遠影響，因此建議廢除公費制、或是將第一屆公費畢業生全部交由榮總訓練。衛生署則對退輔會與榮總的建議提出異議。衛生署同意公費生應先赴教學醫院受訓、服務，但不應只侷限於榮總或一級教學醫院，其他公立醫院應有資格擔負教學責任。關於榮總對於陽明公費生畢業後服務環境的擔憂，衛生署則承諾不會將公費生派往鄉鎮衛生所，而是前往省市立醫院服務。臺灣省政府與臺北市則對先行訓練兩年等提案表達贊同，但對於是否將公費生全數派往榮總訓練，則莫衷一是。[77]

在分發服務草案審議期間，各分發單位亦各自展現了對於公費制度的觀點與傾向。例如衛生署署長在接受陽明公費生訪問時，曾經承諾不會立即將陽明畢業生分派到基層衛生所。衛生署醫政處長則表示，依照目前的缺額，大部分的陽明畢業生將分發到省市立醫院，分發至衛生所的機會不大。更耐人尋味的是，衛生署特別指出榮總在缺乏依據文件與分發辦法未定的情形下，卻聲稱要求一半名額的公費生，此舉於法無據。[78] 而外間的新聞消息，亦有衛生署與榮總因陽明公費生分發問題產生衝突的報導。[79] 由此可見，陽明公費生的去向問題引發了各醫療單位的衝突，甚至演變爲公立醫療單位搶奪醫事人力資源之爭。

而參與分發的臺灣省政府衛生處、臺北與高雄市衛生局，則聚焦在陽明公費生前往地方醫院與衛生所服務的實務問題。臺灣省衛生處第一科科長表示，地方衛生所領有爲數不低的補助金額，且衛生所醫師在一年之中將有三個月的時間回到省立醫院重新受訓。[80] 其言下之意，即是強調地方衛生所醫師的進修機會與所務運作尚有餘裕，希望陽明公費生不要過於抗拒前往衛生所服務。而北高兩市衛生局，則強調擴大市立醫院體系建設與地方醫療網的整合。尤其是高雄市衛生局計畫將地方衛生所轉型成爲市立醫院門診部，透過衛生所的訪視機制將病人轉診至市立醫院，更希望陽明公費生能夠加入地區醫療網建設的行列。[81] 與衛生署首長的承諾與發言相較，地方衛生局處的意見或許更爲貼近公費生分發後的實際狀況。

相較於衛生署首長強調公費生應服務於地區醫療建設，榮總的態度著重於專科醫師的培養與冷門專科的投入。從榮總高層一貫的發言，可知榮總對於陽明公費分發制度頗感不滿，更曾提議廢除陽明醫學系的全公費制，顯然對於衛生署以公費制度補充偏鄉醫療人力的政策毫無信心。榮總院長鄒濟勳在受訪時亦曾表示：「當然偏遠鄉村的醫療，亟待改善…但僅有一年實習醫師經驗的陽明畢業生，隻身在偏遠鄉村負擔醫療工作，是否有此能力，應否負此重責，實在值得考慮。」[82] 榮總更表明近期榮總臺中分院已經開幕，可容納住院醫師 168 名；因此希望教育部體察榮總當初創辦陽明醫學院的初衷，將第一屆公費生全數分發到榮總服務。除了充足的分發名額之外，鄒濟勳亦特別提到臺灣各大醫院冷門專科鬧醫師荒的情形：「假使陽明第一屆畢業同學中女性或不須服兵役的男生，從實習那一年就開始立下志願，去投效這些冷門科⋯五年苦練變成不折不扣的專家；到時候，所有苦行頭陀，都會搖身一變成爲各大醫院的主任或主治醫師。」[83] 這段發言顯然是鼓勵陽明公費生踴躍報塡榮總系統的「人才羅致困難科」，以換取在榮總服務六年後升職的優待。然而榮總此舉並未達到預期的目標，在首次分發結果中退輔會小科的選塡成績敬陪末座，選塡者的平均成績甚至低於衛生署小科。時任榮總副院長的于俊對此表達失望之情，難以理解榮總的條件與設備何以無法吸引公費生進駐。參與分發作業的院長韓偉則認爲，臺北市政府提供六個精神科名額，且將設立臺北市立病理中心，對有志於臨床服務的公費生具有一定的吸引力。[84] 由此可見個人興趣與科別的選擇，仍是首屆公費生心頭所繫。

分段分發作業的實施

在統合各方意見後，教育部於 1981 年 3 月 11 日召開公費生分發服務事宜會議，確定各單位的分配名額與分段輪調事項。協調會議決議，陽明公費生的分發系統分爲三部分，第一部份爲行政院衛生署體系，包含臺灣省政府、臺北市政府、高雄市政府等中央與地方各級公立衛生醫療機構；第二部分爲退輔會系統，其中包含榮總與轄下的地方榮民醫院；第三部分則爲陽明醫學院自行留任的助教，佔畢業生總額百分之十。參與分發的單位，必須在公費生畢業前四個月將分發單位與職缺造冊，由公費生依照成績與志願自選服務單位。如果公費生的選塡志願相同、且成績相近，將採用公開抽籤的方式解決。在分發名額比例方面，除了陽明校方自行保留十分之一名額擔任助教外，退輔會與衛生署各自獲得二分之一比例分發名額，臺灣省政府與臺北市、高雄市的分發名額則納入衛生署的配額內。受分發服務辦法限制的公費生，以兩年輪調一次爲原則，並依照三個階段進行輪調服務：（1）第一階段：先分發至具有教學醫院資格的省市立醫院、或榮民總醫院服務，同時實施住院醫師訓練，期限兩年；（2）第二階段：第一階段分發至省市立醫院者，由衛生署視情況需要，輪調至省市所屬的衛生醫療機構服務；原先分發至榮總者，由退輔會視情況需要輪調至各地榮民醫院服務，期限兩年；（3）第三階段：視第二階段服務期間的考績及需要，主管單位可對公費畢業生實施輪調、或是留任原職位，期限兩年。[85]

這份由教育部所主導的分發及分段服務作業要點，雖然顧及公費生畢業後的住院訓練，並承諾公費生將在第一階段前往教學醫院受訓，但與陽明提出的原草案的理想相差甚遠。原先韓偉的設想，是畢業生能夠前往榮總或設備良好的公立醫院進行三年訓練，待公費生能夠獨當一面後，再行分發至區域醫院執業。但這份教育部的作業要點，並未向陽明醫學院承諾教學醫院的層級高低，且公費生的住院訓練從三年壓縮至兩年。爲了爭取陽明公費生畢業後能夠進入設備良好的醫院實習，陽明校方向教育部申請修正作業要點第十條第一項，將條文內容修訂爲：「暫應先分發至具有二級（含）教學醫院以上資格之各省、市立醫院或榮民總醫院服務，同時實施住院醫師訓練，期限爲兩年。」[86] 以此條款確保陽明公費生畢業後，能夠在設備良好的醫院環境獲得住院醫師訓練。待教育部同意修正，即將此條款正式納入作業辦法中。

但作業要點終究流於理想空談，難以與分發單位的現實狀況互相配合。例如，陽明院方希望教學醫院的等級需在二級以上，但 1981 年衛生署所屬的二級以上教學醫院唯有臺大與仁愛兩所醫院，[87] 難以滿足分發需求。再者，作業要點給予分發單位極大的裁量能力，尤其是對公費生的個人考績與轉調握有大權。如退輔會即自行在《對國立陽明醫學院公費畢業生分發服務作業要點》中，增修了分段輪調方式。原本教育部的作業要點是分三階段輪調，公費生必須在第一階段先進入教學醫院受兩年的住院醫師訓練。但榮總版本的作業要點，卻在分段輪調三階段辦法後增加第四項條款：「如陽明公費生於第一階段志願在榮民醫院服務兩年，則第二、第三階段調至榮民總醫院服務四年。」如此一來，進入榮總服務的陽明公費生有可能免除三階段輪調法，在第二階段即可回到榮總服務。[88] 由此可見，各分發單位不一定依據分發服務辦法的要點行事，而是依據院內的實際狀況進行調整。

除了分段輪調之外，各體系內的教學醫院應提供哪些科別的住院醫師缺額，則需要各自召開協調會議。1982 年 2 月 2 日，衛生署召集了陽明醫學院代表、臺灣省衛生處、臺北市衛生局、高雄市衛生局以及各教學醫院，對分發科別比例與名額進行討論。會中決議，將進入衛生署系統的第一屆陽明公費生分爲三組，其中一半名額，將分發至省立桃園醫院家醫科進行全科醫師訓練兩年；餘下的一半名額則分發至二級以上的省市立醫院大科（內、外、兒、婦科）、以及小科（放射、精神、病理、痲醉科）進行住院醫師訓練。[89]

衛生署之所以特別將一半名額分配至省立桃園醫院進行全科醫師訓練，主要目的爲配合中央政策發展家庭醫學教學，以及建設群體醫療中心。公費生將在家醫科接受兩年住院醫師訓練後，再分發至示範性或開辦群體醫療執業之衛生所，或是非教學醫院等級之省市立、縣立醫院服務。[90] 由於教學醫院調度與科別缺額問題，衛生署又於 1983 年 11 月召開分發協調會議，提議新增「自由選科組」，提供四分之一以下的名額供陽明公費生任選科別；選擇此組者，需要自願延長服務至八年。除此之外，衛生署亦提議將原條文中「具有二級（含）教學醫院以上資格之各省、市立醫院」等內容，修改爲「準二級以上資格之各省、市立醫院」，以符合衛生署需要。[91]

而退輔會系統，則著重於專科醫師培養、以及補充冷門科別的醫師。退輔會所召開的協調會議，則決議將四分之三公費生分配至榮總大科進行兩年住院醫師訓練，剩下四分之一名額則進入「人才羅致困難科」（精神、放射線、麻醉、核醫、癌症治療、病理、復健科）受訓。爲了優待進入人才羅致困難科的公費生，榮總將提高該科的服務津貼，並且安排公費生在榮總服務六年，不納入第二、第三階段的輪調作業。[92]

陽明第一屆公費生的分發服務作業，即在各分發單位內部規範未清的情況下亦步亦趨進行著。陽明公費生的第一次分發服務會議，於 1982 年 3 月 24 日於教育部召開，此次處理 27 名無兵役義務公費生的去向。會中，各方同意陽明醫學院留任 12 名助教，並指定一位公費生從事基礎醫學研究；建議衛生署放寬住院醫師不得超過三分之一的限制，以容納更多待分發的公費生。第一批完成分發者，共有 14 人進入退輔會榮總體系，13 人進入衛生署體系。[93] 第二批分發會議於 1983 年舉行，此次會議則處理已服完兵役的第一屆公費生共 66 人的分發工作。[94] 就陽明第一屆公費生的分發情形而言，選塡擔任助教者，以二分之一比例分配至基礎學科與臨床學科。其中生理學科、藥理學科、微生物免疫學科、共同科（遺傳學）各被分配至一人、社會醫學科二人；而臨床學科助教（內科、小兒科、外科），共有六人。[95] 爲陽明醫學院培養各學科未來師資，奠定了基礎。而有志於臨床醫療者則以退輔會榮總大科、衛生署自由選科組爲首選，再次則是衛生署大科等科別。

陽明公費生的反彈

面對複雜且朝夕多變的分發制度，陽明公費生該如何理解與抉擇呢？在 1982 年陽明第一屆醫學系公費生修業期滿面臨分發之際，陽明校內院刊《神農坡》針對第一至五屆的醫學生進行了一次大規模的問卷調查。問卷題目包含對分發服務的看法、對於分發辦法的意見，以及對於分發後未來出路的計畫。對於分發服務的看法與基本態度，第一屆公費生有將近六成支持分發服務辦法，但認爲其中某些條款並非完全出於自願，有商榷的餘地；而對於六年服務中最感到擔心的事項，則有五成認爲是「基層服務」與「大醫院受訓」之間，兩者如何配合的問題。關於分發辦法的部分，有四成認爲陽明公費生應進入教育部評鑑的一級教學醫院（如臺大、榮總）服務兩年，若無法滿足要求，起碼應該以二級以上教學醫院作爲標準。關於分段輪調如何搭配的問題，有高達八成的意見認爲應先進入教學醫院受訓兩年，且有將近四成的答卷者認爲縱使進入一級教學醫院受訓兩年，仍無法擔當剩下四年的醫療服務工作。而關於分發與輪調的成績依據，將近四到五成的第一屆公費生認爲，應以學生的志願與成績作爲依據；至於成績應包含哪些項目，則有四成認爲應以智育成績爲標準，三成則認爲應將智育與操行成績一併採計。對於未來分發單位的期待，將近六成的答卷者願意前往榮總服務，只有一成自願進入衛生署體系。而對於未來的職涯發展，有六成以上的人自願成爲專科醫師，大約只有兩成四左右將全科醫師當作首選。但不論是選擇成爲專科醫師或全科醫師，仍有四成的答卷者希望在六年服務期滿後，繼續轉往大型醫院受訓。至於公費生在分發六年期間，前往偏鄉服務是否能改善當地醫療的看法，大約有五成認爲陽明公費生前往當地固然能提升素質，但礙於地方醫療設備不足，實在難以逆轉一般病人對於衛生所的印象。[96]

由這份問卷結果可觀察到陽明公費生對於相關議題的討論與擔憂。首先是關於分發成績依據的爭議。原本陽明院方與院長韓偉希望第一屆公費生自行決定分發辦法，奈何在彼此利益衝突的情況下，公費生之間產生猜疑與摩擦，最終導致破局。[97] 在院長韓偉的介入後，最終確定分發必須依照成績排序，其中除了列入智育成績外，亦應將德育與群育成績納入其中。此舉引來陽明公費生對於分發依據的質疑，認爲以成績作爲標準，並不一定符合校內助教或公費醫師等崗位的需求，且德育與群育成績的評分標準具有主觀性。[98] 韓偉則重申分發必須依據成績，且陽明已經建立一套操行成績的評估辦法，故堅持將德育成績納入合併計算。[99]

除此之外，陽明公費生將分發到何種等級的教學醫院進行受訓，更令人感到憂心。依據分發辦法，公費生將依照成績高低選擇進入退輔會或衛生署系統下的教學醫院。其中退輔會系統的榮總，已於民國 71 年度被評爲全國第一級教學醫院，故可保證住院醫師訓練的品質。[100] 反觀衛生署旗下的各省市立醫院，其設施與人員訓練素質良莠不齊，難以提供與榮總同等的教學內容。衛生署亦在歷次的協調會議中，遲遲無法承諾是否能夠提供二級以上教學醫院，更曾建議將分發條文改爲「準二級教學醫院」。對此，院長韓偉曾極力抗拒衛生署的提案，使得教育部必須居中介入協調。[101] 而從前述的問卷調查結果觀察之，陽明公費生對於未來分發的教學醫院等級抱持悲觀想法，其中更有36%的答卷者認爲三級以上教學醫院亦可接受。[102] 由此可見陽明公費生已清楚認知到醫療環境現實與理想中的差距。

關於分段輪調的方式，亦是各分發單位爭論不休的議題。根據陽明校方原本的構想，公費生應在畢業後接受至少兩年的住院醫師訓練，之後下鄉前往地區醫院服務。但榮總與衛生署旗下各教學醫院，考量到各教學醫院的人力與設備需求，試圖調整分段輪調的順序。此舉可能導致公費生畢業後即在毫無訓練與經驗的狀況下，必須獨自扛起偏鄉地區醫療服務的重責大任。陽明公費生亦在校內刊物中對此現狀表達不滿：「…竟然有人希望我們一畢業就下鄉，不接受半點訓練就做赤腳醫生。『這些都無所謂的！』許說：『實習時多努力一點，以補其不足，只可憐了那些鄉下人，竟被這樣犧牲了！』」[103]

除了分段輪調服務的爭議外，退輔會與衛生署對於分發名額中的科別限制，亦嚴重限縮了公費生的職涯選擇。由第一屆公費生分發成績與前述的問卷可知，第一屆畢業生大多數的理想是進入大型醫院的「大科」擔任專科醫師。然而各單位所提供的缺額，卻難以與陽明公費生的期望相符。例如衛生署爲了發展偏鄉醫療與家庭醫學，只願意提供一半專科醫師的名額供陽明選擇，另一半則被迫前往家醫科接受全科醫師的訓練。而榮總則爲了發展院內的冷門科別，設定將其中四分之一名額分配至「人才羅致困難科」。在分科的限制之下，陽明公費生很可能犧牲自己志願與興趣的情形，被迫塡補冷門科別，以符合國家分發制度的需要。而分發辦法中的科別限制與選塡志願協調的問題，亦容易在同儕之間產生人際關係糾紛，這是當初實施公費分發制度始料未及的結果。

在公費分發制度形成與實施過程中，陽明公費生看似屬於弱勢、被動的一方，難以與分發單位互相抗衡。但他們嘗試透過調查地方醫療機構的方式，爲日後爭取分發待遇提供基礎資料。如陽明校方與公費生都關切的教學醫院等級問題，校內刊物《神農坡》與《陽明醫訊》等編輯成員，即積極走訪衛生署主管單位、各省市立醫院瞭解當地的醫療作業概況。其調查內容包含訪談衛生行政體系首長，調查省市立醫院編制、各院醫師執業情形，以及一般民眾對該院的觀感。在調查報告中，陽明公費生已然察覺到各省市立醫院普遍存在分科缺漏、專科醫師久佔不去、住院醫師人數嚴重不足等情形，且除了省立桃園醫院因有臺大醫院的支援能提供條件較爲優越的進修機會外，只有省立臺南醫院、高雄市立民生醫院編列出國進修預算。對於陽明公費生而言，除非能進入規模與訓練條件較佳的省市立醫院，否則繼續進修的機會甚爲渺茫。[104]

除了對於各地醫院的訪查以外，分發服務辦法內扣留專業證書等條款，亦引發了陽明前三屆公費生向教育部聯名上書陳情，[105] 並提起民事訴訟。陽明醫學院公費生認爲，原先投考醫學院時只規定畢業後需服務六年，並無保管醫師證書等規定，因此教育部無權佔有證書。教育部則指出，衛生署等單位從未交付醫師證書，因此不存在所有權的爭議。在經過臺北地方法院的審理後，認定陽明公費生的確尚未取得證書所有權，因此判決教育部勝訴。[106] 雖然陽明公費生的請願與訴訟並未獲得成功，但卻引起社會輿論關注，使公費制度形成之初的弊病展露無遺，爲日後調整公費醫師分發制度預留了空間。

結語

綜前所述，陽明醫學院創院初期，在學術體系方面逐漸樹立獨特的風格，尤其在微生物與免疫學、生物化學等基礎醫學研究領域嶄露頭角。爲了進一步提升基礎醫學研究人才的培育工作，院長韓偉創辦學士後醫學系學制，爲臺灣醫學教育引進新觀念。而在校內硬體設施建設方面，陽明校方與建築師事務所合作，完成校區的初步規劃與基礎設施建設。

在陽明醫學院起步邁向發展的同時，經費短缺、與榮總合作臨床教學，以及公費生分發問題亦困擾著陽明校方。在 1970 年代全球面臨石油危機的經濟情勢下，校內系館的建設工程因物價飛漲而導致工程延宕。與榮總的關係以及公費生分發問題，則涉及與退輔會、教育部及衛生署等部會的協調工作。如何加強陽明與榮總之間的合作，以及平息醫學系公費生分發辦法的爭議，成爲陽明校務發展過程中無可避免的問題。

註釋

1　「國立陽明醫學院第十三次院務會議紀錄」，〈院務會議暨行政工作會報規定事項，希遵照。〉，國立陽明交通大學藏，檔號：064/SEC002000/1/0002/002。
2　哈鴻潛，〈陽明神研所誕生始末記〉，《神經科學研究所二十週年專刊》，頁 5。
3　孫興祥，〈憶創所所長韓偉博士〉，《神經科學研究所二十週年專刊》，頁 4。
4　楊行義，〈陳年往事〉，《神經科學研究所二十週年專刊》，頁 31。
5　孫興祥，〈所長的話〉，《神經科學研究所二十週年專刊》，頁 2。
6　孫永光、孫張恩慈，〈緬懷草創歲月：神研所成立二十週年有感〉，《神經科學研究所二十週年專刊》，頁 13。
7　王桂馨、張瓊文、姚皓傑，〈前所長的話——訪問錢嘉韻老師〉，《神經科學研究所二十週年專刊》，頁 6。
8　孫興祥，〈所長的話〉，《神經科學研究所二十週年專刊》，頁 2。
9　〈陽明的發展計畫專題報導（一）〉，《橘井》第 15 期，1979 年 11 月 16 日，第 3 版。
10　〈爲微生物研究所催生〉，《橘井》30 期，1981 年 3 月 25 日，第 2 版。
11　〈陽明的發展計畫專題報導（一）〉，《橘井》第 15 期，1979 年 11 月 16 日，第 3 版。
12　〈陽明微免博士班獲准成立〉，《橘井》57 期，1984 年 4 月 2 日，第 1 版。
13　陳建州，〈長江後浪推前浪：陽明微免所簡介〉，《神農坡》第 10 期，頁 24-25。
14　〈生化研究所成立 今年開始招生〉，《橘井》第 39 期，1982 年 3 月 12 日，第 1 版。
15　魏如東，〈陽明生化研究所 25 週年紀念感言〉，《國立陽明大學生化暨分子生物研究所貳拾伍週年所慶特刊》，頁 4。
16　〈陽明老師的研究工作〉，《陽明醫訊》民國 72 年第 2 期，頁 5-6。
17　〈檢奉貴院與本院對四年制醫科教育及臨床教學暨有關事項協調會議紀錄十份〉，國立陽明交通大學藏，檔號：070/DAA110000/1/0002/010。
18　韓偉，〈新制醫科之我見〉，《陽明醫訊》民國 72 年第 2 期，頁 30-31。
19　〈公費培育醫師政策 教育部決擴大實施〉，《聯合報》，1981 年 4 月 10 日，第 2 版。
20　黃敬質，〈創設四年制醫科，可望在明年開辦〉，《中央日報》，1981 年 10 月 25 日，第 4 版。
21　〈醫界又有新生路 四年醫科將招生 本校首先參與〉，《橘井》第 43 期，1982 年 10 月 7 日，第 1 版。

22 〈檢呈本院學士後醫學系必選修科目表，請核備。〉，國立陽明交通大學藏，檔號：071/DAA101000/1/0001/008。

23 〈新制醫科聯招 報考資格放寬〉，《聯合報》，1982年9月8日，第2版。

24 〈新制醫科聯招 報考資格放寬〉，《聯合報》，1982年9月8日，第2版。

25 〈台大後醫系問題多〉，《聯合報》，1984年1月2日，第3版。

26 〈學士後醫學系學生 台大建議停止招收〉，《聯合報》，1985年3月8日，第3版。

27 行政院主計處，〈六十五年度全國總供需初步估測報告〉，《嚴家淦總統文物》，國史館藏，典藏號：006-010802-00005-001。

28 〈國立陽明醫學院第四十四次行政會議紀錄〉，國立陽明交通大學圖書館藏。

29 〈國立陽明醫學院第四十七次行政會議紀錄〉，國立陽明交通大學圖書館藏。

30 〈國立陽明醫學院第三十九次行政會議紀錄〉，國立陽明交通大學圖書館藏。

31 〈停電停水路燈 總務處費心多〉，《橘井》第20期，1980年4月11日，第1版。

32 〈暑夏大福音 水源將改善〉，《橘井》第32期，1981年5月12日，第1版。

33 〈歡迎加入我們這一群 發掘問題解決問題〉，《橘井》第8期，1978年4月19日，第2版。

34 〈伙食問題何處去〉，《橘井》第25期，1980年10月10日，第1版。

35 〈暫緩校區規劃案〉，國立陽明交通大學藏，檔號：067/DGA331010/1/0003/010。

36 宗邁建築師事務所，《國立陽明醫學院校區整體計畫規劃報告》，頁62-63。

37 宗邁建築師事務所，《國立陽明醫學院校區整體計畫規劃報告》，頁75-90。

38 〈欲上青天覽明月——社團十年〉，《神農坡》第8期，頁33-40。

39 〈欲上青天覽明月——社團十年〉，《神農坡》第8期，頁34-35。

40 〈一個新的社團：展抱社〉，《橘井》第10期，1978年12月29日，第2版。

41 〈擴大情感交流加強活動報導 本院發行醫學系刊物「橘井」〉，《橘井》第1期，1976年1月10日，第1版。

42 〈從橘井看陽明歷年大事〉，《橘井》第60期，1984年6月15日，第4版。

43 奇岩山人，〈勉橘井〉，《橘井》第30期，1981年3月25日，第2版。

44 〈盡人事而不執著 知天命而不苟懈——橘井一年半來的評估與展望〉，《橘井》第29期，1981年1月23日，第1版。

45 鄭欽火等，〈陽明青幼社〉，《神農坡》第3期，頁數47-51。

46 彭婉玲，〈周碧瑟教授專訪〉，《神農坡彙訊》第7期，頁3。

47　李宏昇、璩大成，〈陽明十字軍的歷史回顧〉，《向癌症進軍——陽明十字軍日記》（臺北：時報文化，1982），頁 25-26。

48　李宏昇、璩大成，〈陽明十字軍的歷史回顧〉，《向癌症進軍——陽明十字軍日記》，頁 16-19。

49　周碧瑟，〈陽明十字軍的新方向〉，《七十七年陽明十字軍社區預防醫學計畫成果報告》（臺北：陽明醫學院、財團法人預防醫學基金會、中華民國預防醫學會，1988）。

50　蕭阿勤，《回歸現實——臺灣 1970 年代的戰後世代與文化政治變遷》（臺北：中央研究院社會學研究所，2008），頁 101-113。

51　李孔嘉，〈偏遠衛療隊在滿州〉，《橘井》第 11 期，1979 年 9 月 18 日，第 1 版。

52　〈欲上青天覽明月——社團十年〉，《神農坡》第 8 期，頁 38。

53　陳昌明，〈社區服務〉，《神農坡》第 3 期，頁 53-56。

54　蕭正光，〈口衛一年〉，《陽明牙醫》第 3 期，頁 97-99。

55　黃志成、蕭正光，〈口衛隊的過去現在與未來〉，《陽明牙醫》第 4 期，頁 12-17。

56　〈口衛隊再出擊〉，《橘井》第 81 期，1987 年 6 月 22 日，第 1 版。

57　張國明，〈爲誰辛苦爲誰忙？陽明校隊知多少 兼談本院體育風氣〉，《橘井》第 54 期，1983 年 11 月 30 日，第 2 版。

58　〈與榮總建教合作案希儘早日實施〉，國立陽明交通大學藏，檔號：064/DAA101000/1/0002/006。

59　〈檢送調任醫師及派駐醫師協議事項〉，國立陽明交通大學藏，檔號：070/PER407000/1/0001/032。

60　〈爲求 貴我兩院教學研究合作辦法早日實施〉，臺北榮民總醫院藏，文號：6404483。

61　〈學生實習安排問題紀錄〉，國立陽明交通大學藏，檔號：068/DAA120000/1/0002/002。

62　〈實習人員座談會紀錄一份〉，國立陽明交通大學藏，檔號：068/DAA120000/1/0002/017。

63　〈臨床的第一步〉，《橘井》第 24 期，1980 年 9 月 25 日，第 1 版。

64　〈國立陽明醫學院第五十三次行政會議紀錄〉，國立陽明交通大學圖書館藏。

65　〈國立陽明醫學院第三十一次行政會議紀錄〉，國立陽明交通大學圖書館藏。

66　〈國立陽明醫學院第三十九次行政會議紀錄〉，國立陽明交通大學圖書館藏。

67　〈醫學系臨床課程座談〉，《橘井》第 38 期，1982 年 1 月 11 日，第 2 版。

68 〈醫學系臨床課程座談〉，《橘井》第 38 期，1982 年 1 月 11 日，第 2 版。

69 「國立陽明醫學院院務會議第一、二、三次會議記錄」，〈院務會議暨行政工作會報規定事項，希遵照。〉，國立陽明交通大學藏，檔號：064/SEC002000/1/0002/002。

70 〈協調國立陽明醫學院公費生待遇及畢業後分發服務辦法開會時間 64 年 10 月 16 日上午 9 時開會地點教育部第 306 室主持人林次長清江。〉，國立陽明交通大學藏，檔號：064/DAA101000/1/0002/005。

71 〈協調國立陽明醫學院公費生待遇及畢業後分發服務辦法開會時間 64 年 10 月 16 日上午 9 時開會地點教育部第 306 室主持人林次長清江。〉，國立陽明交通大學藏，檔號：064/DAA101000/1/0002/005。

72 〈檢送國立陽明醫學院公費學生待遇及畢業分發服務辦法草案乙份。〉，國立陽明交通大學藏，檔號：065/DAA101000/1/0001/001。

73 〈有關公費生待遇及畢業後分發服務辦法草案〉，國立陽明交通大學藏，檔號：065/DAA101000/1/0001/003。

74 〈國立陽明醫學院公費生待遇及畢業分發服務辦法草案第十三條末句亦不核發其專業證書之含義爲服務未滿期限者，專業證書不直接發給而暫由其服務主管機關保管，俟服務期滿再行發給至執業報審，則由該主管機關出具證書影印文件證明之。〉，國立陽明交通大學藏，檔號：065/DAA101000/1/0001/004。

75 〈公費學生待遇及畢業分發服務實施要點草案名稱改爲國立陽明醫學院醫學系公費學生待遇及畢業後分發服務實施要點〉，國立陽明交通大學藏，檔號：067/DAA101000/1/0001/010。

76 〈檢送研究國立陽明醫學院醫學系畢業生之分發問題意見彙復表及行政院所屬機關醫療機構預判未來五年內醫師缺額及補充情形調查彙計表影印各乙份〉，國立陽明交通大學藏，檔號：068/DAA111000/1/0001/022。

77 〈公費畢業生分發服務有關事宜於 70.1.13 上午在本部第 506 會議室由余次長主持〉，國立陽明交通大學藏，檔號：070/DAA110000/1/0002/001。

78 賴靖文，〈訪各單位主管談分發與服務〉，《神農坡》第 4 期，頁 97。

79 〈陽明公費生分發問題 衛署與榮總不太愉快〉，《聯合報》，1983 年 12 月 14 日，第 3 版。

80 賴靖文，〈訪各單位主管談分發與服務〉，《神農坡》第 4 期，頁 97。

81 賴靖文，〈訪各單位主管談分發與服務〉，《神農坡》第 4 期，頁 98。

82 賴靖文，〈訪各單位主管談分發與服務〉，《神農坡》第 4 期，頁 98。

83 賴靖文，〈訪各單位主管談分發與服務〉，《神農坡》第 4 期，頁 98。

84　〈一三屆公費生完成分發 輔大、衛大八各佔鰲繳〉，《橘井》第 56 期，1984 年 1 月 12 日，第 1 版。

85　〈茲將本院公費生分發服務有關事宜會議紀錄及服務作業要點公布之〉，國立陽明交通大學藏，檔號：070/DAA110000/1/0002/006。

86　〈茲將修正本院公費生畢業後分發及分段服務作業要點公布〉，國立陽明交通大學藏，檔號：070/DAA110000/1/0002/009。

87　〈教育部二度會議 分發大局略定〉，《橘井》第 30 期，1981 年 3 月 25 日，第 1 版。

88　〈醫學系公費畢業生分發服務作業要點意見及建議說明〉，國立陽明交通大學藏，檔號：070/DAA110000/1/0002/013。

89　姜壽德，〈「冷靜思之，積極行之」——談第一屆醫學系畢業生的分發服務〉，《神農坡》第 5 期，頁 12-13。

90　〈檢送醫學系公費生分發服務有關事宜會議紀錄〉，國立陽明交通大學藏，檔號：072/DAA110030/1/0001/005。

91　〈衛生署召開會議 修正分發服務辦法〉，《橘井》第54期，1983年11月3日，第1版。

92　姜壽德，〈「冷靜思之，積極行之」——談第一屆醫學系畢業生的分發服務〉，《神農坡》第 5 期，頁 12-13。

93　〈檢送公費生分發服務會議紀錄一份〉，國立陽明交通大學藏，檔號：071/DAA110000/1/0002/016。

94　〈檢送本院公費生分發作業結果〉，國立陽明交通大學藏，檔號：072/DAA110030/1/0002/039。

95　〈檢呈本院畢業學生留任助教名冊三份請准分發本院任職〉，國立陽明交通大學藏，檔號：071/DAA110000/1/0002/002。

96　賴靖文，〈一個學期的努力〉，《神農坡》第 4 期，頁 93-96。

97　〈分發還要更好〉，《橘井》第 40 期，1982 年 4 月 12 日，第 1 版。

98　詳見蔡篤義，〈分發問題之我見〉，《陽明醫訊》，頁 2-4；鄭宏志，〈分發服務之芻議〉，《陽明醫訊》，頁 4-6。

99　〈院長談分發〉，《橘井》第 52 期，1983 年 10 月 19 日，第 3 版。

100　〈教學醫院評鑑 四所考列一級〉，《聯合報》，1983 年 3 月 29 日，第 2 版。

101　〈衛生署召開會議 修正分發服務辦法〉，《橘井》第54期，1983年11月3日，第1版。

102　林永發，〈結果〉，《神農坡》第 4 期，頁 95。

103　白鴻，〈夜話〉，《神農坡》第 4 期，頁 96。

104　胡涵婷，〈當前的省市立醫院〉，《神農坡》第 4 期，頁 99-100。

105　〈請願事件的校園激盪〉，《陽明醫訊》73 學年度第 3 期，頁 60-61。

106　〈畢了業沒證書 醫學士告官署〉，《聯合報》，1985 年 9 月 12 日，第 3 版。

第四章

突破與擴張：打造神農坡上的生醫殿堂

在首任院長韓偉的長期經營後，陽明醫學院的發展進入了轉折期。除了與榮總關係需要重整與加強外，亦因臺灣高等教育政策等限制，使得校內行政與教學人力不足。因此系所擴張與發展，以及校內硬體設施的建設進度，未能達到建校計畫的預期目標。第二任院長于俊接任後，制訂五年發展計畫向教育部爭取預算，方使陽明系所發展與人員逐步擴充。而陽明校務發展，也因此邁入突破與擴張的階段。新任院長于俊，因曾擔任臺北榮總副院長等職，具豐富的醫務管理行政經驗。正式擔任陽明醫學院院長後，陽明校方與榮總之間的合作關係益發密切。原先困擾陽明校方已久的公費分發爭議，亦透過于俊與退輔會的關係，改善退輔會系統的分段輪調辦法。

此時風起雲湧的政治抗爭運動與學生運動，亦開始影響校內風氣與學生思想。1980 年代末期，臺灣社會因《臺灣省解嚴令》的廢除，而邁向權威政治鬆動的階段。在解嚴後的思潮影響下，校內延續原先校園自治的風氣，率先成立學生會等組織，開啓校園民主之風氣。在學生自治組織的運作下，校園內外的公共議題討論由此展開，包含校內交通與住宿問題，以及校外學生運動參與及串連。但校園自治組織運作初期，卻因組織體系的混亂而發生嚴重爭執，由此可見學生自治實踐的不易。

第一節　于俊與陽明的發展藍圖

歷經長達九年的戮力經營，陽明醫學院的發展已初具規模。除了原有的醫學、牙醫系外，另外增設了醫技系、神經科學等數間研究所與建築物。但隨著院長韓偉身患重病、[1] 任期屆滿之際，新任院長人選便成爲矚目的焦點。爲了推進陽明與榮總的合作關係，在榮總的推舉之下，由時任榮總副院長于俊出任陽明醫學院新任院長。[2]

于俊生於 1925 年，畢業於國防醫學院醫科第 46 期，歷任國防醫學院教授、榮總放射線部主任、榮總副院長、陽明醫學系系主任等職。任職榮總放射線部門期間，曾獲放射學家赫濟時（Paul C. Hodges）推薦，前往美國芝加哥大學等校進修，並通過美國放射科專家考試。返國後協助榮總發展放射線部，首創經皮穿刺體內臟器動脈造影技術，並率先引進電腦斷層掃描與核子醫學相關設備儀器，爲臺灣放射醫學界先驅。自 1979 年起，接任榮總副院長，負責主持造價高達 100 億的榮總中正樓興建計畫，以及院務管理資訊化等工作，可謂榮總步入擴張期的核心人物之一。[3] 自 1981 年起，兼任陽明醫學系主任，主持系務與醫學系公費生分發等工作，與建校初期醫學系的發展密切相關。由此可知，于俊憑藉著深具行政管理能力、以及長期主持醫學系系務經驗，被視爲帶領陽明醫學院走向穩定發展階段的最佳人選。

新舊任院長的交接典禮，訂於1984年6月30日舉行，陽明醫學院教職員與榮總各科主任均前往觀禮。新任院長于俊，在教育部次長阮大年監交下，正式成爲陽明醫學院第二任院長。[4] 前任院長韓偉於交接典禮致詞，細數任內的工作成果，並期勉繼任院長挑起陽明未來發展的重擔。韓偉致詞中指出，陽明醫學院目前已完成硬體建設共十餘棟大樓，院內生化與生物免疫學等領域的基礎醫學研究已達到國際水準；在教學方面，陽明醫學院的學生於1983年美國所舉辦的ECFMG考試中，取得平均分數第一的傲人成績。但在其致詞中，也指出陽明現今發展的不足之處。例如醫學系尚未建立完整的臨床醫學體系，以及臺灣醫學品德教育，皆爲當前亟待改進的項目。韓偉期許繼任院長能夠承擔教育改革的使命感，以相同的理念開拓陽明的未來。[5]

新院長的上任開創了新局，但同時也是回顧過往得失的契機。于俊上任後與學生活動中心幹部座談、以及接受陽明醫學系專訪時，對院內行政、教務、訓導以及榮總合作關係等事項，提出見解與未來計畫。其中，校內師生尤爲關切的，仍是陽明與榮總之間的發展與合作關係。于俊以榮總副院長之姿接掌陽明後，能爲陽明帶來哪些資源與改變，不免引人詢問。對於榮總與陽明未來的發展關係，于俊承認陽明與榮總之間確實存在聯繫不足、行政無法支援等問題，因此未來院務重點將加強雙方的具體合作。至於如何加強？于俊提出增加臨床教師員額等構想，讓更多陽明醫學系畢業生與榮總醫師以正職身分分別進入榮總與陽明擔任正職教師或住院醫師，使雙方在臨床教學與行政層面上更緊密結合。

除了與榮總的合作關係外，于俊亦指出目前陽明校務發展面臨的困境。首先是陽明成立九年以來一直未依照預定時程完成建校計畫，院內僅有三個學系與四間研究所，為臺灣公私立醫學院中科系數量最少的院校。其次是陽明校內行政與教職人員員額不足之問題。與他校醫學院相比，陽明校內的行政與教學員額稀少，使得行政效率低落與教學負擔過重。其三則是經費短缺，加上行政效率不彰等問題導致軟硬體設備陳舊。[6] 由于俊接任院長初期對陽明院務的分析可知，未來院務施政計畫將以擴充系所、人員與經費做為主軸。

五年計畫

為解決教學與行政人員員額不足的問題，于俊向行政院提出五年發展計畫，希望增加教職員額數量。陽明建校十年以來，長年受限科系增設不易，因此教職員人數遠低於實際需求。于俊就任院長之初，全院教師與行政人員僅有 250 人，遠比其他醫學院校稀少，使得校內教學與行政工作產生困難。例如院內共同必修科目僅有專任教師 14 人，卻需負擔 21 門共同必修課工作；臨床醫學課程每學科平均只分配到三至四位正式教師名額，大部分科別僅能仰仗榮總各科資深醫師義務兼任教學工作，嚴重影響臨床課程的講授與醫學生實習品質。而在行政方面，陽明院內僅有 76 位行政人員，除了行政單位基本運作，這些員額尚需支應各教學單位與實驗動物中心、電子計算機中心的技術人員員額，使得支援教學工作左支右絀。因此，于俊請求行政院以五年增額 200 人的方案補充所需人員，包含共同必修科教師 20 人、臨床各科教師 100 人、公費生留任助教 58 人、行政人員 20 人。[7]

除了增加員額，這份計畫書亦包含于俊對於陽明的未來展望。于俊將陽明發展的重點分爲五個方向，包含提升基礎與臨床醫學研究、加強臨床醫學教學、增設科系、加強學生輔導、強化學校行政功能等等。這五個面向，可說是于俊接任院長初期，爲陽明擘畫的藍圖。其中，于俊最爲注重的是提升臨床醫學教學品質與增設科系。

在提升臨床教學品質方面，于俊計畫與榮總合作，選派留任助教十名前往榮總進行臨床醫師與教師訓練。此外，于俊亦計畫成立「臨床醫學研究所」，加強陽明與中研院生醫所、榮總醫學研究部的合作研究。除了師資的培養，五年計畫亦著眼於臨床教學制度的改革。首先是在不改變醫學系修業年限情況下，強化醫學生的臨床實習與臨床診療經驗，以此做爲未來下鄉進行基層醫療服務之準備。其次是實施臨床教學導師制度，計畫聘請臨床教師擔任導師，監督與指導學生臨床實習課程，確保落實課程內容。[8]

增設科系方面，由於陽明建校十年以來，僅完成三個學系與四間研究所的增設，其餘醫學院所需的科系，亟需院方繼續向教育部爭取設立。其中最引人關注者，莫過於陽明數次向教育部申請設立未果的護理系。于俊認爲，陽明申請設立護理系的挫敗，主因來自中央教育部門對大學護理系的成見。因當時大學護理系畢業生轉職者衆多，故教育部認爲培育護理人員應以職業教育爲主力。[9]有鑑於此，五年計畫將設置護理系列爲建校計畫首位，強調護理人員應配合快速發展的現代醫療趨勢、提升教育程度，試圖以此說服教育部准許設立護理系。[10]除了護理系，改組醫技系、設立復健醫學系亦是五年計畫目標之一。所謂醫技系改組，即是將醫技系分爲「醫學檢驗組」和「放射技術組」。設立「放射技術組」，顯然是出於于俊對放射醫學領域發展的關心。五年計畫亦指出，目前放射醫學發展迅速，世界各國已將此領域列入大學教育範圍，但臺灣卻停留在專科學校技術階段。且陽明醫技系課程過於廣泛，無法配合目前醫學分工漸趨精細的潮流，因此建議醫技系拆分為兩組。而申請設立復健醫學系，則是出於臺灣老年人口增加、亟需大量復健人員等考量。[11] 因此，在五年計畫中，設立護理系、復健醫學系與改組醫技系，成為校務發展主要方向。

其他影響陽明校務發展的主要因素，則是校內行政系統運作效率低落，以及醫學系公費生分發爭議。在陽明院內科系逐漸擴展、學生數量增多的情形下，增加行政人員員額勢在必行。為了解決校內行政系統運作的問題，五年計畫即規劃向教育部申請增加教務處、訓導處、圖書館等單位人員，加強各處室與圖書館館務的服務工作。另一方面，醫學系公費生畢業後所產生的諸多分發問題，亦需要校方的行政與輔導支援。五年計畫亦規劃設立學生輔導中心與學生輔導室，專責辦理陽明公費生的分發、聯繫與就業輔導工作，並加強公費生的心理與行為輔導，避免產生因公費政策頻繁變動導致校內學生人心浮動的局面。[12]

行政院的審核與批覆

對於陽明提交的計畫書，負責員額編制的行政院人事行政局對此表達不同意見。人事行政局認為陽明醫學院提出新增 60 名留校助教員額提議，已過度詮釋 1984 年陽明公費生的分發辦法條文。因為陽明公費分發原有的辦法，僅規定為了培養所需師資，「得」在畢業生中擇優報請教育部留任助教，但並沒有硬性留用助教與額外配置助教員額的規定。人事行政局認為，在行政院目前力行「員額凍結」的基本原則下，突然增加60名助教員額與當前政策不符。至於申請增加行政人員一案，人事行政局也持反對意見。他們認爲陽明可透過「增班增系標準配列教職員」模式，將行政人員的員額計算在內。人事行政局唯一認可的提案，則是陽明共同學科師資不足的問題。經過審查之後，人事行政局認爲陽明共同科的教學工作過於繁重，確有增額必要；加上陽明是獨立學院，沒有其他學院支援，因此准許增加共同科教師十人。[13]

對於人事行政局草擬的初步建議，負責審核的行政院秘書處與主導科技政策的政務委員李國鼎，對此看法不一。秘書處認爲，陽明爲臺灣唯一一所無附設醫院的醫學院，無法如他校建立培養住院醫師人才的制度，因此陽明申請增置60名助教一案，似有重新考慮的必要。至於另外新增行政人員十名一案，則免予商議。[14]李國鼎對於陽明申請增額的五年計畫一案，看法亦與行政院秘書處相似。李國鼎認爲，目前臺灣基礎醫學教學師資與冷門專科醫師奇缺，若陽明新增60名助教名額能補充基礎醫學教學師資（如生理、解剖、微生物、免疫、生化、公共衛生）、冷門科別臨床醫師（如血液、放射、麻醉、病理、精神、復健、家庭醫學），可考慮支持此案。於是在行政院秘書處與李國鼎的許可下，陽明申請增額的五年計畫，除了增加十名行政人員駁回外，基本上獲得批准。[15]陽明醫學院依靠大量新增員額與系所邁向擴張與穩定發展的階段，更往前邁進了一步。

第二節　校園建設與行政革新

五年計畫的核准不僅爲陽明開拓新局，也爲之帶來劇烈的變化。特別是教育部核准新增成立兩個學系、五間研究所後，隨之而來的是各系所館舍的大型興建計畫，以及人事設備器材管理工作。至於五年發展計畫實行成效如何，于俊在就任四年後發布的校務推展報告，即展現其在增設系所、增聘教師與臨床助教、擴大校務參與、學生輔導等方面進行改革所產生的初步成果。

校務推展

在整體校務方面，于俊主要推展的工作包含增設系所、擴建校舍、擴大校內教師的校務參與。在增設系所方面，陽明校方順利增設護理系，並陸續新增醫工、藥理、公衛、生理及臨床醫學研究所，實現了五年計畫的目標。隨著系所逐步擴張，于俊亦極力爭取經費擴建校舍，以容納逐年攀增的師生數量。在校內建築方面，于俊就任四年，接續前任院長韓偉的工作，陸續完成研究大樓、學人宿舍兩棟與游泳池一座等建設工程。而尚未完成，但已發包動工興建中的工程則有大禮堂與室內體育館。除了大型建設工程，于俊亦籌措經費，陸續進行翻新實驗大樓、餐廳、宿舍與教室設備等工程。此外，于俊另成立教學、研究、教師評鑑等委員會，邀請全校副教授以上教師參與發展校務的工作。[16]

在教學與研究方面，校方陸續增聘基礎醫學學科教師達十位，並將教師員額編制由三年前的 163 位擴展至 221 位，達成五年計畫原先預期新增的教員數量。除此之外，校方亦在研究教學制度上進行革新，包含成立精密儀器中心、改進教學措施等。所謂精密儀器中心，即是校方基於預算有限、為求有效運用，將校內購置的教學研究用精密實驗儀器集中管理使用，並支援工程人員維修檢護。中心成立後，校內高階精密儀器可得到妥善的管理與維護，頗受校內教師好評。對於學生輔導工作，于俊亦在校務相關規劃中著力甚深。由於校內學生事務深受公費分發制度影響，因此保持師生溝通管道暢通，即為推展校務工作的主要任務。為了妥善照顧、安撫校內師生起居，校方成立「生活改進小組」負責解決校內民生問題。[17] 為了更加瞭解于俊進行重大改革與措施的各項細節，以下將介紹其任內的重大建設與制度變化。

增設護理系

護理系為陽明建校之初積極爭取設立的新學系。然歷經教育部的數度批駁後，一直未能得償所願。直到第二任院長于俊提出五年發展計畫，籌設護理系的工作方始露出曙光。經過校方向教育部力陳培育高階護理人才的必要性之後，陽明護理系終於在 1986 年正式獲准成立。[18] 但因校內極度缺乏護理方面師資，故成立之初，陽明校方委託榮總護理部成立「護理教學計畫及發展委員會」，負責設計護理系未來的教學與發展計畫。該委員會組織共有八人，其名單與所屬組織如下：[19]

職稱	姓名	現職
主任委員	王瑋	榮總護理部主任
委員	王世俊	榮總護理部副主任
委員	顧乃平	國防護理學系副教授
委員	陳玉枝	榮總護理部副主任
委員	蔡欣玲	榮總護理督導

職稱	姓名	現職
委員	顧小明	榮總護理督導
委員	胡慧林	榮總護理督導
委員	藍馬維琴	榮總護理顧問

由這份名單可知，護理系學制內容與課程設計，主要由榮總與國防醫學院護理體系的相關人員擔綱。為了達成教育部對護理系師資陣容課程的要求，委員會邀請了美國西雅圖太平洋大學（Pacific University）護理系主任 Margret Stevenson 與該系教授 Annalee Oakes 等人，共同策劃護理系相關課程。在委員會主導下，護理系創系之初即確立了培養臨床人才、養成護理教學人才、提供護理人才繼續深造研究等目標，以此提升護理教學與研究之水準。此外，該會亦參考國內外護理系的課程架構，敲定以 Neuman Model 做為課程設計之基礎，以此模式加強設立護理系的核心目標。根據委員會的設計，未來護理系將教授管理方法、人際關係調適、人文素養之培養、社會學、理哲學等課程。在臨床課程方面，預計以委員會成員擔任護理系導師，以其理論與實務經驗通盤考量臨床教學與發展。在國際合作方面，護理系亦與西雅圖太平洋大學結為姊妹校，以交換學生及相應的課程安排，提升護理系的國際水準。[20] 在院長于俊的協助下，護理系選定鄰近行政大樓與榮總之間的土地做為系館用地，並與女性建築師合作設計系館建築造型、外觀以粉紅色彩呈現，為陽明醫學院增添一股柔美氣息。[21]

成立醫技系放射技術組

醫技系放射技術組（下略稱放射組）成立於 1990 年，由于俊大力提倡與支持。在歷經四次申請後，終獲教育部核准設立，爲國立大學中第一個放射技術教育組。放射組成立之初，由醫技系陳富都教授負責規劃。其教育目標爲培養放射診斷、治療，以及核子醫學所需之放射師，並包含放射科學基礎研究。除了基礎理論教育，放射組亦開設高級放射訓練課程，其中包含 X 光及正電子電腦斷層掃描、超音波、核共振及加速器之腫瘤治療技術。[22] 由於放射組所需之教學與實驗設備昂貴，使得陽明校內預算難以負擔。于俊即商請臺北榮總放射相關部門全力支援，並將部分堪用設備轉贈陽明。在于俊院長與臺北榮總的支持，醫技系放射組的師資、空間與設備，在當時亞洲相關領域居於領先地位。[23]

建置共同儀器中心

建立共同儀器中心（下略稱儀器中心），爲院長于俊任內一大創舉。設置儀器中心的起因，源於于俊接任院長初期與各系所教師進行座談時所萌生的構想。在該次座談會中，于俊發覺校內教師學術研究所需之各類貴重儀器亟待添置更新，因此著手籌設儀器中心，以集中分配運用經費。儀器中心由校內教師組成管理委員會，擁有獨立研究室的教授與副教授，均可向委員會推薦購置儀器。待推薦者公開說明儀器價格與功能後，委員會將通知所有推薦人進行投票，以決定購置儀器的項目；[24] 並公開周知校內師生，另調用人員負責儀器保養，使各項儀器發揮最佳效能，協助教師進行研究。[25]

儀器中心於 1986 年開始進行籌設，由生化研究所教授魏耀揮負責召集籌備，並將儀器中心設於研究大樓四樓西側。[26] 設置之初，即由該委員會制訂使用管理規則，規範使用儀器者必須先接受講習與訓練、使用儀器前須進行預約登記，以及各儀器的使用與管理均由專人負責等管理規則。[27]儀器中心於1987年正式進行運作，初期對全院開放超高速離心機、貝他計數儀、可視紫外光光譜儀等貴重儀器，並由儀器中心負責審查儀器的送修工作。[28]除了購置與送修儀器外，該中心亦多次舉行講習會，由委員會成員與儀器公司負責主講各儀器的原理、操作與研究上之應用。[29]如此一來，校內預算便能集中購置大型貴重儀器，並解決校內系所重複購置儀器、互相借用與維修之麻煩。除此之外，儀器中心亦扮演校內儀器教學與知識普及的功能。儀器中心的設置，不僅廣受校內好評，亦吸引校外大學機構觀摩效仿。[30]

成立實驗動物中心

實驗動物中心建立於1984年，由張德霖建築師事務所依據美國賓州州立大學 Hershey 醫學中心動物房規模進行設計。內設有解剖室、實驗室、小動物繁殖房、狗房、猴房，全棟具控制溫度及濕度空調設計，並裝配12小時自動照明設施，與臺大、成大、國防醫學院等校爲少數設有動物中心的大學院校之一。[31]但在臺灣發展生命科學研究初始階段，相關院校供應的動物無法滿足研究需要，造成生物醫學領域研究的瓶頸。[32]因此，國科會於1986年起，開始陸續籌建國家級動物繁殖與研究中心，並撥款改善現有動物中心設施。陽明實驗動物中心即受國科會的協助，於1986年起開始逐年進行改善計畫，其目標爲年產合乎規格的大白鼠6,000隻、小白鼠10,000隻，平衡國內生醫研究需求。在動物中心主任朱友梅的主持下，該中心改善原先通風設計與換氣設施中的缺失，以符合大量繁殖與飼養動物的需求。在大幅更新飼養環境後，動物中心於 1989 年開始建立「無特定病原菌動物房」，提升陽明生物醫學研究水準。[33]

設置電子計算機中心

1982 年行政院成立「資訊發展推動小組」，開啓臺灣行政機關辦公自動化的發展。在這股發展潮流下，陽明醫學院 1984 年 7 月正式設立電子計算機中心（下略稱電算中心），其相關設施包含王安電腦教室、個人電腦教室與行政應用研究室。該中心主要任務，爲負責規劃全院與電腦有關的教學、研究與資料處理工作。中心主任由校內共同科教師曹德貴擔任，另配有技術員兩名。除了教學研究與行政之外，該中心亦提供電腦程式應用與課程講授，爲校內院務管理的資訊化開啓嶄新的一頁。[34]

在電算中心的推動下，陽明院內開始進行各單位電腦化與電腦應用系統開發與教學。舉凡文書、出納、人事、課務註冊、圖書館、會計、訓導操行等事務，皆在電腦化的範圍內。其中，圖書館率先建立電腦檢索服務與期刊系統，成爲最早完成電腦化的行政單位。而關於教學部分，電算中心特別開設「電子計算機與醫學運用」課程，開放醫技系必修與全校選修。此即爲陽明醫學院進入資訊化的初階段。

提升行政效率

提升校內行政效率，亦爲于俊接掌陽明初期所聚焦的施政重點。以往陽明受限於行政人員員額不足之苦，導致校內公文訊息傳遞效率落後、修繕工作人手不足等情形。爲建立有效運作的行政體系，于俊於五年發展計畫中提出增加行政人員員額，但未獲得行政院許可。因此，陽明全院行政人員仍然維持 54 人，卻須分擔不斷擴張的系所與師生人數，頗有捉襟見肘之感。爲了充分規劃與有效支援教學與研究工作，于俊結合新成立的電算中心協同各行政單位進行行政作業資訊化等工作，以提昇工作效率與品質。[35]

除了行政系統資訊化之外，于俊亦在公文處理時效方面，擬定公文處理實施草案。陽明院方於 1987 年頒布《國立陽明醫學院公文處理及集中傳遞實施要點》，規範公文收發的專責人員、會辦程序、公文處理時限級別、傳遞時間地點，並建立承辦公文事項的追蹤與考核。[36] 通過校務行政資訊化與公文時效規範等措施，使陽明在員額有限的情形下，行政體系得以運作順暢。

建設工程與校地重整計畫

于俊任內以擴增校內大型建設工程、翻新原有大樓教室設施爲校務工作重點之一。在其接掌陽明之初，校內即有研究大樓、游泳池、韓園、學人宿舍等建設工程正在規劃進行，這些興建工程陸續於 1986 至 1988 年間完工。研究大樓工程於 1986 年正式落成，其建物座落於實驗大樓東側，樓高六層，做爲醫技系與各研究所（生理、藥理、醫用遺傳學研究所）落腳之處，六樓則暫時做爲新設護理系上課與辦公用空間。[37] 游泳池亦於 1986 年正式完工。[38] 韓園則爲紀念已故首任院長韓偉的景觀公園，由建築師潘冀設計。地點選定院內後山，建設工程包含花園景觀、步道一條。[39] 而學人宿舍的興建工程包含住家十戶，亦在此期間積極進行中。[40]

在大型建設工程之外，穩定校內用水、供電與設施翻新亦是亟待解決之問題。由於校區位處山坡地，因此校內用水必須經山下蓄水池，使用馬達抽送至醫學館水塔，方能供應校內餐廳與學人宿舍用水；待醫學館水塔蓄至一定水量後，方能再傳輸至地勢更高的山上宿舍區。而校內用水來源，多仰賴自來水與校內開鑿之深井水。但因地層水源不穩定導致井水經常枯竭，而自來水水源又礙於陽明位處自來水管末端、水壓不足，因此造成陽明校區內飽受缺水之苦。[41] 校方計畫開鑿第三口水井，以解決當前缺水的燃眉之急。設施翻新部分，校方籌措經費解決實驗大樓通風不良、顯微鏡不堪使用與桌椅更新等事項，並耗資 1,000 萬整修校內餐廳設施，包含餐廳地面、桌椅更新、更新廚房工作台灶台與冷凍設備、設置箱型冷氣機。[42] 這段時期可說是陽明建校以來，大興土木、廣建高樓的時期。

除了進行中的工程，校方亦申請建造環校道路、活動中心第二期大樓、大禮堂暨體育館等工程。[43] 但在校內大興土木之餘，關於校地運用與規劃的議題，隨即浮上檯面。如何在陽明有限的校地內，安插新建系所與館舍，成爲亟待解決的議題。對此，于俊提出初步的校園重整計畫，試圖提出解決方案。于俊認爲，目前陽明已無可供建築使用之地，故而重整計畫將改變校地目前使用之情形。至於該如何改變？重整計畫提出的初步構想如下：剷平陽明校內後山山頂，將座落於山下校門口附近的田徑場遷移至山頂。而原田徑場與校門附近的土地，將興建三至四座大樓，做爲學生宿舍、歸國學人宿舍、研究所或新增科系之用。至於校內部分的體育球類活動，則改於校方籌建中的大禮堂暨室內體育館舉行。[44] 這份重整計畫獲得院務會議認可後，校方即將體育場搬遷至後山山頂，原場地則與國立中國醫藥研究所合建「中國傳統醫學大樓」，以

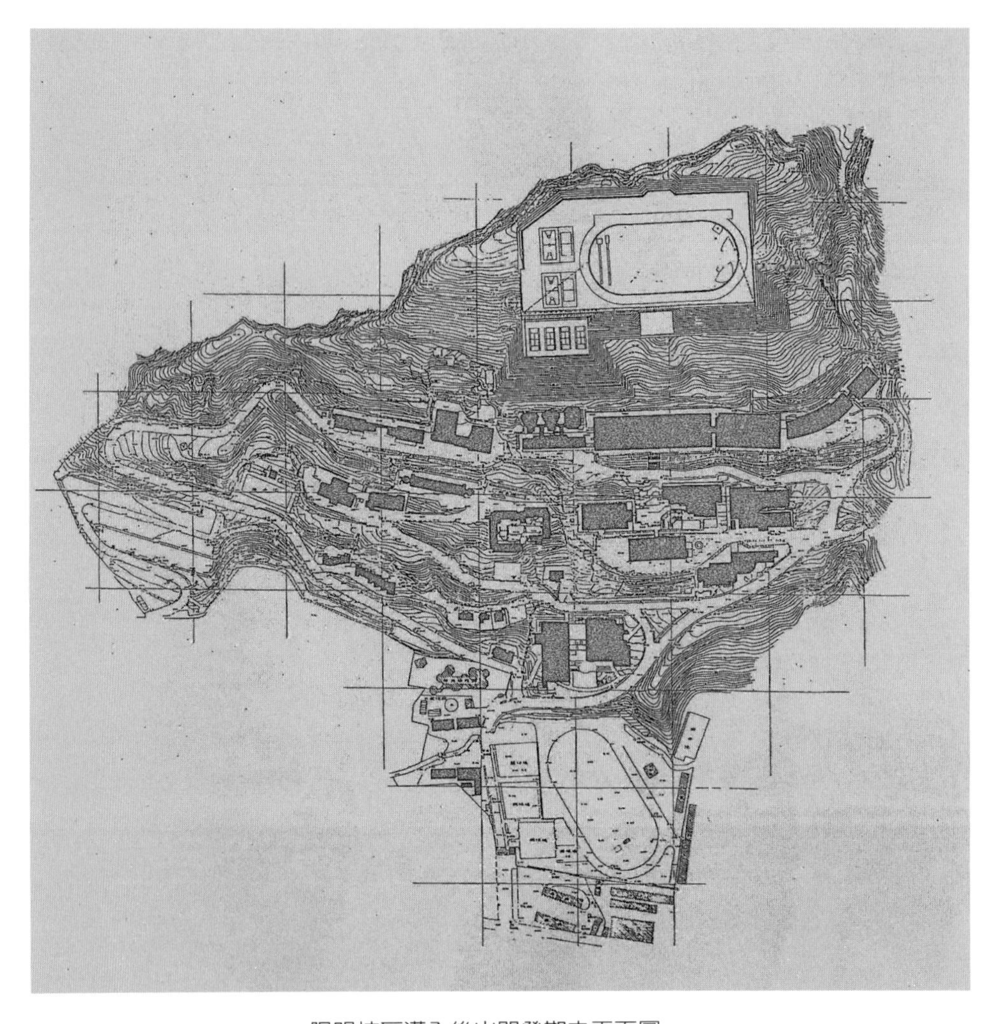

陽明校區邁入後山開發期之平面圖

（圖片來源：《國立陽明醫學院校園規劃報告》，1990 年。）

及中西醫診所、學生宿舍等設施。[45]

然而校地使用重整計畫，卻因建照核發等因素受到阻礙。例如大禮堂暨室內體育館的興建計畫，即因地目變更問題擱置了長達五年以上。根據校方原先的計畫，大禮堂暨室內體育館的主體建物將座落於校內餐廳的左側斜坡，包含大禮堂、體育館、綜四教室等設施，預估佔地 4,500 平方公尺。該計畫於 1987 年開始進行整地工程，完成整地後再進行建物結構興建，共需耗時三年方可完成。[46] 但這項工程礙於建照核發等問題，遲遲尚未動工。其因爲工程原址用地爲「醫療用途」，不符合都市計畫土地分區使用辦法，因此無法取得建築執照動工興建。直到校方申請變更爲「學校用地」後，已耗費長達五年的時間。[47] 大禮堂等興建工程，只能留待繼任院長完成興建工作。

第三節　臨床教學制度的改善

建立臨床教學課程的完整體系，爲于俊就任院長期間最主要的施政項目之一。包含臨床教學師資與人員的擴充，以及見習、實習制度的改善。這些改進措施，必須仰仗榮總體系的多方協助。而曾任榮總副院長的于俊，憑藉在榮總的經歷與人脈，與榮總院方及相關單位商討並獲得初步結果。在陽明與榮總的合作下，臨床教學內容與人員得到改善與擴充，見習與實習方式也進行大幅度的修改。

臨床教學人員的派遣與擴充

在臨床教學人員相關改革中，于俊特別著重臨床教學人員的擴充，以及榮總與陽明人員互派辦法的制度化。陽明醫學院五年發展計畫在獲得行政院首肯後，臨床教學人員員額的增加，即爲指日可待之事。1985 年 12 月，榮總與陽明雙方達成互派教學人員的基本辦法。榮總派遣至陽明的臨床教師仍兼任榮總原職，教學時數則由兩院互相協調，教學以外的其餘工作時間仍受到榮總約束。待遇方面，在陽明兼任臨床教學的榮總醫師，由榮總與陽明院方依照其原職的待遇補足薪資差額。而由陽明派遣至榮總的教學人員，在雙方協調名額後，即由榮總授予兼任或專任住院醫師職稱。如此一來，陽明臨床助教可獲得榮總住院醫師的年資，以此轉任榮總專任醫師。[48] 除了互派教學人員的制度化，派遣員額人數也因雙方的密切合作而逐步增長，從原先 41 人擴張到 72 人。而互派人員的員額，亦視科系需要進行調整。例如正在發展中的牙醫系，將臨床助教的員額擴張至 25 人。[49] 此外，爲了因應臺中榮總與高雄分院的需要，雙方亦議定以抽籤方式派遣陽明助教前往服務。[50]

見習、實習制度的修改

陽明首屆學生進入榮總見習、實習之初，關於臨床教學如何安排的問題，不斷地出現在陽明與榮總的合作議程中。見習、實習制度的修改，關乎榮總院方的院務安排，同時也與陽明醫學系公費生分發制度的修訂息息相關。在改善公費分段輪調辦法後，即有論者認爲應延長醫學系的實習時間，以保證公費生畢業後下鄉服務能應對實際醫療狀況。於是自 1985 年起，陽明校方將醫學系實習時間延長至兩年、見習時間縮水爲一個月，以保證實習課程的完整性。此外，由於臺中榮總已經成立，榮總院方要求實習生必須連續八個月前往臺中學習。因而此次見習與實習制度的修改，亦包含前往臺中榮總實習等內容。[51]

然而礙於教育部的規定，醫學系學生在《大學法》現行法規中只能實習一年。因此陽明醫學院呈報的醫學系實習一案，遭到教育部否決。但陽明校方為了配合公費分發制度的修訂，只能依照新制度繼續實施兩年實習計畫。如此一來，醫學系六年級學生並不具備領取實習津貼的法律身份，只能以無償代價在榮總進行實習工作。[52] 為了爭取平等待遇，醫學系六年級生向榮總院方陳情，希望榮總確認六年級實習生的地位。榮總初步答應給予六年級學生餐費津貼，以及見習生免費醫療待遇。[53] 但此次的爭取待遇行動，卻因媒體報導因素，使得陽明與榮總的關係再度陷入緊張狀態。[54] 由此可見，雖有曾任臺北榮總副院長的于俊居中斡旋，但雙方在合作過程中仍有許多尚待協調之處。

第四節　校園自治與學生運動

1987 年解嚴令的頒布，象徵著臺灣政治自由化的開端，以及國民黨黨國體制政治力量的鬆動。社會言論尺度的開放，為大學校園民主自治提供了行動的空間。解嚴一年後，各大專院校學生對於設置於校內且由救國團指導的「學生活動中心」表達不滿，要求撤銷。救國團更因與執政者國民黨之間的密切關係，受到「黨團控制校園」、「控制學生思想」等批評。[55] 為了杜絕輿論指責，救國團 1989 年正式廢除學生活動中心組織章程，由其控制的學生活動中心組織在運作數十年後正式走入歷史。各大專院校亦紛紛在此時湧現改組為學生自治組織的聲浪。[56] 陽明醫學院學生會即在此背景下，於 1989 年 7 月正式成立。

除了學生自治組織逐漸成形外，跨校性的串連活動亦在此時萌生。

陽明醫學系學會曾於1989年7月，與臺灣師範大學學生團體「綜委會」商議合作，向教育部爭取提高公費待遇，並與臺大醫學系學會等學生團體連署請願書呈遞至立法院。由此可見，解嚴後的學生自治組織與跨校性聯合活動已成為司空見慣之事。[57] 而1990年3月爆發的「三月學運」（或稱野百合學運），即得益於前述的學生運動基礎。在三月學運期間，陽明師生亦未曾缺席此一全國性的學生運動，並在期間對於民主政治與抗爭運動的發展有深刻的體認。

學生會成立

1989年救國團廢除通用於各校的學生活動中心組織章程後，開啓臺灣各大專院校改革活動中心、成立學生自治組織的運動潮流。隨著救國團力量退出校園，各大專院校的學生活動中心陸續改制，逐漸發展適合學生社團活動的組織。在這股潮流中，陽明校內亦掀起成立「學生代表會」或「新制學生團體」的呼聲，最終以後者的意見勝出。陽明學生活動中心根據各方意見，設立新制會推動籌備小組，試圖推出新制學生組織的章程草案。但新制會推動小組卻因代表性不足，以及校內學生參與人數稀少，並未順利達成目標。[58] 在經歷首次的挫敗後，推動小組持續召開第一次、第二次代表大會，並組織各類研討會，在寒暑假期間收集、整理、探討組織新制學生團體的可行方案，並交付起草委員會草擬章程。[59]

在推動小組與研討會的運作與凝聚共識下，最終決定正式成立「學生會」，取代原有的學生活動中心。1989年4月，〈陽明醫學院大學部學生會組織章程草案〉正式出爐。這份學生會的組織章程草案，將學生會組織確立爲「三權分立」結構，分爲「行政」、「學生代表會」、「司法委員會」等部門。其中，行政部門包含學生會會長轄下的秘書部、福利部、活動部、財務部，其活動受學生代表會的監督。學生代表會爲組織內的最高民意機構，以班級爲單位選出代表，有權審核學生會提出的各項法案與預算案。司法委員會委員由會長提名，負責解釋與仲裁學生會法規產生的各種疑義與糾紛，並監督會內各項投票活動。[60]

學生會組織草案正式出爐後，不免引發校內學生的討論與疑慮。在學生會組織草案二讀期間，新制委員會召開第一次全校公聽會，以回應校內質疑的聲浪。由於學生會採三權分立原則，校內輿論即對於學生會、學代會與司法委員會各自的職能與運作提出許多疑問。例如司法委員成員應如何推舉，以及學代會罷免學生會長等條款有許多討論，亦有論者對於醫學系學生代表人數較他系爲多提出異議。[61] 但總體而言，學生會組織改革了原活動中心由校方單向指導、缺乏監督機制等缺失，但仍然延續了原先學生活動中心的職能，具備協助各類社團與自治組織等功能。[62] 校內學生亦在公聽會的提問與引發的新議題中，深刻地理解了民主體制的實際運作。因此，學生會的組織成立並不僅止於過往學生自治的延伸，同時也是對於民主政治與社會關懷的體認與實踐。

在幾經妥協與折衝之下，陽明醫學院學生會即在1989年正式成立，同年6月份舉行第一屆學生會會長與學代會選舉。此次選舉，許多候選人採取動態且強勢的宣傳方式，如路邊演講或是播放政見錄影帶，點燃了校內的選舉熱潮。最終，第一屆學生會會長由醫學系四年級許宗達當選。[63] 至此，陽明醫學院學生會的正式組織與人事大致底定。學生會長與學代會成員就任後，所遭遇到的第一個議題即爲反對校方提出的汽機車管理措施。[64] 學代會亦召開會議，聯名向學校要求暫緩車輛通行管制等措施。[65] 除了對校方措施進行公開批判之外，學代會亦著眼於討論校內汽機車停放問題的癥結，進而督促校方完成環校道路。[66] 由此可見，陽明學生自治組織的發展，並不僅止於對於校方政策的批判與檢討，同時具備提出建設性意見的能力。

然而，在陽明學生會組織草創時期，其運作即因內部組織的衝突、與校方的關係分歧等因素遭到嚴重的挑戰。1990 年 3 月，學生會與學代會，即因三項法案的制訂程序（社團組織及施行辦法、社團評鑑辦法、社團獎審提案），引發嚴重爭執。原本學代會已根據職權擬定法案內容三讀通過，但學生會卻自行與校方合作另擬新法，並逕行通過。對此，學代會發出聲明，抗議學生會不顧學生自治法規運作，並要求立即擱置學生會自行與校方磋商的三項法案。[67] 而學生會則主張法案通過之時，正處於學期初學代會尚未召開之際；在校方不同意舊法、又無新法可實施的情況下，學生會只能承擔自行與校方溝通法案的角色。[68] 由此可見學生自治組織的職能有其限制，仍在一定的情況下受到校方的控管。而學生會與學代會之間的衝突，更顯現了學生自治組織萌芽初期的組織缺失，以及在校園中建立民主運作模式的困難。

三月學運與陽明醫學院的參與

1990 年爆發三月學運，爲臺灣解嚴後規模最爲龐大的學生抗議運動。此時臺灣，正處於政治與經濟產生劇烈變動的時期。在政治方面，中華民國總統蔣經國在面對黨外勢力逐漸壯大的壓力下，1987 年正式解除戒嚴令，爲臺灣政治自由化開啓重要道路。在經濟方面，中央政府爲因應產業發展轉型壓力，亦開始採取降低外匯管制與國內市場自由化等政策，使經濟發展快速增長。

然而，此時中央政府進行政治改革的腳步卻遠遠落後於民眾的期待。蔣經國去世之後，臺灣政治體制仍維持以中國國民黨爲主導的黨國體制。新任中華民國總統李登輝，因第八屆總統副總統選舉人選之爭，與非主流派系產生歧見，引發執政的國民黨內部爆發嚴重權力鬥爭。而掌握總統、副總統選舉權的國民大會代表，則利用國民黨內的政治派系之爭，自行通過延長任期的法案，因而引發輿論譁然。三月學運的爆發，即在國民黨政爭與憲政危機的背景下迅速展開。[69]

爲了表達對於國民大會代表擴張權力的不滿，1990 年 3 月 14 日開始有臺灣大學學生前往中正紀念堂廣場靜坐抗議，其訴求爲廢除動員戡亂體制、解散國民大會、召開國是會議、訂定政治經濟改革時間表等等。在全國各大專院校的組織動員下，前往靜坐抗議的人數逐漸增加，再加上社會力量的支持，使廣場聚集群眾多達數千人。[70] 陽明醫學院學生亦在 3 月 17 日起，陸續前往廣場加入靜坐活動。3 月 30 日，參與學生在陽明校內發送傳單，呼籲校內師生反思此次學運，因而掀起正反意見的激辯，前往廣場靜坐的人數遽增。陽明學生亦推派代表，在廣場聲明希望學運決策中心訂出抗爭時間表、以及中央盡快訂定政治改革時間表等主張。[71]

面對大規模學生抗議運動爆發後，國民黨隨即展開高層會議、與學生展開對話，試圖扭轉社會輿論的不滿。3 月 21 日，廣場決策委員會與總統府開始進行會談，並帶回李登輝肯定此次學運、允諾召開國是會議與提出政經改革時間表的發言。此舉引發了在廣場抗爭的陽明醫學院學生的反對，並對於廣場決策委員會的舉動與李登輝所發表的談話十分不滿，認爲決策委員會的接觸談判並不具備共識，且李登輝發言迴避了是否進行國會改革等議題。對於廣場決策委員會的抗議與抗爭去留問題，陽明學生做出以下的決議與聲明：

一、對李總統的談話表達嚴重的不滿與對其改革誠意的不信任；二、去留問題：暫時離去，改以其他形式繼續抗爭；三、興革建議：我們對這次學運若干地方感到不滿。因而草擬了兩份「抗議書」希望做爲日後行動的改革。[72]

國立陽明醫學院在廣場學生，對今日（21 日）指揮中心若干情事，表示抗議，抗議如下：

一、抗議今天廣場麥克風使用不民主性，建議指揮中心訂定辦法，公平提供麥克風，讓廣場同學發表意見。

二、抗議主席濫用聲決處理議場重大議案，又不兩面俱呈，決議過程草率。

三、學生以理性和平方式靜坐抗議，我們反對指揮中心使用類似「學生萬歲」之不當口號，以及利用公有麥克風宣洩個人情緒。

在學生代表們，和李總統見面態度上，我們認爲或許是第一次，沒有經驗，但學生在辛苦的抗議立場上，應該可以更堅定，建議代表在談判中，應對立場有一共識底線，而有更好的表現。[73]

從以上聲明，可觀察到參與學生對於學運發展態勢的失望，以及對於廣場決策的不滿。但爲保存學生運動的能量，參與學運的陽明學生團體不得不決定黯然退場。在這場聲勢浩大的全國性學生運動中，陽明學生雖未佔據學運的主導地位，但對於學運的走向與缺失卻保持清醒與認識。

而校方對於學生前往參與三月學運所持的態度爲何？院長于俊接受專訪時，表達肯定學生對國事的關心，但不贊同此次行動，只派遣訓導長魏耀揮等人前往廣場瞭解學生動向。校內教師亦多肯定陽明學生關切國事的熱心，但也有指出陽明學生需多多接受民主教育，從校園民主做起，透過學代會等組織以民主方式討論全院事務。[74] 總體而言，陽明師生都在此次運動中經歷了一場思想洗禮，在缺乏人文課程的環境中，感受實踐、討論民主政治的歷程。

第五節　公費分發制度改進與基層醫療服務

在 1980 年代臺灣各類學生運動與社會運動風起雲湧之際，大學校園內對於權力結構不公的抗爭活動愈演愈烈。由陽明醫學系前三屆公費生所發起的請願與訴訟，即爲時代潮流的反映。自陽明醫學系公費生因教育部扣留醫師證書一案前往法院申告開始，分發辦法所衍生的亂象，便經由媒體輿論公諸於世。面對醫學系在學學生與畢業校友的質問，院長于俊將改善公費分發制度視爲校方施政的重點之一。于俊首先從退輔會系統的榮總著手，試圖透過陽明與榮總的合作關係，改進公費生分段輪調的措施。面對輿論壓力的教育部、衛生署等政府部門，則逐一對產生重大爭議的條文進行審視，在有限範圍內鬆綁原先限制重重的分發規範。

簡化榮總分段輪調辦法

陽明醫學系公費生分發辦法最主要的特點，即爲透過不同階段的輪調方式將醫事人員分派至基層醫療機構服務。原先校方提出的輪調方案，是採取先進行三年住院醫師訓練，再輪調至基層醫療機構服務的「兩階段輪調制」。但在衛生署等機關介入下，輪調制度被調整爲三階段，公費生服務單位與時間被切割地更爲細碎。對衛生署等醫政單位而言，三階段輪調有利相關單位靈活運用醫事人力。但對待分發的公費生來說，每隔兩年的輪調對於職業生涯發展十分不利。

對於分段輪調辦法產生的種種弊病，陽明校方於 1985 年向教育部提出改進陽明公費生服務辦法建議。校方指出，目前公費生與畢業校友對於現行分發辦法有諸多怨言，導致第一屆公費生聯名提告教育部，更有公費生爲逃避服務義務前往國外等現象。究其原因，可綜合爲以下四點：陽明公費生畢業前未能充分瞭解服務場所與工作性質，導致派往基層後發現現實與想像差距甚大；服務六年內需頻繁調動三次，導致缺乏安全感並心生不滿；缺乏明確的學習進修辦法，錯失學習醫療技術的最佳時機；公費生受服務與輪調限制，無法接受正規且完整專科醫師訓練，因此對前途缺乏信心。

基於前述理由，校方建議可採取兩種方式改進分發制度，以維繫臺灣的公費醫學教育制度。首先是採取「嚴格要求」與「善加輔導」的原則，設立畢業生輔導中心，並邀請相關單位介紹服務單位的工作性質。其次是從修改分發辦法著手，以「簡化分發」和「強化進修」等方式改進相關事項。在簡化分發辦法方面，校方建議將三段制改為兩段制，以減少職務的調動：第一段為期兩年，先派到基層醫院服務；第二段為期四年，可自由選科或申請到省市立醫院服務。而強化進修方式，則是在醫學系修業七年原則下，將陽明醫學系臨床實習時間延長為兩年，使公費生具備更多臨床經驗得以應對未來分發服務的工作。[75]

校方的改進建議，雖未獲得衛生署的回應，但在榮總體系方面則得到了突破。榮總於 1985 年召開的公費生座談會中，同意陽明公費生可選擇在第一階段申請前往地方榮民醫院服務兩年，第二階段回到榮總受訓四年，並於受訓期間輪調至梨山榮民醫院、群體醫療執業中心或阿拉伯王國合作醫院服務。榮總提出的輪調辦法，是希望公費生先完成兩年下鄉服務工作後，再回到榮總接受完整且連貫的專科醫師訓練。[76] 對於陽明公費生而言，榮總新服務辦法免去三階段頻繁輪調之苦，提供更有彈性的職涯選擇。

醫師證書代管與償還公費爭議

因陽明公費生興起訴訟而引發的醫師證書歸屬問題，成為 1985 年後分發協調會議中主要的討論焦點。為解決此爭議，教育部邀請衛生署、退輔會與司法界等相關人士進行商討。司法界人士認為，目前教育部只是代為保管醫師證書，並不代表公費生失去醫師資格，因此可考慮「暫不核發」醫師證書，以免產生證書所有權與代管的問題。醫界人士則建議對公費醫師發放特殊證件，限制其用途，以示區別。[77] 最終，關於醫師證書代管問題，即改為核發替代證件做為解決方案，以此迴避代管醫師證書的爭議。[78]

醫師證書代管問題隨之而來的，即是償還公費後相關的權利義務。原分發辦法中本有賠償公費的罰則，但對於償還後是否得以取回醫師證書、或自費出國深造，並未有明確規範。由於涉及法令解釋，因此能否透過賠償公費而免除所有服務義務，各單位的意見不一。經過數年的研商，衛生署等單位最終仍決議償還公費者不予發還醫師證書。[79]

公費學生待遇及服務實施簡則

歷經陽明醫學院公費辦法所產生的法律糾紛之後，修改原辦法成為迫在眉睫的議題。再加上中央擴大公費醫師的培育政策，[80] 使得原本只適用於陽明醫學系公費生的分發作業辦法，產生了適用問題。為了徹底解決分發辦法中的疏漏，教育部於 1986 年開始，研擬適用全國院校的《大學暨獨立學院醫學系、學士後醫學系公費學生待遇及服務實施簡則》（下略稱「實施簡則」），重新定義公費生與分發單位的契約關係。

與原先陽明醫學院的服務實施要點相比，實施簡則更明確規範招生階段需明列公費生的服務義務、醫師證書代管等事項。其中較為重要的條款，包含如下：基礎助教名額以各校預算為限；招生簡章需載明享受公費年數、服務年數及醫師證書保管限制；自願延長之住院醫師訓練不得超過兩年；衛生署得遴選已接受住院醫師訓練之志願者，至與我國簽訂有醫療合作協定之國家從事醫療服務工作，期間兩年為限並視為服務期間；公費生在規定期間內考取國內研究所，並經服務機構轉報有關主管機關同意者，得帶職進修；醫師證書於服務期間由教育部代為保管，做為履約之保證；醫師證書另由衛生署影印證書一份，加蓋「本證書影本核與正本無誤，惟僅提供送審銓敘之用。」及驗印後，發交當事人自行保管、使用等等。[81] 綜觀實施簡則的內容，爭議甚多的醫師證書代管與出國進修等事項，皆有詳細規範，以免日後爭端叢生。實施簡則正式公布之後，即取代了原有的公費分發辦法。[82]

學士後醫學系的分發與停辦

陽明醫學院於 1982 年開辦學士後醫學系（下略稱後醫系）以來，各界對於後醫系的發展逐漸抱持質疑態度。創設後醫系的初衷，原本是為了培養基礎醫學研究人才，但其分發辦法卻未明訂相關條款，使其辦學成效令人存疑。在 1987 年第一屆後醫系畢業生即將畢業之際，教育部將其納入既有的分發辦法內，比照醫學系分發辦法，將後醫系畢業生分派至榮總與衛生署服務；其中陽明校方保留十分之一助教名額，榮總獲得 10% 至 50% 的配額，餘下人等全數分發至衛生署體系。[83] 由此可見，後醫系的開設，並未達到基礎醫學研究人才培育的要求，公費體制仍將後醫系畢業生視為填充基層醫療人力的來源。

有鑑於此，于俊即向教育部申請停辦後醫系，並請中央考慮是否繼續設置醫學系公費生名額。于俊認為，目前公費醫師數量即將過剩，將造成未來分發作業產生困難，故建議停止公費醫師培育、或是大量減少公費生的招生名額。至於偏遠地區醫事人力的缺額該如何填補，于俊建議可訂定獎勵辦法鼓勵醫師前往，或是經過協商方式派遣軍中服役的醫師前往偏鄉。[84] 在于俊的主導下，陽明醫學院於 1987 年院務會議正式通過停辦後醫系的決議。[85]

群體醫療執業中心

在公費分發制度的限制下，陽明公費生無法自由選擇科別，也難以接受完整的住院醫師訓練。然而面對艱困的處境，陽明公費生依然憑藉自身力量，開創一番事業，爲臺灣基層醫療做出重要貢獻。其中最爲重要的功績，即是協助建立群體醫療執業中心（下略稱「群醫中心」）。群醫中心設置，起源於 1974 年行政院所核定的《加強基層建設提高農民所得方案——醫療保健計畫》。此計畫旨在爲臺灣建立完善醫療服務網、充實醫療保健服務設施，培育、羅致分配與再教育醫療保健人力。其中妥善運用陽明醫學院醫學系公費生，解決山地與離島醫療保健問題，即爲該計畫的重點項目之一。[86] 由於當時臺灣社會基層醫師羅致困難、醫師人數分布不均，使得都市與鄉村醫師人口比相差四倍以上。爲了解決前述問題，衛生署選擇缺乏開業醫師之鄉鎮、以及地方衛生所已完成擴建的區域，開始試辦群醫中心。群醫中心所有業務由衛生所主任兼醫師進行指揮，醫療業務由支援衛生所的合作醫院之醫師負責，醫師收入可依照群醫中心的營運利潤進行分紅。其醫師來源大多是合作醫院中受過兩年住院醫師訓練者，以及受過兩年住院醫師訓練的公費醫師。[87] 自 1984 年 5 月開始，在各分發單位的同意下，陽明公費生的分發單位新增群醫中心。[88] 因此進入衛生署體系服務之陽明公費生，將可在完成住院醫師訓練後，於第二階段進入群醫中心服務。

由陽明公費生協助建立的地方群醫中心，分佈在雲林四湖、崙背、大埤，以及臺北八里等地。其中雲林四湖群醫中心成效卓著，引起臺灣社會各界矚目。四湖群醫中心由陽明首屆醫學系公費畢業生徐永年醫師等人主持，他們在接受省立桃園醫院的兩年家醫科訓練後，即分發至雲林四湖服務。[89] 四湖群醫中心開設內科、簡易外科、婦產科、牙科等門診，相關科別醫師由省立桃園醫院支援。除了固定門診，群醫中心亦定期進行巡迴診療與衛生教育保健工作。在徐永年醫師等人的努力下，四湖群醫中心的業務快速成長，每日門診人數近兩百人，成爲臺灣營運成績最佳的群醫中心。[90] 陽明公費生在群醫中心的斐然成績，爲即將畢業的公費生樹立了標竿與模範，適時消弭了公費生對於下鄉服務的困惑與恐懼，亦指明陽明公費生將服務臺灣基層醫療作爲志業的方向。

結語

綜前所述，陽明醫學院在步入 1980 年代末期，由於于俊院長與教育部釋出預算等緣故，使陽明校務發展進入擴張時期。原先陽明校方欲在建校初期設置的護理學系，在院長于俊的努力下方始定案。而預算與人員的增加，亦加速陽明校內重大建設與系所增設的腳步，進一步完成陽明建校計畫。除了預算與人員的增加，陽明進入快速擴張期，亦得益於院長于俊的良好行政能力，以及曾任榮總副院長的關係。因此，陽明的臨床合作與教學品質，以及校內行政效率得到了明顯的提升。而紛爭已久的公費分發制度，亦在于俊各種政策的主導下獲得一定的改善。

在校務發展之外，1980 年末期亦是臺灣戒嚴政治體系鬆動的時期，各類社會議題與學生運動對陽明校園產生衆多影響。陽明學生秉持著首任院長韓偉所遺留的校園自治傳統，在校內正式建立學生會、學代會等學生自治組織，並舉行各類學生代表選舉活動，爲陽明開啓校園民主風氣之先。

然而，陽明校務的發展也在此時陷入瓶頸。在邁入快速擴張期之後，陽明醫學院原有的組織架構與預算，已無法支撐不斷增設的系所。臺灣醫界教育人士，亦疾呼教育部應協助醫學院改制爲大學，以因應醫學教育分工精細化的世界潮流。在 1980 與 1990 年代交會之際，將陽明醫學院改制爲醫學大學之議題，開始出現在校務發展的議程之中。

註釋

1 〈韓院長住院 師生流露關懷〉，《橘井》第 57 期，1984 年 4 月 2 日，第 1 版。

2 楊翠華，〈于俊先生訪問記錄〉，《臺北榮民總醫院半世紀——口述歷史回顧（上篇）》（臺北：中央研究院近代史研究所，2011），頁 233。

3 楊翠華，〈于俊先生訪問記錄〉，《臺北榮民總醫院半世紀——口述歷史回顧（上篇）》，頁 205-231。

4 〈榮總陽明新契機 于院長接任新職〉，《橘井》第 61 期，1984 年 10 月 7 日，第 1 版。

5 韓偉，〈院長交接典禮致詞〉，《韓院長逝世一年紀念集》，頁 73-75。

6 〈新學期新展望 院長及各主任專訪〉，《陽明醫訊》73 學年度第 1 期，頁 7-9。

7 《國立陽明醫學院五年發展計畫案》，行政院藏，檔號：0074 / 7-3-1-2 / 38。

8 《國立陽明醫學院五年發展計畫草案》，國立陽明交通大學圖書館藏。

9 于俊，〈陽明與我〉，國立陽明交通大學圖書館藏，未刊稿。

10 《國立陽明醫學院五年發展計畫草案》，國立陽明交通大學圖書館藏。

11 《國立陽明醫學院五年發展計畫草案》，國立陽明交通大學圖書館藏。

12 《國立陽明醫學院五年發展計畫草案》，國立陽明交通大學圖書館藏。

13 《國立陽明醫學院五年發展計畫案》，行政院藏，檔號：0074 / 7-3-1-2 / 38。

14 《國立陽明醫學院五年發展計畫案》，行政院藏，檔號：0074 / 7-3-1-2 / 38。

15 《國立陽明醫學院五年發展計畫案》，行政院藏，檔號：0074 / 7-3-1-2 / 38。

16 〈校務推展情況（第三年）〉，國立陽明交通大學圖書館藏。

17 〈校務推展情況（第四年）〉，國立陽明交通大學圖書館藏。

18 〈千呼萬喚始出來 護理系獲准成立〉，《橘井》第 73 期，1986 年 5 月 22 日，第 1 版。

19 〈系所科動態：護理系〉，《陽明公報》第 42 號，1986 年 8 月 25 日。

20 〈訪問榮總護理部王瑋主任〉，《橘井》第 75 期，1986 年 10 月 16 日，第 2 版。

21 〈王瑋女士訪問記錄〉，《臺北榮民總醫院半世紀——口述歷史回顧（下篇）》，頁 231。

22 〈醫事技術學系放射組〉，《陽明二十年》紀念特刊，頁 48。

23 李俊信，〈懷念醫放系的催生者——于俊院長〉，《于俊院長追思會紀念專刊》，頁 14。

24 〈儀器中心二十四次會議 通過儀器購置方案〉，《陽明院刊》，第 14 期，1989 年 1 月 30 日，第 4 版。

25 于俊，〈陽明與我〉，國立陽明交通大學圖書館藏，未刊稿。

26 魏耀揮，〈懷念奠定陽明醫學院發展基礎的于俊院長〉，《于俊院長追思會紀念專刊》，頁 12。

27 〈國立陽明醫學院儀器中心儀器使用管理規則〉，《陽明公報》第 46 號，1987 年 1 月 19 日。

28 〈業務報導——儀器中心〉，《陽明公報》第 48 號，1987 年 4 月 1 日。

29 〈業務報導——儀器中心〉，《陽明公報》第 49 號，1987 年 5 月 15 日。

30 楊翠華，〈于俊先生訪問記錄〉，《臺北榮民總醫院半世紀——口述歷史回顧（上篇）》，頁 235。

31 朱友梅、黃坤正、吳榮燦，《國立陽明醫學院動物中心改善計畫》（臺北：行政院國家科學委員會科資中心，1986）。

32 〈繁殖活的科學儀器 籌建實驗動物中心〉，《聯合報》，1986 年 5 月 5 日，第 3 版。

33 朱友梅、于俊、劉武哲，《國立陽明醫學院動物中心改善計畫—無特定病菌鼠之建立》（臺北：行政院國家科學委員會科資中心，1989）。

34 〈電子計算機中心簡介〉，《陽明醫訊》74 學年度第 1 期，頁 7。

35 國立陽明醫學院，《國立陽明醫學院五年校務發展計畫（七十六～八十學年度）》，頁 4。

36 〈法令與規章〉，《陽明公報》第 50 號，1987 年 6 月 30 日，第 2 版。

37 〈研究大樓落成〉，《橘井》第 74 期，1986 年 6 月 28 日，第 1 版。

38 〈校內工程積極進行 游泳池已告完工 污水處理亦已發包〉，《橘井》第 75 期，1986 年 10 月 16 日，第 1 版。

39 〈韓園設計定案〉，《橘井》第 74 期，1986 年 6 月 28 日，第 1 版。

40 〈校內工程積極進行 游泳池已告完工 污水處理亦已發包〉，《橘井》第 75 期，1986 年 10 月 16 日，第 1 版。

41 〈訪營繕組〉，《橘井》第 68 期，1985 年 6 月 21 日，第 2 版。

42 〈中餐廳整修計畫概要〉，《橘井》第 68 期，1985 年 6 月 21 日，第 2 版。

43 〈訪營繕組〉，《橘井》第 68 期，1985 年 6 月 21 日，第 2 版。

44 〈陽明校務的擴展〉，《陽明院刊》第 3 期，1988 年 5 月 31 日，第 1 版。

45 〈二十七次院務會議圓滿完成 院長勉師生相互溝通〉，《陽明院刊》第 13 期，1989 年 10 月 30 日，第 1 版。

46 〈禮堂體育館已動工 整地工程正在進行〉，《橘井》第 78 期，1987 年 2 月 28 日，第 1 版。

47 《國立陽明醫學院校園規劃報告》，頁 87-88。

48 〈助教及講師以上派駐榮總協助臨床教學協議事項〉，國立陽明交通大學藏，檔號：074/PER408020/2/0001/007。

49 〈貴院修訂之貴我兩院臨床醫師調專任教師暨助教、講師以上協議事項內容如附件敬表同意〉，國立陽明交通大學藏，檔號：076/PER406000/2/0001/025。

50 〈院長邀請教學醫院院長等共商臨床助教安置與權益問題〉，《陽明院刊》第 7 期，1988 年 11 月 30 日，第 1 版。

51 〈實習延長 見習縮水〉，《橘井》第 68 期，1985 年 6 月 21 日，第 1 版。

52 〈兩年實習已遭否決 生活津貼乃告落空〉，《橘井》第 70 期，1985 年 12 月 18 日，第 1 版。

53 〈爭平等，醫六陳情 給津貼，榮總答應〉，《橘井》第 71 期，1986 年 1 月 23 日，第 4 版。

54 〈「陽明人的省思」 強化溝通的再出發〉，《橘井》第 72 期，1986 年 4 月 12 日，第 1 版。

55 黃淑玲，〈時代考驗救國團〉，《聯合報》，1988 年 5 月 4 日，第 12 版。

56 鄧丕雲，《八〇年代臺灣學生運動史》（臺北：前衛，1993），頁 246-247。

57 鄧丕雲，《八〇年代臺灣學生運動史》，頁 248。

58 陳明弘，〈期待新章程的誕生〉，《橘井》第 90 期，1989 年 1 月 10 日，第 1 版。

59　〈第二次代表大會記錄〉，《橘井》第 91 期，1989 年 3 月 12 日，第 3 版。

60　〈國立陽明醫學院大學部學生會組織章程草案（二讀）〉，《橘井》第 92 期，1989 年 4 月 27 日，第 2 版。

61　邱行健，〈相煎何太急！談司法委員會之理念〉；張正夫，〈會長≠皇帝：關於「特別決議案」（第二十四條）〉，《橘井》第 92 期，1989 年 4 月 27 日，第 3 版。

62　王源祥，〈夢想與實踐：學生會章程草案精神之說明〉，《橘井》第 92 期，第 3 版。

63　〈選舉熱潮、陽明沸騰！〉，《橘井》第 94 期，1989 年 6 月 20 日，第 1 版。

64　〈關於濫用座談會扭曲意見〉，《橘井》第 96 期，1990 年 1 月 5 日，第 1 版。

65　〈停車！禁車？ 來自同學們的聲音〉，《橘井》第 96 期，1990 年 1 月 5 日，第 1 版。

66　〈創造性的學生自治〉，《橘井》第 97 期，1990 年 1 月 10 日，第 1 版。

67　〈學生會非法過關？學代會緊急叫停！〉，《橘井》第 98 期，1990 年 3 月 28 日，第 1 版。

68　〈學生會長發表聲明 望勿起爭端〉，《橘井》第 98 期，1990 年 3 月 28 日，第 1 版。

69　若林正丈，《戰後臺灣政治史——中華民國臺灣化的歷程》（臺北：國立臺灣大學出版中心，2016），頁 196。

70　鄧丕雲，《八〇年代臺灣學生運動史》，頁 309-312。

71　〈學運廣場記事〉，《橘井三月學運紀念特刊》，1990 年 5 月 1 日，第 1 版。

72　鄧丕雲，《八〇年代臺灣學生運動史》，頁 332。

73　〈學運廣場記事〉，《橘井三月學運紀念特刊》，1990 年 5 月 1 日，第 1 版。

74　〈三月學運師生座談會摘錄〉，《橘井三月學運紀念特刊》，1990 年 5 月 1 日，第 2 版。

75　〈改進本院醫學系公費畢業生服務辦法〉，國立陽明交通大學藏，檔號：074/SEC006010/1/0003/021。

76　〈公費檢送公費畢業生分發作業問題會議紀錄及服務年限比較表各乙份〉，國立陽明交通大學藏，檔號：074/DAA110030/1/0001/022。

77　《歷年公費法規與會議紀錄》，國立陽明交通大學圖書館藏。

78　《歷年公費法規與會議紀錄》，國立陽明交通大學圖書館藏。

79　〈研商公私立醫學系及後醫系公費生分發會議紀錄〉，國立陽明交通大學藏，檔號：078/DSA260000/1/0001/065。

80　〈挹補省市立醫院缺額 政府正培育公費醫師 到八十年時可逾一千五百人〉，《聯合報》，1983 年 12 月 4 日，第 5 版。

81　〈後醫分發完成 服務簡則核定〉，《橘井》第 84 期，1987 年 12 月 31 日，第 1 版。

82 《歷年公費法規與會議紀錄》，國立陽明交通大學圖書館藏。

83 〈關於醫學系及學士後醫學系公費生名額是否需繼續設置，請就醫師人力供求及均衡分布狀況或其他相關因素惠提卓見〉，國立陽明交通大學藏，檔號：077/DAA110000/1/0001/038。

84 〈關於醫學系及學士後醫學系公費生名額是否需繼續設置，請就醫師人力供求及均衡分布狀況或其他相關因素惠提卓見〉，國立陽明交通大學藏，檔號：077/DAA110000/1/0001/038。

85 〈公費生需求減少 後醫系日起停招〉，《橘井》第81期，1987年6月22日，第1版。

86 〈加強農村醫療保健計劃 行政院會昨天通過〉，《民生報》，1978年11月3日，第7版。

87 行政院衛生署，《群體醫療執業中心之計畫與執行》（臺北：行政院衛生署，1990），頁2-7。

88 《國立陽明醫學院公費學生待遇及畢業後分發服務辦法草案》，行政院藏，檔號0065 / 1-1-14-1 / 24。

89 鄧宗業、邱國華，〈從紛陳中走出陽明的路〉，《橘井》第64期，1985年1月21日，第1版。

90 蔡宗英，〈為老字號注入新活力 四湖群醫中心令人刮目相看〉，《聯合報》，1988年5月4日，第21版；李師鄭，〈基層醫療燃起希望之火 陽明公費生在四湖締造佳績〉，《民生報》，1984年12月21日，第7版。

第五章
破繭與新生：從陽明醫學院至陽明大學

陽明醫學院創校十數載，固然系所硬體建置逐漸完備，但校地不足、發展受限等困境也更加明顯。第二任院長于俊申請增設員額及系所後，大量新設系所僅能歸屬醫學院編制之下，其發展性逐漸受到限制。此時，臺灣醫界亦出現將醫學院改制為醫科大學的聲音，進而為陽明改制大學創造空間。對此，于俊提出陽明醫學院改制為醫科大學的想法，希望透過升格大學，全面提升陽明各系所的發展。[1] 教育部亦召開「提升醫學教育委員會」，決議將醫學院大學化，破除臺灣醫界對於醫學教育制度僵化的批評。身為獨立醫學院的陽明，因改制大學困難度較低，被教育部設定為首波改制為醫科大學的醫學院校。

1990 年代高等教育政策的轉向，對於陽明醫學院改制大學與行之有年的公費生培育制度，造成了深遠的影響。在教育部的推動下，臺灣高等教育機構的大量擴張，為陽明醫學院改制為大學提供助力。教育部甚至設定陽明醫學院為臺灣第一所正式升格為大學的醫學院校。而由教育預算介入培養公費醫師等議題，則在臺灣政治社會環境的變化中，受到輿論矚目與立法院的質詢。在時代變遷下，陽明醫學院的自我定位與未來發展願景，即在此環境背景內產生波動。

第一節　韓韶華與校務決策的重整

正值學校面臨改制大學之際，主導其事的第二任院長于俊因任期屆滿退休。因此，遴選出能帶領陽明醫學院改制爲大學的院長，成爲迫在眉睫之事。經過多方的推薦，教育部長毛高文屬意由榮總醫學研究部主任韓韶華出任院長。在毛高文的力邀下，韓韶華最終接受教育部任命，出任陽明醫學院院長一職。[2]

韓韶華畢業於國防醫學院醫科 49 期，1959 年開始擔任醫學生物型態學系細菌血清組助教，並進行結核桿菌與葡萄球菌研究。1963 年獲得國家長期科學發展科學委員會獎助，前往美國華盛頓大學（University of Washington）攻讀免疫學博士學位，從事遲發性過敏反應研究。1966 年取得博士學位返國後，擔任國防醫學院微生物及免疫學系教授，兼任臺北榮總醫學研究部研究員，後升任研究部主任。1976 年於榮總創辦免疫病科，並成立中華民國免疫學會，積極推廣臨床免疫學研究。[3]1981 年陽明醫學院創設微生物及免疫學研究所時，得到韓韶華大力支持並擔負該所免疫學教學工作，進而使陽明、榮總免疫學科形成研究群體。因此，韓韶華在接任院長前即與陽明醫學院結下深厚的淵源。[4]

治校理念與決策的變化

在正式接任院長後，韓韶華首要面對的議題是將醫學院改制爲大學，以及校園內方興未艾的各類學生運動。前者涉及校內系所組織變動與硬體建設，後者則與學生活動及生活管理有關。爲了應對接下來的變局，韓韶華選定了與自己教育理念相近的微免所教授張仲明，擔任教務長一職；攸關學生事務管理的訓導長一職，交由曾任醫學系輔導教師、並長期經營陽明十字軍的公衛所教授周碧瑟擔任；至於陽明校園環境利用與規劃，則邀請想法新穎且行動力強的榮總醫研部研究員蕭廣仁擔任總務長。[5]

確立三長人選之後，陽明醫學院整體施政決策，即朝向改制大學的方向邁進。教務方面，校方開始規劃增設系所，並解除校內不准轉系等學制限制；組織調查小組，對校內教學現況進行大規模的翔實調查，做爲課務改革依據。[6] 此外，教務處亦成立課程改進委員會，根據學生預選課程結果，大幅更動通識教育內容，[7] 爲改制爲綜合型大學做準備。在系所擴張與教務改革之餘，與之相應的校區土地利用，亦在總務長蕭廣仁的主導下，藉由召開公聽會等方式進行規劃。學生事務方面，此時陽明醫學院面臨學生人數擴增、宿舍床位嚴重不足。訓導長周碧瑟採取學生自治原則，建立學生團體申請、協商與公平公開的作業流程，分配住宿權與管理權。[8] 由前述教務、總務與訓導事務決策的變化，可觀察到此時期的校務決策模式發生變化：陽明校方一改由上而下的校務決策模式，成立全校委員會研議重大校務發展事項，爲大學校園開啓集體治校的先聲。

除了校務決策模式的改變，如何凝聚校內師生對於改制大學的認同，進一步形成陽明大學的新面貌，亦是主要課題之一。對此，訓導長周碧瑟整合校內刊物《橘井》、《教與學》、《校友通訊》、《陽明公報》，重新發行一份新刊物——《陽明人報》，做爲陽明對外代表刊物，並向臺北榮總、臺灣各級衛生行政單位與大專院校發行。《陽明人報》包含校園新聞、校園文化、陽明副刊、校友動態，其中副刊與校友動態版面，肩負著提升陽明人文風氣與校友聯繫等功能。[9] 藉由《陽明人報》爲媒介，陽明校方得以形塑整體「陽明人」的形象，並以此做爲各界溝通改制大學意見的平台。

成立校務發展委員會

在治校理念與決策的變化下，陽明校內各項決策紛紛透過各類委員會進行決議。而其中率先成立，且攸關改制大學議題者，即爲「校務發展委員會」。校務發展委員會（下略稱「校發會）成立於民國八十學年度，由陽明臨時院務會議通過設置。校發會爲全校性委員會，主要任務爲：以改制大學爲目標規劃中長期校務發展計畫、討論系所增設與停辦事項、評估校園規劃方案、審議重大工程計畫、研議院長交付之重大校務發展事項。校發會委員設有若干人，包含院長、教務長、訓導長、總務長、人事會計主任、各學系主任，並另由臨床與基礎醫學教師中各推選五人作爲代表。除了行政主管與教師代表，學生會、學代會、校友會亦將各推舉一人爲委員。校發會運作模式，採取委員會決議制。全校師生若對校務發展有任何建議，可透過各團體代表提交委員會討論。待做成決議後，校方即可依據決議執行。此外，校方高層每週三進行的主管會報內容，在取得共識後，其中的重大事項需送交校發會討論才能定論。[10] 由校發會組織與任務可知，校方將攸關學校未來發展的重要議題交付委員會主導，其中更納入學生與校友代表的投票與提案權，由此可見校方對於校內外集體意見的重視。[11]

校發會正式成立後，曾經完成的重大決議包含：審議《中程校務發展計畫》、校園規劃草案，以及增設系所順序。其中，《中程校務發展計畫》曾因計畫規模過於龐大，經校發會集體表決後決定縮小規模，並將「醫學技術學院」改名為「醫學工程及技術學院」以符合教育部要求。[12] 在陽明申請改名為大學期間，校發會亦曾就改名計畫遭教育部擱置等事務進行討論。[13] 由此可知，校發會在韓韶華院長任內，居於主要決策單位的地位。

校園規劃及營建委員會的運作

陽明校園空間設計經宗邁建築師事務所規劃後，雖初具雛形，但在于俊任內進行大規模系所擴張後，原先規劃方案已不敷使用。[14] 為了因應陽明進入快速成長期與改制大學的階段，校方於第二次校發會會議中決議成立「校園規劃及營建委員會」（下略稱「校營會」），以推動校園整體發展、監督校內各項營建工程。校營會組織成員以總務長為首，包含主任秘書、營繕組主任，以及各單位代表、學生會、學代會、研究生代表等十七人。組織結構與校發會相似，皆以全校參與為設立宗旨，建立校園民主決策模式。委員會運作採不定期開會，出席委員三分之二同意做成決議後，呈交院長核可即交由相關單位執行。凡是與校園規劃、重大工程相關者，皆須送交校營會審議。為了因應各項規劃及營建工程的實際狀況，校營會得邀請使用單位成立專案小組共同籌劃與推動。[15] 除了全校性參與及審議外，總務長蕭廣仁亦邀請臺灣大學城鄉所教授夏鑄九等人組成設計團隊，為陽明未來的校園規劃提出方案。[16]

校營會運作方針強調「參與式的決策過程」。在校園規劃方案的程序上，校營會開放全校師生參與設計過程，方案設計者與校園使用者得以互動、溝通。[17] 校營會成立之初，即在校內展開數項專案工作，包含：

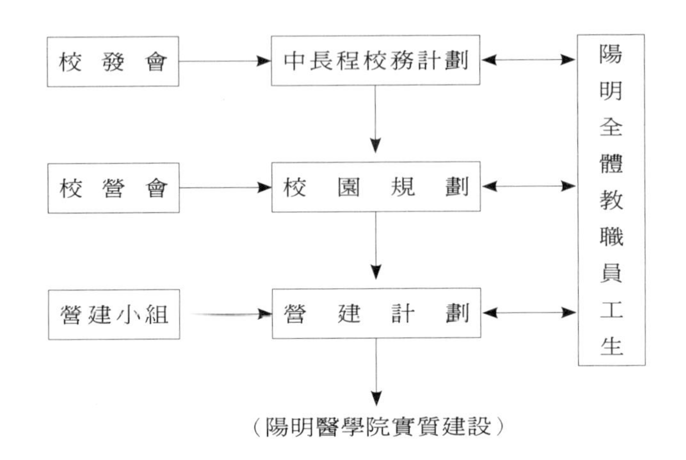

校園規劃與建設案決策流程圖

山腰中繼水塔案、後山步道與水土保持案。這幾項計畫案由臺大城鄉所設計團隊與陽明學生共同提出設計規劃，主要著眼於校園空間活化、環境美化，營造校園活動者與空間的互動關係。例如中繼水塔案是透過興建新供水系統，重新設計該區水塔建築與環境景觀；後山步道則是規劃未來預計興建的山頂運動場與各區域間行人步道的連結。[18] 此外，校營會與臺大城鄉所團隊進行規劃期間，亦曾針對緊急事件成立機動小組，以實際案例推動全校參與規劃校園環境。例如「大禮堂與綜四教室建築案」、「新生校地配置案」空間規劃、「第一教學大樓前環境改善案」，皆採取「參與式決策」進行規劃與試驗。[19]

校營會首先遭遇到的緊急案件，即是「大禮堂與綜四教室建築案」大樓興建問題。此建案規劃始於前任院長于俊時期，但因地目變更問題，校方無法取得建築執照，故而遲遲無法動工。經過漫長的地目變更與預算撥付程序後，此設計案終於1991年拍板定案。校營會基於「使用者參與」的決策模式，在完成初步設計後邀請機動小組與全校學生對設計案發表意見。歷經數次討論後，校方公開採納使用者的意見，在大禮堂與體育館之間騰出視覺與活動穿透的空間，使用者在其中活動不受天候干擾。此次的互動與參與經驗，爲參與式決策奠定了運作的基礎，並改變以往校方行政部門的工作模式。[20]

與大禮堂同時進行的設計案，尙有「新生校地」的配置與規劃。新生校地原爲建校初期設置的平地運動場，後因運動場搬遷至校區後山山頂，使校門附近出現大面積平坦空地。在校方規劃下，新生校地預計作爲未來五年新增系所用地，包含傳統醫學大樓、基礎醫學大樓、圖書館、臨床醫學大樓、資訊館等建築物。在校營會模式的介入下，發覺新生校地必須進行更詳細的平面空間配置規劃。校營會爲此召開公聽會，透過全校師生參與討論後，採取開放空間與建築物有機式成長的並行方式，爲使用者提供一定的戶外空間。[21]

除了大型建築計畫的參與，校營會亦曾主導小型校園環境改善方案。例如，第一教學大樓前的人行步道爲校內交通的中心樞紐，但因該處聚集各種車輛與行人來往，使得道路不易通行。陽明學生因此主動組織規劃團隊，臺大城鄉所從旁協助，對該處道路設計改善方案，並邀請校內師生與職員共同討論。歷經多次的互動與修改，學生團隊完成教學大樓前的環境美化設計，在教學大樓前開闢可供師生活動與觀景的平台。藉由陽明師生的使用者體驗與想像力，使校園面貌從此更新，並更爲貼近校內日常生活。[22]

第二節　中程校務發展計畫

爲了加速推動陽明醫學院改制醫學大學的進程，校方於 1991 年向教育部提出「中程校務發展計畫」（以下略稱「中程計畫」），以此做爲改制大學的前期準備。計畫目標爲平衡各類醫學教育、加強生物醫學研究；藉由中程計畫建立完整的醫學教育體系，並配合國家政策發展生命科學研究。中程計畫內的發展方向與規劃原則，皆由陽明全校組成的「校務發展委員會」負責訂定。[23] 在計畫案中，預計分兩階段新增與擴張系所數量。第一階段，預計以現有基礎，擴張系所至三個學院（醫學、醫學技術、生命科學）、12 個研究所。第二階段則在三個學院成立後，於五年內擴充爲八個學院（牙醫、護理、藥理、公共衛生、醫學工程）、25 個研究所，做爲建立醫科大學的基礎。[24]

爲配合設置八個學院的需要，教務、設備、教學與行政人力等面向亦需做出相應的整頓與調整。在教務方面，從教學著手，配合各學院性質，增設家庭醫學、營養學、生物技術、腫瘤學等課程供全校選修；在臨床教學部分，則進一步改革見習與實習課程內容，採取見習導師制度、學生志願選科實習等方式，改善見習與實習課程的教學效果；設備與人力方面，因應學院與系所的大量擴張，預計增建第二教學大樓、擴充圖書館館舍與館藏，並向教育部申請增加教師與行政人員員額。[25]

除了教務與設備人力的改革，校地面積與用地限制亦是陽明醫學院改制爲大學的主要障礙之一。對此，中程計畫亦在校地擴充與校內大型建築計畫多有著墨。在校地擴充方面，校方將延續第二任院長于俊的計畫，針對後山區域進行「新闢山巓校地工程」，依照地勢將山頭整平，並填築部分擋土牆，可得基地七萬平方公尺建築基地，未來將做為運動場地使用。而原有平地運動場區域，配合校門附近的省政府土地收購，在該地興建高層建築四棟房舍。在擴充校地面積之餘，校方亦運用院區內現有空地興建系館，包含：護理系館、復健醫學系館、第二教學大樓、大禮堂與體育館、學生宿舍與學人宿舍新建工程、圖書館擴建工程等等。[26]

針對系所架構部分，依據中程計畫內容，未來將發展成學院者，包含牙醫系、醫技系、護理系、公衛所、藥理所、醫工所，因此系所架構調整方向如下：（1）牙醫系：增設牙醫技術系、牙醫研究所博士班，於民國 82 年擴編爲牙醫學院；（2）醫技系：利用系內現有的「醫學檢驗組」、「放射技術組」進行擴張，並與復健醫學系合併成爲醫事技術學院；（3）護理系：以設立護理研究所爲主，逐步調整成立護理學院；（4）公共衛生學研究所：擬於 80 學年度擴分爲「公共衛生行政」、「社區衛生」二研究所，並於 81 年度成立公共衛生學院；（5）藥學研究所：擴編分設「生藥研究所」、「藥化研究所」、「藥劑研究所」，進而成立藥學院；（6）醫學工程研究所：增設博士班、生物力學研究所，成立醫學工程學院；（7）其他系所：復健醫學系更名爲物理治療學系，遺傳所、生理所、神經科學、生化所增設博士班。[27]

中程計畫亦包含擴大建教合作的規劃。對於陽明校方而言，以往醫學院系所的臨床實習主要依靠榮總。對此，校內曾有增設附屬醫院的意見與呼聲。然而，在衛生署敲定臺北地區醫療網不能再成立大型醫療院所後，陽明自行興建附屬醫院的計畫已然落空，因此改採建教合作方式擴張陽明在醫療領域的視野與影響力。在陽明校方的努力下，與振興復健醫療中心以及新光集團綜合醫院簽訂合作計畫，使陽明畢業生得以進入其他醫療體系服務。[28]

教育部審議意見

對於陽明醫學院提出的中程計畫，教育部認爲這份計畫的優點，在於計畫內容由陽明校務委員會規劃制訂、院務委員會通過，且其下設有專責考核小組，有利於發現並改正計畫缺失。再加上陽明醫學院目前的教學與研究成果表現良好、學校無傳統歷史包袱，有助於陽明邁向改制大學之路。然而一個醫學院難以在短時間內擴張爲八個學院，將造成內部組織溝通的障礙，對合作研究產生不利的影響，應重新研究學院劃分方法。至於增設系所部分，教育部認爲新增列的系所並未反應出社會環境、人力需求與未來趨勢之分析，因此難以評價設置新系所的必要性。最終，教育部審議委員建議，中程計畫應加強與全民健保相關學系的內容、強化國家未來發展重點的生物科技領域，縮減學院與系所擴張的規模。[29] 教育部的審議意見，對於改制大學後學院規模的縮減、以及對生物科技領域發展前景的強調，爲陽明日後改制大學的方向埋下了伏筆。

在教育部的批覆與指示下，陽明校方積極展開擴增校地、增設系所等工作。在擴增校地部分，校方將校區內部分醫療用地變更爲學校用地，並向榮總爭取後山十公頃土地使用權，以及請求臺灣省政府有償撥用校門口附近用地。此外，校方亦設定新增系所時間表，預計五年內增設三個學系、十個研究所與三個博士班，逐步完成中程計畫的規劃。整體而言，中程計畫爲陽明未來的發展方向，定調爲採取平衡醫學教育各領域發展，兼顧基礎教育、臨床教育與通識教育，並將通識中心提升至與學院平行的地位。在顧及領域平衡發展外，陽明校方亦遵從教育部建議，著力凸顯生命科學與傳統醫學研究等特色。其中，生命科學院將納入解剖學、生物化學、微生物與免疫學、生理學、藥理學、神經科學、遺傳學、寄生蟲學等研究所，匯集醫學系轄下各學科的研究單位。而傳統醫學的發展，則得益於陽明醫學院與國立中醫藥研究所的合作。在中醫藥研究所的支援下，陽明醫學院於 1991 年成立傳統醫學研究所，崔玖擔任首任所長。傳統醫學研究所的主要研究方向，著重中醫基礎理論、中藥基礎理論、中藥與當代醫學的關係。然而，以生命科學與傳統醫學爲發展特色的進程，並未如預期中順遂。尤其是生命科學院的組織架構，引發醫學系教師對該學院成立後是否造成醫學系基礎醫學師資陣容被抽離的質疑。[30] 這些爭議與討論，不可避免地在改制大學道路中成爲焦點議題。

第三節　改制大學之路

陽明醫學院改制爲醫科大學的時代背景，緣起於 1987 年臺灣醫學院校校長組成「美國醫學考察團」赴美考察後，所做出的建議。[31] 在此考察基礎下，1990 年 12 月，全國公私立醫學院院長於第十七次聯誼會中決議：有鑑於目前醫學教育科目繁多，訓練對象包含醫師、牙醫師、護理師、藥師及公共衛生、醫事技術、醫事工程等各類專才；但限於大學法規定，各類科系只能設立學系，均置於一個醫學院內，因此人員編制、經費預算無法配合，實不足以應實際需要。故而會中建議教育部將醫學院改制爲醫學大學或醫學科學園區，並請各校依照實際情況，將現有系所重新整合，成立三個以上學院。例如在大學內可改稱醫學科學校區，由主管醫學教育的副校長統一指揮，獨立醫學院亦可改名為醫學大學。[32]

醫界人士亦在第四次全國科學技術會議中，對臺灣目前醫學人才培育等現狀提出檢討。與會人士認為，目前世界各國醫學發展潮流，多將醫、牙、藥、護理與公共衛生等科系設置為獨立學院；反觀臺灣目前醫學院以系做為發展單位，發展空間受限。因此建議臺灣各大醫學院合理擴充各學系，尤其應將醫學系、牙醫學系、藥學、公共衛生、護理學升格為學院，獨立醫學院升格為醫科大學。[33]

除了前述醫學界的倡議，臺灣高等教育政策亦在此時發生劇烈變化。自 1989 年起，教育部開始逐年增加大專院校與研究生人數，並大量增設大學院校，以期在 2000 年將接受高等教育的人數比例提升至總人口的千分之二十。[34] 在面對校務發展困境與國家教育政策的轉型之下，陽明醫學院申請改制為大學成為勢在必行之事。陽明醫學院在 1991 年完成中程計畫後，即向教育部正式提出改制醫科大學計畫。但教育部高教司認為改制大學涉及層面甚廣，建議校方以「改名」名義提案，且原有的編制與預算不變。在教育部的建議與保證下，陽明校方同意以改名為由提出申請。[35]

陽明提出改名大學的意向後，教育部學術審議委員會 1992 年 1 月對此案進行前期討論。教育部延續前述對中程計畫的意見，建議陽明設置生命科學院、重視傳統醫學研究教學的規劃。其他相關建議還包含：復健醫學系正名為物理治療系、增設醫學系與牙醫系轄下學科與編制，以及加強共同學科重視通識教育。在審議過程中，陽明校方原本有意設置文理學院，以朝向綜合大學方向發展。但教育部長毛高文認爲，醫學大學設置文理學院並不妥當，因此否決此案。[36] 經過教育部的前期審議後，陽明校方根據審議意見進行修改，調整計畫內容。

改名醫學大學計畫

在教育部的建議下，陽明校方決意以「改名」爲由，行改制之實。因此 1992 年 8 月，陽明正式向行政院提出《國立陽明醫學院改名陽明醫學大學計畫書》。這份計畫書包含調整全院組織架構、增設系所單位與人員、重新規劃校地，並增加教育部關切的傳統醫學教學方案。在組織架構調整方面，校方依據教育部建議，教學單位由八個學院縮減爲六個學院，包含醫學院、牙醫學院、護理學院、公共衛生學院、醫學技術學院、生命科學院、通識教育中心等單位。增設系所部分，預計配合國立中國醫藥研究所的搬遷計畫，成立「傳統醫藥研究所」招收碩博士生，並興建傳統醫學大樓，與該研究所共同合作研究與教學計畫。除了傳統醫藥研究所，陽明校方亦預計在 1992 至 1993 年期間，增設衛生福利研究所、臨床牙醫研究所、臨床護理研究所，以配合全民健保實施及國家衛生福利政策發展，並培養高階護理人才。[37]

校地取得與設施規劃亦是改制大學的重點項目。陽明改制前，現有校內用地已有 35 公頃。爲了改制大學之用，陽明計畫將平地體育場遷移至後山，並在原址興建三座大型建築與兩座小建築，分別提供基礎醫學、臨床醫學、傳統醫學、資訊館、研究圖書館使用。另外興建學人宿舍 70 戶及研究生宿舍 400 床等。爲改制後校地擴張所需，預計爭取榮總院區後山 20 公頃、以及保警總隊用地 7 公頃，作爲教學用地。[38]

此次改制另一重點，則是凸顯陽明發展傳統醫學研究的特色。教育部已決定加強國立中國醫藥研究所的研究功能，陽明醫學院亦已設立「傳統醫學研究所」。因此如何在改制大學後擴大此一特點，爲教育部與陽明校方共同關切的議題。陽明校方爲此提出《傳統醫學教學規劃方案》，計畫在教學、研究、臨床合作等面向，全面發展相關領域。在教學方面，預計在醫學系增設傳統醫學科，並將中醫學概論增至兩學分，延聘專家講授；研究方面，結合陽明原有的藥理、生化、微免研究所對中藥作用的研究，進一步整合協調開發新藥；臨床合作方面，利用國立中國醫藥研究所的研究資源，以及榮總「傳統醫學中心」針灸門診，作爲教學與臨床實習場所。不過，這份規劃方案也指出目前聘請臨床教師有其困難，因爲符合大學教師資格的中醫師數量甚少。由此足見陽明校方意識到此領域發展的初期侷限。[39]

總體而言，這份改名計畫將原先中程計畫規模限縮爲六個學院，並凸顯傳統醫學研究爲改制大學的一大特色。陽明校方預計改制大學後，校地再行擴大 20 公頃、專任教師員額增加 80 人，並配合全民健保等政策設置相關系所。改制大學後的未來願景，即是建立完整的醫學教育體系，與榮總合作建立石牌醫學園區。[40] 但由於行政院與教育部對於改制與改名、以及改制後的正式校名產生歧見，使得陽明醫學院改制爲大學的計畫困難重重。

改名與改制之爭

對於陽明醫學院提出的改名計畫，教育部與行政院就「改名」是否適用《大學法》現行法規產生衝突。行政院人事行政局認爲，目前《大學法》第四條規定「三個學院以上者稱大學」，因此陽明改名計畫是否與《大學法》法規相符表示疑問。人事行政局言下之意，即是陽明醫學院並不符合《大學法》中「大學」的定義；因此是否能循「改名」途徑，將陽明改制爲大學，不無爭議。行政院主計處也持相同意見，認爲三個學院以上才可稱爲大學，但陽明醫學院性質迥異於一般大學，能否改名爲醫學大學，需再妥當商議。行政院研考會原則上同意改名爲醫學大學，但要請教育部對於升格改制問題做通盤性的考量。統整行政院整體審查意見，各部會均對於改名計畫是否符合《大學法》條文定義表示疑義，因此希望教育部在立法院完成修訂《大學法》之前，暫時擱置審議陽明改制大學一案。[41]

面對行政院的質疑，教育部主張具備三個學院條件者，即符合改名大學之條件。而對於是否可設置醫科大學等意見，教育部認爲《大學法》並未限制設立專科大學，陽明醫學院可比照海洋大學之前例改制。但行政院回應，若是將校名冠以醫學大學，其他藝術學院與體育學院是否可依此先例一併改名，不無疑問。[42] 其中，行政院主計處更擔心此次改制將引發其他獨立學院群起效尤。[43] 從行政院與教育部對於改名、改制、校名的討論與爭辯，可知 1990 年初期大學院校面臨大量擴張之際，教育部與其他各部會在政策實施方面產生協調問題。教育部從寬解釋《大學法》，反而引起各部門的反對意見，使陽明改制大學時遭遇諸多困難。

爲了持續推動陽明的改名計畫，教育部 1992 年 12 月再次向行政院提出申覆，陽明醫學院院長韓韶華亦請託行政院秘書長協助。[44]1993 年 1 月 15 日，行政院正式召開陽明醫學院擬改名國立陽明醫學大學審查會議。會中各部會做出結論，認爲基於陽明未來的發展應符合國家社會需要，原則上同意陽明改名爲大學。但審查會議認爲，陽明改制大學的理由不夠充分、改名案與《大學法》之間有適法問題，因此教育部需要就以上問題再次向行政院進行說明。關於改名計畫內的細節，審查會議認爲陽明校方應盡快向榮總與保警總隊取得校地，改制後的人力與經費需求應提出詳實計畫；陽明改制後是否增設人文科系，成爲綜合性大學，亦需請教育部一併考量。[45] 行政院最終同意陽明改名大學，但要求教育部再行補充改名計畫的細節，以及《大學法》的適法問題。對於行政院所提《大學法》的適用爭議，教育部於 1993 至 1994 年期間推動修訂新版《大學法》，將原先第四條刪除，並在新法第二條明訂「本法所稱大學包括獨立學院」。[46] 如此一來，陽明醫學院是否等同於大學位階、可否依循改名途徑進行改制等爭議，即已煙消雲散。

然而陽明改名大學計畫的阻礙與爭議，並未因此停歇。1994 年，行政院指示將「陽明醫學大學」更名爲「陽明大學」，並要求陽明先成立醫學、護理、醫事技術、生命科學四個學院，以及增設國家醫療網與全民健保系統所需的系所。但教育部與退輔會堅持，應冠上醫學大學的名稱，以標示陽明以醫學領域發展爲主軸的發展方向。[47] 在雙方對於校名問題產生歧見下，陽明改名爲大學的計畫再次遭到擱置。直到教育部採取退讓態度後，陽明醫學院方始獲准以「國立陽明大學」名稱進行改制。[48]

改制計畫的未竟之業

1994 年 9 月 26 日，陽明醫學院正式改名爲陽明大學，並邀請總統李登輝爲改名慶祝會致詞。耗時四年以上的改制大學工作，由此劃下落幕。但改制爲大學的過程中，仍有未符校方期待之處。例如改名計畫案的審議過程中，各單位對於增設學院科系的數量意見分歧。陽明校方原先預計成立八個學院，但在教育部審議後，將改制大學的規模縮減爲六個學院。之後教育部審議委員又認爲陽明部分學院師資與學生人數不足，因此希望陽明校方再行檢討。經過陽明校發會討論後，決定將原先六個學院縮減爲四個，將醫學院、護理學院、醫學技術學院、生命科學學院、通識中心列爲優先成立單位；牙醫系與公共衛生所仍置於醫學院內，請牙醫系主任詹兆祥與公共衛生所所長周碧瑟加強師資陣容，再行申請設置。而藥學與醫學工程學院，則被列爲「遠程計畫」，請陳介甫教授等人負責規劃。[49] 在改制規模大幅縮減下，校方原先預期的擴張計畫落空，只能藉由改制大學後的機會逐步發展。

除了改制規模縮減外，學院與系所規劃亦有其未竟之處。在教育部建議陽明設置「生命科學院」後，即有論者質疑生命科學院的成立，將架空原先醫學系基礎醫學學科合爲一體的結構。但院長韓韶華平息了醫界的反對，將陽明醫學系的基礎醫學學科與研究所分拆，使研究所部分改隸生命科學院。[50] 而關於改制大學後人文學科的發展，校方原本有意設置人文社會科學院，以培養大學的人文素養。但教育部審議意見認爲陽明將來走向醫科大學，不可能在人文學科方面有太多擴充。因此暫時擱置設立人文社會學院的提議，改爲設置通識教育中心，且其位階與其他學院平行。[51] 而教育部原先爲了凸顯陽明在傳統醫學領域的特殊性，要求陽明加強中醫研究，進而成立中醫學系。[52] 陽明校方多次研擬傳統醫學教學方案，希望符合教育部的要求。但教育部對於陽明校方所提出的方案表示疑義，認爲計畫中對於如何加強師資陣容與臨床訓練尚有不足之處。[53] 在臨床與師資不足的情形下，陽明放棄設置中醫學系，改爲運用榮總與國立中國醫藥研究所的資源，發展相關課程與研究所。這些改制過程中尚未完成的學院與系所建設，只能留待陽明正式更名大學後徐圖後計。

第四節　公費生培育制度與醫療環境的變遷

在陽明邁向改制大學的歷程中，行之有年的醫學系公費分發服務制度，隨著政治社會環境發生了變化。1994 年 9 月，總統李登輝於改制陽明大學慶祝大會致詞中，點明陽明醫學院已完成塡補基層醫療人員的「階段性功能」，應在改制大學後配合國家政策有計畫地培育社會急需的醫務人才。李登輝的發言象徵著陽明醫學院改制大學後，其社會定位與教育功能應配合即將開辦的全民健保系統，爲國家建設社會醫療福利制度而努力。[54] 在國家政策的更迭之下，陽明醫學院以培育公費醫師做爲創校宗旨的立意，至此逐漸走入歷史。

其實，早在陽明醫學院第二任院長于俊任期內時，即開始招收醫學系自費生，使公費生的名額比例進一步降低。在陽明醫學院開辦學士後醫學系五年後，于俊曾以醫科公費生過剩爲由，向教育部申請停辦學士後醫學系。[55] 除此之外，于俊亦透過逐年減招公費生名額方式，降低陽明公費生比例。[56] 加上公費生的醫師證書保管爭議，亦在社會輿論造成了影響。1991 年立法院院會期間，即有立法委員針對教育部扣留公費生醫師證書等議題提出質詢。而教育部在此次質詢後從善如流，表示將依立法院建議考慮停止編列醫學系公費生培養預算。陽明校方亦在立法院院會，表達降低公費生比例的意願。[57] 因此，在教育部與陽明校方的表態下，醫學系公費生遴選與培育制度，在 1990 年代開始產生劇烈變革。

公費生培育制度的變化

立法院院會的質詢發言，引發教育部、衛生署等部會對於醫學系公費生培育制度是否存續的討論。1991 年 6 月 5 日，教育部以「研商醫學系暨學士後醫學系公費生有關事宜」爲由，召集全國醫學院校、衛生署、退輔會等單位進行協商。教育部表示，由於立法院認爲醫學系公費生培育已無實際需要，因此擬於下年度全數刪除醫學系公費新生名額。[58] 但在刪除預算後該如何因應，各單位的意見仍然莫衷一是。經過各方商討後，仍有成員認爲公費生有存在必要，因此建議由衛生署召集醫政單位與醫學院校，將醫學系公費生培育制度進行全面檢討，以做爲未來改革制度的依據。[59] 經過各方協調之後，教育部最終決定從公費生培育制度中退場，廢除原有《分發服務實施簡則》，改由衛生署編列預算、研擬新的公費分發服務辦法。[60]

在公費生培育制度產生重大變革之際，各醫學院校紛紛對公費生分發制度，提出改革方案。陽明醫學院校方率先建議可採取獎學金制或制訂公費醫師教育法，以金錢與法制化等方式規範公費醫師義務。[61] 而關於如何招收具備犧牲服務熱誠的公費生，避免不斷發生公費醫師規避服務等現象，陽明校方提出試辦推薦甄試方式揀選公費生，並提議全盤考量改善公費生待遇。此提議得到臺灣大學醫學院等校響應，同意由陽明醫學院韓韶華院長組成專案小組，研究、評估醫學系公費生招生制度與各項改革方案。[62] 但在推薦甄試制度獲得共識之前，陽明醫學系公費生先採取第一志願分發方式，以減少公費生不履行義務的問題。[63]

至於公費醫師培育法規的修訂與重整，則交由衛生署主導。衛生署於 1992 年 3 月 31 日，正式將教育部訂定的實施簡則改爲《公費醫師培育及分發服務實施簡則》，其下條文亦逐一更動。其中最爲重要的條文是關於公費生的權利義務。原先舊版的實施簡則，並未詳細規範公費生的權利、以及公費生拒絕履行服務義務後的處罰與賠償條款。在衛生署修訂的新版實施辦法中，將公費生留學出國的條件，放寬至獲國外獎學金者即視同公費出國留學；畢業證書不加註分發義務等字樣，改以其他行政措施管理公費生畢業證書發放問題。關於拒絕履行公費義務者，新版辦法將以未服務年數做爲基準，按比例加五倍追繳已領公費待遇。[64] 在招生辦法與服務法規的制度化之下，衛生署主導的公費醫師培育制度於焉成形，終結了由教育部主導長達十數年的醫學系公費生培育體系。

公費醫師與醫療環境變遷

在公費分發制度施行末期，由於臺灣醫療環境與社會的急遽變化，公費生分發情形與選塡志願產生顛覆性趨勢。首先是偏遠地區公費醫師數量過多，以及地方醫療機構缺額不足等情形，導致無處分發的窘況。這種供過於求的現象，導致地方政府一度考慮停辦醫護人員養成計畫。[65] 另一方面，1990 年代初期臺灣醫學系畢業生數量增加，亦導致公費生覓職困難。例如衛生署系統的省市立醫院，即因醫學生增加，使得其轄下各教學醫院住院醫師職缺一位難求。因此，進入衛生署體系的公費生，極有可能需要動用各種人事關係與金錢尋找職缺方能履行公費服務義務。公費生對於衛生署體系因此喪失信心，使其更爲加深衛生署體系難以獲得保障之印象。[66] 其中更爲嚴重的問題，則是公費醫師制度在實施多年後，依然難以改善醫事人員分布城鄉不均的問題。特別是衛生署採取專科醫師做爲醫院評鑑依據後，進一步惡化醫師分布的城鄉差距。[67] 因此，實施多年的公費醫師制度，其成效不彰與諸多亂象，在 1990 年代醫界引發質疑。

再者是分段輪調辦法的實施，導致冷門科別反而成爲炙手可熱的選項。例如原本前幾屆乏人問津的家醫科，因其可下鄉累積專科醫師資歷，因此自第六屆開始一躍成爲公費生第二志願。[68] 同理，選塡人才羅致困難科的公費生，亦因免於分段輪調之苦，成爲公費生選塡的熱門選項。反觀分發至衛生署大科系統的公費生，卻常因分段分發輪調問題，難以累積足夠年資取得專科醫師證書，故而在職涯安排下落於人後。[69] 而原先位列「大科」的外科，更因受 1990 年代全民健保開辦後給付系統影響，導致年輕醫師投入外科的比例降低。[70] 爲了改善各大醫院的外科醫師荒，衛生署再度運用公費醫師分發服務制度，將外科與急診醫學科列入「特殊科組」，以同樣政策解決外科醫師荒等醫療問題。然而特殊科每年只有 25 位缺額，對於紓解外科醫師荒幫助有限，並再度引發醫界對於公費醫師政策治標不治本的批判。[71] 由此可知，1990 年代之後，公費培育制度雖出現重大變化，但以其政策手段與目的而言並無太多更動。

結語

在 1990 年代初期臺灣高等教育進入發展期的背景下，陽明醫學院因其組織改制難度較低，成為臺灣第一所成功改制為大學的醫學院。然而在其改制過程中，由於行政院各部會與教育部對於獨立學院改制的法令適用性意見分歧，使得改制歷程困難重重。陽明原先預計擴張為八個學院的計畫，亦因教育部等單位的審議，最終縮減為四個學院，並未達到預期目標。

在改制大學的過程中，陽明校務在韓韶華接任院長後，逐漸轉變為以校發會為主軸的集體決策模式。校內重大工程建設，亦採取集體參與式的方式進行審議與裁決。此舉固然是因推動陽明改制大學計畫，而逐步形成的決策模式，卻意外帶動全校積極參與重要校務的風氣。

陽明正式改制為大學的同時，臺灣醫事人力環境的變化，亦強烈衝擊實施十餘年的公費分發制度。原本以培育公費醫師為立校根本的陽明醫學院，在公費醫師逐漸飽和與教育部終止編列公費的情形下，使原先醫學系公費分發制度產生變化。而陽明的未來，亦在國家衛生政策與全民健保政策的實施下，開啓新的歷史任務。

註釋

1 〈醫學大學—與院長一席談〉，《橘井》第 95 期，1989 年 11 月 20 日，第 2、3 版。

2 喻蓉蓉，《臺灣免疫學拓荒者——韓韶華先生訪談錄》（臺北：國史館，2004），頁 165。

3 喻蓉蓉，《臺灣免疫學拓荒者——韓韶華先生訪談錄》，頁 146。

4 張仲明，〈敬愛的韓師與我〉，《源遠季刊》84 期，頁 12。

5 喻蓉蓉，《臺灣免疫學拓荒者——韓韶華先生訪談錄》，頁 166-167。

6 編輯室，〈陽明你我的夢——專訪張仲明老師〉，《陽明人報》創刊號，1991 年 12 月 20 日，第 2 版。

7 〈81 學年度通識課程 初試啼聲〉，《陽明人報》第 9 期，1992 年 9 月 7 日，第 1 版。

8 周穎政，〈處理學生宿舍分配之經過〉，《陽明人報》第 7 期，1992 年 7 月 17 日，第 2 版。

9 〈「陽明人報」院長發刊詞〉，《陽明人報》創刊號，1991 年 12 月 20 日，第 1 版；〈陽明人報 社委會主筆團成立〉，《陽明人報》創刊號，1991 年 12 月 20 日，第 1 版。

10 喻蓉蓉，《臺灣免疫學拓荒者——韓韶華先生訪談錄》，頁 168。

11 〈臨時院務會議通過設置辦法 校務發展委員會學生代表任委員〉，《陽明人報》第 2 期，1992 年 1 月 10 日，第 1 版。

12 〈院務會議摘要〉，《陽明人報》第 16 期，1993 年 5 月 1 日，第 1 版。

13 〈校務發展委員會 81 學年會議記錄〉，國立陽明交通大學藏，檔號：081/SEC007030/1/0005/029。

14 《國立陽明醫學院校園規劃報告》，頁 203。

15 〈山寨變山城 成立校營會〉，《陽明人報》第 4 期，1992 年 4 月 6 日，第 1 版。

16 方諾妮，〈陽明校園規劃的舵手 蕭廣仁教授專訪〉，《神農坡彙訊》第 5 期，頁 3。

17 《國立陽明醫學院校園規劃報告》，頁 73-79。

18 〈山寨變山城 成立校營會〉，《陽明人報》第 4 期，1992 年 4 月 6 日，第 1 版。

19 〈校園規劃報告出爐〉，《陽明人報》第 22 期，1992 年 11 月 5 日，第 1 版。

20 《國立陽明醫學院校園規劃報告》，頁 86-89。

21 《國立陽明醫學院校園規劃報告》，頁 90-92。

22 《國立陽明醫學院校園規劃報告》，頁 93-95。

23 《國立陽明醫學院五年校務發展計畫（81-84 年度）》，國立陽明交通大學圖書館藏。

24 〈陽明未來的天空 中程計畫的訂定〉,《陽明人報》第4期,1992年4月6日,第1版。

25 《國立陽明醫學院五年校務發展計畫(81-84年度)》,國立陽明交通大學圖書館藏。

26 《國立陽明醫學院五年校務發展計畫(81-84年度)》,國立陽明交通大學圖書館藏。

27 《國立陽明醫學院五年校務發展計畫(81-84年度)》,國立陽明交通大學圖書館藏。

28 〈陽明醫學院預定八十三年度改制為「國立陽明醫學大學」〉,《陽明人報》第8期,1992年8月10日,第1版。

29 《國立大學院校中程校務發展計畫評審意見(81-84年度)》,國立陽明交通大學圖書館藏。

30 〈韓院長談陽明的過去與未來〉,《陽明人報》第19期,1993年8月2日,第3版。

31 教育部編,《第六次中華民國教育年鑑》(臺北:教育部,1996),頁2057。

32 〈全國公私立醫學院院長第十七次聯誼會所提建議案乙份〉,國立陽明交通大學藏,檔號:080/SEC007030/1/0001/014。

33 《國立陽明醫學院改名國立陽明醫學大學計畫書》,國立陽明交通大學圖書館藏,頁114-115。

34 教育部編,《第六次中華民國教育年鑑》,頁1418。

35 喻蓉蓉,《臺灣免疫學拓荒者——韓韶華先生訪談錄》,頁176。

36 〈陽明即將成為國內第一所醫學大學〉,《陽明人報》第2期,1992年1月10日,第1版。

37 《國立陽明醫學院改名國立陽明醫學大學計畫書》,國立陽明交通大學圖書館藏,頁6-37。

38 《國立陽明醫學院改名國立陽明醫學大學計畫書》,國立陽明交通大學圖書館藏,頁38。

39 〈附錄十六:傳統醫學教學規劃方案〉,《國立陽明醫學院改名國立陽明大學計畫書》,頁155-161。

40 〈陽明醫學院預定八十三年度改制為「國立陽明醫學大學」〉,《陽明人報》第8期,1992年8月10日,第1版。

41 《國立陽明醫學院擬申請改制為國立陽明醫學大學案》,行政院藏,檔號:0081 / 7-3-1-1/ 57。

42 《國立陽明醫學院擬申請改制為國立陽明醫學大學案》,行政院藏,檔號:0081 / 7-3-1-1/ 57。

43 喻蓉蓉,《臺灣免疫學拓荒者——韓韶華先生訪談錄》,頁178。

44 喻蓉蓉,《臺灣免疫學拓荒者——韓韶華先生訪談錄》,頁179。

45 《國立陽明醫學院擬申請改制爲國立陽明醫學大學案》，行政院藏，檔號：0081 / 7-3-1-1/ 57。

46 教育部編，《第六次中華民國教育年鑑》，頁 1455。

47 《國立陽明醫學院擬申請改制爲國立陽明醫學大學案》，行政院藏，檔號：0081 / 7-3-1-1/ 57。

48 喻蓉蓉，《臺灣免疫學拓荒者——韓韶華先生訪談錄》，頁 179。

49 〈六四之爭 陽明大學規模縮減〉，《陽明人報》第 24 期，1994 年 1 月 7 日，第 1 版。

50 喻蓉蓉，《臺灣免疫學拓荒者——韓韶華先生訪談錄》，頁 178。

51 喻蓉蓉，《臺灣免疫學拓荒者——韓韶華先生訪談錄》，頁 177。

52 喻蓉蓉，《臺灣免疫學拓荒者——韓韶華先生訪談錄》，頁 178。

53 〈貴院所提之「傳統醫學教學規劃方案」乙案，核復如說明，請再研議〉，國立陽明交通大學藏，檔號：081/SEC005000/1/0002/001。

54 〈慶祝國立陽明醫學院改制大學總統致詞〉，《陽明人報》國立陽明大學改名慶祝會特刊，1994 年 9 月 26 日，第 1 版。

55 〈公費生需求減少 後醫系日起停招〉，《橘井》第 81 期，1987 年 6 月 22 日，第 1 版。

56 楊翠華，〈于俊先生訪問記錄〉，《臺北榮民總醫院半世紀——口述歷史回顧（上篇）》（臺北：中央研究院近代史研究所，2011），頁 237。

57 〈公費制度將廢除〉，《橘井》第 105 期，1991 年 5 月 20 日，第 1 版。

58 〈研商醫學系及後醫系公費生事宜會議〉，國立陽明交通大學藏，檔號：080/DAA110000/1/0001/011。

59 〈研商後醫系、醫學系公費生有關事宜會議記錄〉，國立陽明交通大學藏，檔號：080/DAA110000/1/0001/017。

60 〈修訂大學與獨立學院醫學系及學士後醫學系公費生分發簡則〉，國立陽明交通大學藏，檔號：081/DSA260000/1/0003/013。

61 〈修訂大學與獨立學院醫學系及學士後醫學系公費生分發簡則〉，國立陽明交通大學藏，檔號：081/DSA260000/1/0003/013。

62 〈公費生招生制度改革方案〉，國立陽明交通大學藏，檔號：081/SEC007030/1/0002/019。

63 張麗君，〈陽明公費生 改採第一志願分發入學〉，《民生報》，1992 年 2 月 23 日，第 23 版。

64 〈檢送研商公費醫師培育辦法草案會議紀錄〉，國立陽明交通大學藏，檔號：081/DSA260000/1/0003/024。

65 楊佩玲，〈偏遠地區 公費醫師太多了〉，《聯合報》，1994 年 4 月 10 日，第 5 版。

66 〈醫學系第十一屆公費應屆畢業生分發結果分析〉，《陽明人報》第 3 期，1992 年 3 月 2 日，第 4 版。

67 〈保險給付、醫院評鑑 扭曲專科醫師精神〉，《民生報》，1993 年 7 月 11 日，第 23 版。

68 〈第六屆醫學系公費生分發名單確定 家醫類躍升第二志願〉，《橘井》第 78 期，1987 年 2 月 28 日，第 1 版。

69 璩大成，〈我所經歷的服務辦法及演變〉，《陽明人報》第 2 期，1992 年 1 月 10 日，第 4 版。

70 袁子倫，〈外科鬧醫師荒 大醫院也叫苦〉，《民生報》，1995 年 7 月 13 日，第 21 版。

71 〈公費醫師充當生力軍〉，《民生報》，1995 年 4 月 4 日，第 21 版。

結論

做爲臺灣第一所以培育公費醫師爲立校基礎的醫學教育機構，陽明醫學院肩負著補充基層醫療體系人才的使命，並隨著時代的變化，歷經不同階段發展。在陽明醫學院成立之初的 1970 年代，適逢臺灣經濟高速成長與推動國家大型建設之際，同時也面臨基層衛生體系崩壞亟待重整的局面。在時任行政院長蔣經國的指示、以及臺北榮總的支持下，教育部開始著手籌設陽明醫學院，其目的爲培養爲大眾服務的醫療人才。陽明醫學院即在國家資源的投入下，成爲繼臺灣大學醫學院、國防醫學院之後，第三所設置的國立醫學院。

陽明醫學院的立校與發展歷程，與臺灣醫療環境的變遷、高等教育政策、國家公共衛生政策的轉換，息息相關。早在 1965 年，臺北榮總獲得美援醫療計畫挹注，邁向穩健發展，有意以現有資源興辦一所醫學院，進一步擴張榮總規模。在國防部與退輔會的支持下，榮總於 1968 年提出第一期五年發展計畫，將籌辦陽明醫學院納入其中。但礙於榮總並無主動設立教育機構的資格，再加上當時高等教育政策傾向凍結大專院校數量，使得榮總籌辦醫學院的工作計畫屢遭挫折。直到 1974 年行政院長蔣經國下鄉視察後，指示改善基層醫療機構，並特准陽明醫學院成立，以做爲未來醫事人力培養的機構。陽明原先的建校計畫，也由培養榮總醫事人才，轉而支持臺灣未來公醫制度的發展。因此，陽明醫學系全數學生將具備公費生身份，預定未來畢業後，將分發至衛生署與退輔會轄下醫療機構服務六年。

陽明醫學院的設立，象徵著國家力量首度大規模介入重整臺灣醫療人力資源。在公費制度的籠罩之下，陽明醫學院的辦學風格與方向，因此與其他醫學教育機構側重點不同。陽明醫學院首任院長韓偉，接任之初即著手從醫學系暑期下鄉實習課程、推動榮譽精神，希望從實際操作與精神層面，培養醫學系公費生應具備的素養與品德。然而，在公費服務辦法遲遲未能定案的情況下，使醫學系第一屆畢業生面臨服務地點與年限不明的窘境。由此可見，國家政策雖已確定推動公費醫師的政策方針，但卻缺乏全盤規劃，導致實施初期亂象叢生。值得注意的是，在實施第一屆公費生分發作業時，參與單位對公費醫師制度的看法分歧。例如衛生署希望陽明公費生儘速加入地區醫院服務，以配合國家即將實施的農村醫療保健計畫；而榮總則建議廢除公費制，或是將第一屆公費生先全數交由榮總訓練。各方意見的歧異，對於日後分發服務辦法的實施產生影響。

除了公費制度的影響外，陽明醫學院的學術發展與基礎建設，亦在韓偉院長任內初具雛形。陽明校方廣邀榮總、國防醫學院與海外學人返國任教，充實醫學系各學科師資，並在深化學術研究方面取得成果。陽明在創校數年後，陸續成立了神經科學、微生物與免疫學，及生物化學等領域研究所。其中，神研所與微免所爲該領域在臺灣成立的第一間研究所。此外，各科系、研究所與榮總臨床醫學研究團隊互相合作，雙方形成緊密的關係。校區內的基礎建設，則受限於陽明陡峭的地形。

在經過水土保持學會探勘後，確立了校區土地利用向東側發展的計畫。但在創校初期，陽明校方苦於經費不足等因素，因此未能達到增設科系的目標。

這些議題在第二任院長于俊上任後，開始產生變化。曾任榮總副院長的于俊，在正式接任陽明醫學院院長後，積極深化陽明與榮總的合作關係，並向教育部請求增設科系、增加員額，使陽明校務發展邁入擴張時期。在中央部會許可之下，陽明新增了數十名助教名額，以此補充 1980 年代臺灣欠缺的基礎醫學教學師資、冷門科別臨床醫師。在助教員額之外，陽明亦在增設科系與硬體建設方面獲得突破。特別是陽明校方爭取多年的護理系，以及于俊院長主導設置的醫技系放射技術組，在榮總的協助籌辦下，終獲准許設立。而陽明與榮總關係的加深，亦在公費分發制度方面產生影響。面對公費分發制度施行初階段的諸多弊病，于俊院長與榮總院方合作修改退輔會系統的分段輪調辦法，將原先的三階段分段輪調制簡化為兩階段，使分發至退輔會體系的陽明醫學系公費生免於頻繁輪調之苦。

公費分發制度進入 1980 年代末期後，開始與衛生署所推動的各類醫療改革計畫合流，其中包含改革省市立醫院、培養流行病學人才、辦理群醫中心等。陽明醫學系公費生在此時代背景下，逐漸在基層醫療體系展現長才。特別是分發至衛生署體系的公費生，在臺灣各地鄉鎮衛生所協助建立「群醫中心」，加強地方基層醫療系統的門診功能，並獲得地方民眾信賴。在業績成效良好的情況下，衛生署進一步擴大增設群醫中心，使國家醫療服務向下紮根。在國家力量介入重整基層醫療時期，陽明公費生在其中扮演中流砥柱的角色。

歷經韓偉與于俊兩任院長的施政與建設後，陽明校內地景亦發生劇烈變化。如前所述，建校初期籌備處已完成實驗大樓與校區道路興建，使校區從荒蕪採石場成為略具雛形的大學校園，但其餘的基礎建設仍付之闕如。為了陽明校區內長遠的發展建設，韓偉院長邀請學者與建築師，克服地形與地質的限制，進行校區整體性規劃。然而，1970 年代全球性石油危機與物價飛漲，大型建築工程難以如期完成。直到第二任院長于俊接任後，藉由其高超的行政能力，校內的建設工程、校地重整工作得以快速發展，進而奠定陽明醫學院日後改制為大學的基礎。

隨著 1987 年臺灣解嚴後，高等教育政策走向鬆綁自主、各類學生運動風起雲湧，陽明醫學院既有的社會定位與教育功能開始發生鬆動。在醫學界倡議將全臺醫學院改制為大學，以及國家教育政策推動升格大學的方針下，改制大學便成為教育部與陽明校方的主要目標。第三任院長韓韶華，即以改制大學做為其任內施政重點，採取全校委員會等集體決策方式推進校務改革。舉凡校舍土地利用規劃，及系所學院發展方向，皆由各類全校性委員會拍板定案。另一方面，由國家教育經費介入培養公費醫師的政策，亦在政治環境的變化下，受到立法院的質疑。以教育部體系為主導的公費生培育制度產生了本質上的變化，陽明做為培育公費醫師、補充基層醫療人才的歷史任務，亦隨之終結。陽明醫學院未來發展的願景，在正式改制為大學後，邁向新的階段。

參考書目

檔案資料

行政院檔案

《國立陽明醫學院公費學生待遇及畢業後分發服務辦法草案》，行政院藏，檔號 0065/1-1-14-1/24。

《將陽明醫學院籌備處撥借榮總醫院案》，行政院藏，檔號：0063/7-3-4/20/1。

《國立陽明醫學院擬申請改制為國立陽明醫學大學案》，行政院藏，檔號：0081/7-3-1-1/57。

《國立陽明醫學院五年發展計畫案》，行政院藏，檔號：0074/7-3-1-2/38。

《籌設國立陽明醫學院》，行政院藏，檔號：0056/7-3-4/12/1。

《榮總五年發展計劃案》，行政院藏，檔號：0058/5-19-2-2/19。

臺北榮總檔案

〈為求貴我兩院教學研究合作辦法早日實施〉，臺北榮民總醫院藏，文號：6404483。

《商討籌設陽明醫學院事宜》，臺北榮民總醫院藏，文號：5900235。

《陽明醫學院籌設事項第二次會議記錄》，臺北榮民總醫院藏，文號：5903031。

《榮總檔案依照教育部開會結論重新擬呈陽明醫學院第一年概算呈請鑑核》，臺北榮民總醫院藏，文號：5900863。

《檢送陽明醫學院運動場及司令台等預定土地資源調查資料敬請查照》，臺北榮民總醫院藏，文號：6002364。

《關於陽明醫學院籌備處現有財產及人員撥借榮民總醫院成立生理病理研究所接收運用，並飭先報房屋使用計畫一案》，臺北榮民總醫院藏，文號：6302892。

國史館檔案

《軍事委員會委員長侍從室》，國史館藏，典藏號：129-230000-2051。

《軍事委員會委員長侍從室》，國史館藏，典藏號：129-240000-3126。

《嚴家淦總統文物》，國史館藏，典藏號：006-010802-00005-001。

國立陽明交通大學檔案

〈公費生招生制度改革方案〉，國立陽明交通大學藏，檔號：081/SEC007030/1/0002/019。

〈公費畢業生分發服務有關事宜於 70.1.13 上午在本部第 506 會議室由余次長主持〉，國立陽明交通大學藏，檔號：070/DAA110000/1/0002/001。

〈公費學生待遇及畢業分發服務實施要點草案名稱改爲國立陽明醫學院醫學系公費學生待遇及畢業後分發服務實施要點〉，國立陽明交通大學藏，檔號：067/DAA101000/1/0001/010。

〈公費檢送公費畢業生分發作業問題會議紀錄及服務年限比較表各乙份〉，國立陽明交通大學藏，檔號：074/DAA110030/1/0001/022。

〈本院奉准成立，並請韓偉爲院長〉，國立陽明交通大學藏，檔號：064/SEC002000/1/0001/006。

〈本院與榮總後山道路銜接，採用開建隧通設計，請先做好地鑽探〉，國立陽明交通大學藏，檔號：061/DGA332030/2/0001/008。

〈本學院所聘之魏思道醫師，於本年七月來台，檢附急救醫學請課程計劃一份〉，國立陽明交通大學藏，檔號：069/PER407000/1/0002/12。

〈本學院擬聘請國防醫學院教授韓韶華等四員一案〉，國立陽明交通大學藏，檔號：064/PER400000/2/0001/030。

〈全國公私立醫學院院長第十七次聯誼會所提建議案乙份〉，國立陽明交通大學藏，檔號：080/SEC007030/1/0001/014。

〈有關公費生待遇及畢業後分發服務辦法草案〉，國立陽明交通大學藏，檔號：065/DAA101000/1/0001/003。

〈助教及講師以上派駐榮總協助臨床教學協議事項〉，國立陽明交通大學藏，檔號：074/PER408020/2/0001/007。

〈呈回國人才任聘之教師名冊〉，國立陽明交通大學藏，檔號：065/PER400000/2/0001/047。

〈改進本院醫學系公費畢業生服務辦法〉，國立陽明交通大學藏，檔號：074/SEC006010/1/0003/021。

〈協調國立陽明醫學院公費生待遇及畢業後分發服務辦法開會時間64年10月16日上午9時開會地點教育部第306室主持人林次長清江。〉，國立陽明交通大學藏，檔號：064/DAA101000/1/0002/005。

〈協調國立陽明醫學院與石作業職業工會採石紛爭案開會時間64年6月16日上午9時開會地點本局會議室主持人科長王俊成〉，國立陽明交通大學藏，檔號：064/DGA332030/2/0001/014。

〈建院禁止採石及獸運運輸影響廠商訂購賠償及會員失業問題協調會於61年4月26日下午3時在本會第一會議室開會由林溪圳、馬鎮方主持〉，國立陽明交通大學藏，檔號：061/DGA332030/2/0001/008。

〈為全體教職員工和學生致推行陽明精神通過組織及公約請轉知所屬同仁出席本月十月十二日週會〉，國立陽明交通大學藏，檔號：066/SEC007030/1/0002/001。

〈研商公私立醫學系及後醫系公費生分發會議紀錄〉，國立陽明交通大學藏，檔號：078/DSA260000/1/0001/065。

〈研商後醫系、醫學系公費生有關事宜會議記錄〉，國立陽明交通大學藏，檔號：080/DAA110000/1/0001/017。

〈研商醫學系及後醫系公費生事宜會議〉，國立陽明交通大學藏，檔號：080/DAA110000/1/0001/011。

〈修訂大學與獨立學院醫學系及學士後醫學系公費生分發簡則〉，國立陽明交通大學藏，檔號：081/DSA260000/1/0003/013。

〈校務發展委員會 81 學年會議記錄〉，國立陽明交通大學藏，檔號：081/SEC007030/1/0005/029。

〈茲將本院公費生分發服務有關事宜會議紀錄及服務作業要點公布之〉，國立陽明交通大學藏，檔號：070/DAA110000/1/0002/006。

〈茲將修正本院公費生畢業後分發及分段服務作業要點公布〉，國立陽明交通大學藏，檔號：070/DAA110000/1/0002/009。

〈勘察唭哩岸段 715 號等 13 筆土地林木處分協調會議紀錄一案〉，國立陽明交通大學藏，檔號：060/DGA332030/2/0001/001。

〈國立陽明醫學院公費生待遇及畢業分發服務辦法草案第十三條末句亦不核發其專業證書之含義為服務未滿期限者，專業證書不直接發給而暫由其服務主管機關保管，俟服務期滿再行發給至執業報審，則由該主管機關出具證書影印文件證明之。〉，國立陽明交通大學藏，檔號：065/DAA101000/1/0001/004。

〈國立陽明醫學院後山連結隧道工程 07.01 日正式開工，並派本廠林宏彰為工地負責人〉，國立陽明交通大學藏，檔號：062/DGA332030/2/0001/017。

〈國立陽明醫學院後山連絡隧道工程，各自負擔工程費半數計 1，362，552 元整。〉，國立陽明交通大學藏，檔號：062/DGA332030/2/0001/012。

〈國立陽明醫學院後山連絡隧道已於 63 年 4 月 12 日如期完工，請派員驗收〉，國立陽明交通大學藏，檔號：063/DGA332030/2/0001/003。

〈國立陽明醫學院禁止本市石作業工會會員在校區採石案第二次協調會議開會時間 65 年 1 月 7 日下午 2 時開會地點本局會議室主持人王科長俊成〉，國立陽明交通大學藏，檔號：065/DGA351000/1/0001/020。

〈貴院所報醫學系牙醫系必修科目表一案〉，國立陽明交通大學藏，檔號：067/DAA101000/1/0001/005。

〈貴院所提之「傳統醫學教學規劃方案」乙案，核復如說明，請再研議〉，國立陽明交通大學藏，檔號：081/SEC005000/1/0002/001。

〈貴院修訂之貴我兩院臨床醫師調專任教師暨助教、講師以上協議事項內容如附件敬表同意〉，國立陽明交通大學藏，檔號：076/PER406000/2/0001/025。

〈陽明醫學院建校工程委託張德霖建築師設計報請核備〉，國立陽明交通大學藏，檔號：060/DGA332030/2/0001/003。

〈新建大樓驗房屋建造工程第一、二期工程已完工於 6 月 26 日驗收完畢隨文檢送證明書及驗收紀錄〉，國立陽明交通大學藏，檔號：063/DGA332030/2/0001/001。

〈會勘陽明山石作業工會會員在唭哩岸採石區〉，國立陽明交通大學藏，檔號：062/DGA332030/2/0001/018。

〈實習人員座談會紀錄一份〉，國立陽明交通大學藏，檔號：068/DAA120000/1/0002/017。

〈與榮總建教合作案希儘早日實施〉，國立陽明交通大學藏，檔號：064/DAA101000/1/0002/006。

〈增設護理學系，未准核列預算，應予緩議〉，國立陽明交通大學藏，檔號：067/DAA110010/1/0001/001。

〈暫緩校區規劃案〉，國立陽明交通大學藏，檔號：067/DGA331010/1/0003/010。

〈學生實習安排問題紀錄〉，國立陽明交通大學藏，檔號：068/DAA120000/1/0002/002。

〈擬訂「陽明醫學院籌備處組織章程」，並遴選出各主要負責人員〉，國立陽明交通大學藏，檔號：060/SEC001000/1/0001/003。

〈檢呈本院畢業學生留任助教名冊三份請准分發本院任職〉，國立陽明交通大學藏，檔號：071/DAA110000/1/0002/002。

〈檢呈本院組織規程與系統表二十份〉，國立陽明交通大學藏，檔號：064/SEC002000/1/0001/003。

〈檢呈本院學士後醫學系必選修科目表，請核備。〉，國立陽明交通大學藏，檔號：071/DAA101000/1/0001/008。

〈檢奉貴院與本院對四年制醫科教育及臨床教學暨有關事項協調會議紀錄十份〉，國立陽明交通大學藏，檔號：070/DAA110000/1/0002/010。

〈檢送公費生分發服務會議紀錄一份〉，國立陽明交通大學藏，檔號：071/DAA110000/1/0002/016。

〈檢送本院公費生分發作業結果〉，國立陽明交通大學藏，檔號：072/DAA110030/1/0002/039。

〈檢送本院爲解決臺北市石作業工會採石工人補償案簡報及座談會紀錄乙份及平面圖三份〉，國立陽明交通大學藏，檔號：065/DGA351000/1/0001/019。

〈檢送本院院長韓偉赴美延聘師資經過報告一份〉，國立陽明交通大學藏，檔號：068/PER406000/1/0001/002。

〈檢送研究國立陽明醫學院醫學系畢業生之分發問題意見彙復表及行政院所屬機關醫療機構預判未來五年內醫師缺額及補充情形調查彙計表影印各乙份〉，國立陽明交通大學藏，檔號：068/DAA111000/1/0001/022。

〈檢送研商公費醫師培育辦法草案會議紀錄〉，國立陽明交通大學藏，檔號：081/DSA260000/1/0003/024。

〈檢送國立陽明醫學院公費學生待遇及畢業分發服務辦法草案乙份。〉，國立陽明交通大學藏，檔號：065/DAA101000/1/0001/001。

〈檢送國立陽明醫學院籌備委員第七次會議紀錄〉，國立陽明交通大學藏，檔號：064/SEC002000/1/0001/001。

〈檢送國立陽明醫學院籌備委員會第六次會議紀錄一份〉，國立陽明交通大學藏，檔號：064/SEC002000/1/0002/001。

〈檢送調任醫師及派駐醫師協議事項〉，國立陽明交通大學藏，檔號：070/PER407000/1/0001/032。

〈檢送醫學系公費生分發服務有關事宜會議紀錄〉，國立陽明交通大學藏，檔號：072/DAA110030/1/0001/005。

〈檢發商討電視醫學教學節目製作播映有關事項會議紀錄乙份〉，國立陽明交通大學藏，檔號：072/DAA100000/1/0001/016。

〈醫學系公費畢業生分發服務作業要點意見及建議說明〉，國立陽明交通大學藏，檔號：070/DAA110000/1/0002/013。

〈關於醫學系及學士後醫學系公費生名額是否需繼續設置，請就醫師人力供求及均衡分布狀況或其他相關因素惠提卓見〉，國立陽明交通大學藏，檔號：077/DAA110000/1/0001/038。

《院務會議暨行政工作會報規定事項，希遵照》，國立陽明交通大學藏，檔號：064/SEC002000/1/0002/002。

《陽明醫學院建校計畫草案》，國立陽明交通大學藏，檔號：060/SEC001000/1/0001/002。

國立陽明交通大學圖書館藏校史資料

校內報刊

《神農坡》

《神農坡彙訊》

《陽明人報》

《陽明公報》

《陽明牙醫》

《陽明院刊》

《陽明醫技》

《陽明醫訊》

《橘井》

《橘井三月學運紀念特刊》

校務計劃、會議記錄

〈校務推展情況（第三年）〉

〈校務推展情況（第四年）〉

〈國立陽明醫學院第二十七次行政會議紀錄〉

〈國立陽明醫學院第二十九次行政會議紀錄〉

〈國立陽明醫學院第三十一次行政會議紀錄〉

〈國立陽明醫學院第三十三次行政會議紀錄〉

〈國立陽明醫學院第三十九次行政會議紀錄〉

〈國立陽明醫學院第四十四次行政會議紀錄〉

〈國立陽明醫學院第四十七次行政會議紀錄〉

〈國立陽明醫學院第五十二次行政會議紀錄〉

〈國立陽明醫學院第五十三次行政會議紀錄〉

〈國立陽明醫學院第五十八次行政會議紀錄〉

《國立大學院校中程校務發展計畫評審意見（81-84 年度）》

《國立陽明醫學院十年長期教育發展計劃》

《國立陽明醫學院五年校務發展計畫（81-84 年度）》

《國立陽明醫學院五年校務發展計畫（七十六～八十學年度）》

《國立陽明醫學院五年發展計畫草案》
《國立陽明醫學院六十五年度施政計畫》
《國立陽明醫學院成立四個月之工作報告》
《國立陽明醫學院改名國立陽明大學計畫書》
《國立陽明醫學院改名國立陽明醫學大學計畫書》
《國立陽明醫學院校區整體計畫規劃報告》
《國立陽明醫學院校園規劃報告》
《歷年公費法規與會議紀錄》

名錄、出版品

《國立陽明醫學院教職員錄》
《國立陽明醫學院概況》

紀念專刊

《于俊院長追思會紀念專刊》
《神經科學研究所二十週年專刊》
《追思與懷念：姜壽德教授（1920-2015）》
《國立陽明大學生化暨分子生物研究所貳拾伍週年所慶特刊》
《國立陽明大學醫事技術學系二十週年專刊》
《張哲壽教授榮退專輯》
《陽明二十年》紀念特刊
《陽明十年》
《韓院長逝世一年紀念集》
《韓偉先生紀念集》

手稿、書信

于俊，〈陽明與我〉，未刊稿。
張德霖，〈函啓：哈教授鴻潛〉，未刊稿。
陳慈玉，〈樓思仁先生訪問記錄〉，未刊文稿，樓思仁先生提供。

報紙

《中央日報》

《民生報》

《經濟日報》

《聯合報》

專著

王汎森等著，《中華民國發展史——學術發展（下）》。臺北：聯經，2011 年。

朱友梅、于俊、劉武哲，《國立陽明醫學院動物中心改善計畫－無特定病菌鼠之建立》。臺北：行政院國家科學委員會科資中心，1989 年。

朱友梅、黃坤正、吳榮燦，《國立陽明醫學院動物中心改善計畫》。臺北：行政院國家科學委員會科資中心，1986 年。

行政院衛生署，《群體醫療執業中心之計畫與執行》。臺北：行政院衛生署，1990 年。

周碧瑟，《七十七年陽明十字軍社區預防醫學計畫成果報告》。臺北：陽明醫學院、財團法人預防醫學基金會、中華民國預防醫學會，1988 年。

林今開主編，《向癌症進軍——陽明十字軍日記》。臺北：時報文化，1982 年。

林芬郁、張靜宜、游智勝、蔡承豪、蕭景文，《北投區志》。臺北：臺北市北投區公所，2011 年。

武光東，《丹心集》。臺北市：合記，1998 年。

哈鴻潛、高田編，《臺灣解剖學百年史》。臺北：合記，2003 年。

若林正丈，《戰後臺灣政治史——中華民國臺灣化的歷程》。臺北：國立臺灣大學出版中心，2016 年。

范秉眞教授榮退紀念演講會籌備委員會編，《范秉眞教授榮退紀念專輯》，1992 年。

教育部編，《第六次中華民國教育年鑑》。臺北：教育部，1996 年。

陳孟勤主編，《中國生理學史》。北京：北京醫科大學出版社，2000 年。

喻蓉蓉，《臺灣免疫學拓荒者——韓韶華先生訪談錄》。臺北：國史館，2004 年。

游鑑明、黃克武、陳慈玉、楊翠華、沈懷玉、洪德先、陳素眞，《臺北榮民總醫院半世紀——口述歷史回顧（上篇）》。臺北：中央研究院近代史研究所，2011 年。

游鑑明、黃克武、陳慈玉、楊翠華、沈懷玉、洪德先、陳素眞，《臺北榮民總醫院半世紀——口述歷史回顧（下篇）》。臺北：中央研究院近代史研究所，2011 年。

溫振華，《陽明山國家公園草山（陽明山）管理局相關檔案、資料之蒐集及研究計畫》。臺北：陽明山國家公園管理處委託辦理報告，2013 年。

葉永文、劉士永、郭世清，《國防醫學院院史正編》。臺北：五南，2014 年。

臺灣教育發展史料彙編編輯小組，《臺灣教育發展史料彙編：大專院校篇（下）》。臺中：臺灣省教育廳，1987 年。

劉仁賢編，《榮總五十——跨越半世紀的榮耀》。臺北：榮民總醫院，2009 年。

蔡篤堅，《臺灣外科醫療發展史》。臺北：唐山，2002 年。

鄧丕雲，《八〇年代臺灣學生運動史》。臺北：前衛，1993 年。

盧致德先生治喪委員會，《盧致德先生哀思錄》。臺北：榮民總醫院。

蕭阿勤，《回歸現實——臺灣 1970 年代的戰後世代與文化政治變遷》。臺北：中央研究院社會學研究所，2008 年。

魏秀梅，《趙聚鈺先生年譜》。臺北：中央研究院近代史研究所，1990 年。

論文

王少甫，〈榮總醫學工程組簡介〉，《醫院》18:6，頁 17。

何邦立，〈百年協和——林可勝生理學術系譜在臺灣〉，《中華科技史學會學刊》22 期，頁 99-105。

張仲明，〈敬愛的韓師與我〉，《源遠季刊》84 期，頁 12。

張枝榮，〈陽明山管理局組織與地位之研究〉。臺北：國立政治大學公共行政研究所碩士論文，1973 年。

陳介甫，〈教學相長——怎樣做學術領導人〉，《生理科學進展》38:1，頁 9-10。

喻蓉蓉，〈蔣經國與榮總〉，《通識教育與多元文化學報》1 期，頁 145。

黃國維，〈戰後至 1970 年代初期臺灣的大學教育發展研究〉。臺北：國立師範大學教育系碩士論文，2011 年。

楊岑福，〈憶盧致德先生〉，《傳記文學》36:1，頁 106-110。

鄭文光，〈懷念藎忠典型的宋達將軍〉，《傳記文學》47:2，頁 41-44。

羅澤霖，〈敬悼醫學教育宗師盧致德先生〉，《軍醫文粹》24:3-4，頁 1-2。

電子資料

〈輔導會前秘書長宋達辭世卅周年〉，《榮光雙周刊》2012 期，https://epaper.vac.gov.tw/zh-tw/C/42%7C1/6698/1/Publish.htm，擷取日期：2022 年 6 月 20 日。

蔡文城，〈回憶微免所成立初期的點點滴滴〉，https://wctsai.pixnet.net/blog/post/34693491，擷取日期：2022 年 11 月 27 日。

國立陽明醫學院校史年表

年分	月分	事件
1965		榮總院長盧致德著手籌建附屬醫學院，此為本校創設之緣起。
1969		榮總提出第一期發展計畫，將籌辦「國立陽明醫學院」列入項目。
1970	3	教育部成立「國立陽明醫學院籌備委員會」，下轄籌備處，展開校園規劃建設工作，訂定石牌附近的唭哩岸山為陽明校地。
1973	3	本校籌備處與北投石作工會，因校地使用問題發生衝突。
1974	4	行政院指示「目前暫不增設大專院校」，本校建校計畫突遭停擺。
	6	實驗大樓竣工，為本校第一棟建築。
	12	行政院核定本校於六十四學年度正式成立，並著手籌劃招生事宜。
1975	3	醫學系招生名額定為 120 名。
		配合政府醫師下鄉政策，醫學系全部招收公費生，給予全額公費待遇。
	5	15 日教育部公佈韓偉教授為首任院長，訂本日為陽明校慶日。
	7	「國立陽明醫學院」正式成立，先設醫學系。
	9	第一屆醫學系大專聯招放榜，陽明首度招生 120 名新鮮人。
1976	3	成立榮譽制度委員會，並通過榮譽制度公約與章程。
	8	增設牙醫學系。
		醫學系增設寄生蟲學科。

年分	月分	事件
1976	10	牙醫學系開始招生。
1977	2	男生第一宿舍竣工，可容納 240 名學生。
	8	醫學系增設微生物學科。
	12	行政院核定以國軍退除役官兵輔導委員會臺北榮民總醫院爲本校之教學醫院，並核頒兩院合作實施要點。
1978	1	教育部核定本校醫學系公費生待遇及畢業後服務實施要點。
	6	醫學系《神農坡》創刊號發行，刊名採自工友鄧傲寒先生於院區內男一舍至活動中心間路邊巨石上之題刻。
	7	「陽明十字軍」在周碧瑟老師籌劃，中華民國防癌協會指導下，首次正式展開活動。
	8	醫學系增設內科學科、外科學科、病理學科、社會醫學科。
1979	2	圖書館落成啓用。
	7	「偏遠地區衛生醫療服務隊」由藍忠孚主任擔任領隊，首次出師赴屏東縣滿州鄉作醫療衛教服務。
	8	增設醫事技術學系。
		醫學系增設婦產學科、小兒學科、神經精神病學科、眼科學科、耳鼻喉學科、復健醫學科、核子醫學科、皮膚學科、麻醉學科、放射線學科。
	9	勵青社正式成立。
	12	行政大樓竣工。
1980	7	醫學系設立「實驗外科」課程。
	8	增設神經科學研究所碩士班：陽明第一個成立的研究所，也是國內第一個神經科學研究所。
	10	圖書館成立「視聽資料室」。

年分	月分	事件
1981	3	教育部召開本校醫學系公費生分發服務會議，確認各分發單位的名額與輪調事項。
	8	增設微生物及免疫學研究所碩士班。
	10	牙醫系館興建完成。
1982	3	醫學系首屆畢業生完成分發。
	4	成立學生輔導中心。
	6	19 日舉行第一屆畢業典禮，包括醫學系及牙醫系畢業生共 126 人。
	8	增設生物化學研究所碩士班。
1983	1	增設學士後醫學系，學生享有公費待遇。
	5	本校醫學系學生參加 ECFMG 考試，前三屆醫學系共 34 人應考，31 人通過醫學測驗，平均 80.4 分，爲全世界報考的 118 所學校（報考 25 人以上）中之第一名。
1984	6	韓偉院長因任期即將屆滿，同時身患重疾，辭去院長職務，由于俊接任第二任院長。
	7	成立電子計算機中心。
		成立實驗動物中心。
		醫學系館落成。
	8	增設微生物及免疫學研究所博士班。
		增設醫學工程研究所碩士班，爲國內第一個醫工所。
	11	印行《陽明公報》，將本校行政、教學、研究等重要事務，以條列方式印刷分發，加強同仁及同學的溝通。

年分	月分	事件
1985	5	慶祝十周年院慶，發行《陽明十年》特刊。
		成立陽明校友會。
	8	本校與榮總家庭醫學科規劃之八里群體醫療執業中心正式開辦，是本校籌辦的第一個群醫中心。
		增設生理學研究所、藥理學研究所、公共衛生學研究所碩士班。
	10	後醫系招收首屆自費生 25 名。
1986	6	研究大樓竣工。
	8	增設臨床醫學研究所博士班。
		增設護理學系。
	10	成立儀器中心。
	12	成立畢業生輔導室。
1987	8	學士後醫學系停止招生。
		增設生物化學研究所博士班。
1988	1	護理系舉辦第一屆加冠典禮。
	8	增設遺傳學研究所、解剖學研究所碩士班。
		增設復健醫學系。
		醫學系開始招收自費生 20 名。
1989	4	「陽明學生會」章程草案正式出爐，爲國內第一個成立學生自治組織的醫學院。
	8	增設醫務管理研究所碩士班，爲國立大學中首先成立之醫務管理研究所。
	10	于俊院長宣佈醫學系更改爲六年級前半見習。

年分	月分	事件
1990	6	于俊院長任期屆滿，由榮總醫學研究部韓韶華教授接任第三任院長。
		護理系第一屆學生畢業。
	8	醫事技術學系分設醫事檢驗與放射技術二組。
		護理學系開辦「在職護理人員學位進修班」。
1991	8	增設生理學研究所、醫學工程研究所博士班。
		增設傳統醫藥研究所碩士班，為國立大學醫學院中，第一所專門從事傳統醫學（中醫藥）教育及研究之機構。
	12	《陽明人報》創刊發行。
1992	3	學校行政會議通過「國立陽明醫學院校園規劃及營建委員會組織章程」。
	5	醫學系首度為醫五同學舉行「加袍典禮」。
		牙醫學系舉辦第一屆「加袍授證典禮」。
	6	復健醫學系首次為即將進入醫院實習的三年級同學舉行「授證典禮」。
	7	勵青社舉辦首屆「全國高中生醫學營」。
	8	增設藥理學研究所、遺傳學研究所博士班。
		增設衛生福利研究所、牙醫科學研究所、臨床護理研究所碩士班。
		復健醫學系更名為「物理治療學系」。
		醫學系自費生名額增加為 40 名。
	9	第二教學大樓落成啓用。
		《石牌醫學通訊》週刊創刊發行。
	12	成立「國立陽明醫學院研究生協會」。

年分	月分	事件
1993	5	臺北郵局在校內設立郵局。
		醫事技術學系舉辦第一屆授證典禮。
	8	獲准成立國家衛生研究院研究室，分別爲韓韶華院長「免疫疾病群體研究室」、魏耀揮教授「粒線體疾病研究室」、藍忠孚教授「衛生政策與經濟研究室」。
		增設社區護理研究所、口腔生物研究所碩士班。
		護理學系「在職護理人員學士學位進修班」停招；增設夜間部護理系。
	11	陽明校友會召開成立大會，成爲正式的人民團體。
		醫學系創辦臨床導師制度，假榮總致德樓舉行「傳心．傳薪——醫學系第一屆臨床導師啓業典禮」。
1994	3	成立「教師聯誼會」。
		護理館落成啓用。
	6	配合新大學法公布實施及本校奉准改名大學，由校務發展委員會研擬「國立陽明大學組織規程草案」，經 15 日院務會議討論後，修正通過。
	7	本校正式改名爲「國立陽明大學」，爲國內第一所以醫學教育爲宗旨的大學，暫設醫學院、醫事技術、生命科學等三個學院及通識教育中心。
		本校通識教育中心與清華大學、臺灣大學、元智工學院，被教育部遴選爲第一期通識教育改進計畫試辦學校。

年分	月分	事件
1994	8	韓詔華院長擔任「國立陽明大學」首任校長。
		訓導處更名爲「學生事務處」。
		隸屬訓導處之「體育組」改爲教學單位並更名「體育室」；另設立「學生事務會議」及「學生申訴評議委員會」。
		成立牙醫學院、護理學院、公共衛生學院籌備處。
		增設生物藥學研究所、寄生蟲研究所碩士班。
	9	本校改名爲「國立陽明大學」，於 26 日舉行改名慶祝大會。

附錄一

國立陽明醫學院建校計劃草案節錄（1971年3月16日）[1]

行政院國軍退除役官兵輔導委員會 令

中華民國六十年二月十二日
（60）輔陸字第一三四四號

事由：陽明醫學院奉准設立，希即協調教育部洽商籌備事宜具報。

受文者：榮民總醫院

一、奉行政院六十年 一月廿六日台六十教字第〇七六三號令開：

「一、據本院祕書處案呈該會五十九年八月十二日（59） 輔陸字第九〇一六號函，為籌設陽明醫學院檢附國立陽明醫學院建校計劃草案請核示一案，經飭據教育部五十九年十一月五日台（59）高字第二五二八〇號呈復，經約集各有關單位商討獲致如次結論，請核示等情：

（一）請儘速核准籌設，以利建校工作之進行。

（二）校名仍定為國立陽明醫學院。

（三）於奉准籌設後，即成立籌備委員會及籌備處。

（四）國軍退除役官兵輔導委員會所擬計劃及有關章則與人員編制等，

1 《陽明醫學院建校計劃草案》，國立陽明交通大學藏，檔號：060/SEC001000/1/0001/002。

俟奉令核准籌設後再由本部按照現行教育法令審核訂定。

（五）國軍退除役官兵輔導委員會原擬國立陽明學院建校計劃草案經費部份，奉准籌設後應請改列為本部預算，其第一年經費二千五百萬八千元預算，請准照列，以利籌備開辦。

（六）國軍退除役官兵輔導委員會，榮民總醫院與國立陽明醫學院如何合作及校地如何劃定，應另訂辦法。

二、准予籌設，並准依照商討結論辦理，令復知照。」

二、希由該院協調教育部洽商有關籌備事宜具報。

三、副本抄致教育部，並抄發本會研考處、人事處，會計處及第六處。

主任委員 趙聚鈺

校對劉珍榮

監印秦廷生

國立陽明醫學院建校計劃草案

輔導會所屬各榮民醫院亟需合格而優秀之醫師，爲數頗多，但無適當來源，將來反攻復國戰爭開始之後，軍方醫院均將前移，而傷患則必後送，於是現役與退役傷患，甚至民衆之醫療、急救，勢將加於各地榮民醫院之作業負擔上，爲此今日開始籌辦陽明醫學院，訓練醫師人才，或爲時已嫌稍晚。

榮民總醫院人才設播充實，如擴設醫學院前期各學系，雙方合作即可成立一設備完善之醫學院，所費不多，事半功倍。

陽明醫學院將設立醫學、牙醫學、護理、藥學、醫事技術、及醫用生物工程等六個學系，第一年爲籌備期間，自第二年至第四年由於房屋設備師資等問題，不及全部開辦，每年僅招收醫學系學生六十人，至第五年才招收牙、護、技、藥、工等學系新生一八〇人，其總數將達四二〇人，并計劃設置部份公費學生，其名額爲各學系每年招生名額三分之一，畢業後派往輔導會所屬各榮民醫院服務六年，至籌設陽明醫學院五年全部經費，共約需新台幣一億二、九九二萬五、〇〇〇元其中包括：

建築費七、三一九萬六、〇〇〇元。

設備費二、〇三〇萬元。

人事、事業務、維護、圖書等經常費三、五一八萬一、〇〇〇元。

學生公費一二四萬八、〇〇〇元。

如將五年經費分年計算，則其分配如下：

第一年（即籌備年）二、五〇〇萬八、〇〇〇元：

1. 建築費二、三八〇萬元，包括教學大樓42%工程費一、八八〇萬元，道路及排水工程費三〇〇萬，遷移墳墓補償費二〇〇萬元。

2. 設備費三〇萬元，先購公務車一輛價款。

3. 人事、事務等費四〇八萬八、〇〇〇元。

4. 開辦費五〇萬元。

第二年三、四八六萬一、〇〇〇元：

1. 建築費二、五〇四萬八、〇〇〇元包括教學大樓 34% 工程費一、五〇〇萬元，男生宿舍六〇四萬八、〇〇〇元，排水、給水衛生電力等工程費四〇〇萬元。

2. 設備費六二〇萬元包括教學設備四〇五萬元，通信設備八〇萬元，運輸設備一一〇萬元、什項設備二五萬元。

3. 人事、事業務、維護、圖書等經常費三五一萬七、〇〇〇元。

4. 學生工費九萬六、〇〇〇元（第一學年招收醫學系學生六十人，其中三分之一 20 人為公費）。

第三年三、四八一萬四、〇〇〇元：

1. 建築費二、三三四萬八、〇〇〇元，包括教學大樓 24 % 工程費一、〇三〇萬元，餐廳及學生活動中心工程費六〇〇萬元，女生宿舍三〇二萬四、〇〇〇元，單身職員宿舍三〇二萬四、〇〇〇元及道路排水工程費一〇〇萬元。

2. 設備費四三〇萬元，包括教學設備三八五萬元，通信、運輸及什項設備四五萬元。

3. 人事、事業務、維護、圖書等經常費六九七萬四、〇〇〇元。

4. 學生公費一九萬二、〇〇〇元（醫學系學生一二〇人，其中三分之一 40 人為公費）。

第四年一、五二二萬元：

1. 建築費一〇〇萬元係修建運動場庭園及圍牆等費用。

2. 設備費三四〇萬元，包括教學設備二八〇萬元，通信、運輸、什項等設備六〇萬元。

3. 人事、事業務、維護、圖書等經常費一、〇五三萬二、〇〇〇元。

4. 學生公費二八萬八、〇〇〇元（醫學系學生一八〇人，其中三分之一 60 人爲公費）。

第五年二、〇〇二萬二、〇〇〇元：

1. 設備費六一〇萬元，包括教學設備五七〇萬元，通信、運輸及什項設備四〇萬元。

2. 人事、事業務、維護、翻書等經常費一、三二五萬元。

3. 學生公費六七萬二、〇〇〇元（除醫學系學生二四〇人，并新招牙、護、藥、技、工各學系學生一八〇人共計四二〇人，其中三分之一 140 人爲公費）。

本計劃因配合榮民總醫院五年發展計劃之起訖時間，於第五年建校初步完成後，自第六年起各項房屋設備預算應視需要另行編列，其學生公費自亦隨學生人數之遞增而比例增加，至第八年第一屆醫學系學生 60 人及護、藥、技、工等四系學生 150 人畢業，其中三分之一公費生即可分發各榮民醫院服務，至第十年後全校將經常保持學生總額 一、二〇〇人，則每年將有八〇名公費生分發服務。醫師來源當不再缺乏，并可收新陳代謝作用保持醫師水準。至自費學生畢業後亦可申請留院校服務，或各隨志願，其在學期間應按國立大學標準繳納學雜各種費用該項所收費用，依規定項目作爲增加學校之教學設備、圖書、體育衛生、實驗材料等，將來另訂計劃於呈奉核准後使用之。

附註：一、本計劃草案，係就「榮民總醫院五年發展計劃中之建校（陽明醫學院計劃」修訂而成。（原始計劃仍附於後）。

二、本計劃草案之附件如左：

1. 籌備處組織規程。

2. 組織規程。

3. 組織系統表。

4. 職員編制表。

5. 教員編制表。

6. 工警編制表。

7. 各學系招生人數計劃表。

8. 經費概算表。

附錄二

榮譽制度推行委員會組織章程（1976 年 3 月）[1]

國立陽明醫學院學生榮譽制度推行委員會組織章程（草案）

總則

一、國立陽明醫學院學生榮譽制度推行委員會（以下簡稱本委員會）受國立陽明醫學院榮譽制度輔導委員會之輔導及全體同學之託付，負責推行榮譽制度之有關事宜。

二、本委員會旨在幫助同學培榮譽心，陶冶尊重自己、尊重他人的氣質，孕育同學自動自發、自治自愛之精神，並確保榮譽公約之具體有效之執行。

三、凡本院同學均有選舉、罷免本委員會委員之權。

四、凡本院同學對本委員會組織章程及榮譽公約均有創制複決之權，創制複決之權之行使另以辦法定之。

五、委員名額，凡全院學生人數在五〇〇人以下得選七人擔任之，五〇〇人以上，每三〇〇人得增額二人。

六、凡本院學生其操行成績前兩學期皆在八十分以上（新生例外），由其所屬班級提名，並經本委員會審核通過，皆得登記參加競選。

七、本委員會應於每一學年第二學期開學後一個半月內，根據各班提名，

---

1 國立陽明交通大學圖書館藏。

進行全校普選。

八、本委員會委員改選（罷免）、由本委員會成立選舉（罷免）事務所負責之其成立辦法及組織細則另定之。

九、本委員會委員選舉以不記名票選爲原則，依既定之委員名額及得票數之多寡，核定當選之委員，並於選舉後一週內，由選舉事務所公佈選舉結果。由本委員會另定期交接。

十、本委員會委員任期爲一年，連選得連任一次。

十一、委員在任期內有不榮譽之具體事實者，得自動提請辭職，或經本委員會全體委員 2/3 以上之決議，予以免職。

十二、本委員會委員罷免案應由全體同學 1/10 之連署詳述理由送本委員會審議。

組織

十三、本委員會設主席一人，由委員自行推選，任期一年主席下設行政、文書二組，其職掌如下：

行政組負責委員會決議事項之執行，及本委員會日常事務之處理。

文書組負責宣傳及宜導，並保管本委員會各項會談之紀錄及資料存福等。

十四、每年改選時原任委員得留任三人，含行政組、文書組各一人，以協助新任任委員之推行會務，留任委員由本委員會於每學年度第二學期第一次會議中決定之。

十五、留任委員以留任一次爲原則。

權限

十六、經本委員會之決議，得建議輔導委員會轉報學校予同學適當之獎懲。

十七、經本會委員之決議，本委員會得頒發表現優異，足爲同學楷模者獎狀或獎章，其辦法另定之。

十八、經本委員會之決議，本委員會得以口頭、書面或公告等方式，對違反公約之行爲提出糾正與勸導。

十九、本委員會得經全體委員 3/4 以上之決議，召開全體同學大會，修訂本委員會組織章程及榮譽公約。

各項會議

廿、本委員會每月召開定期會議一次，由主席召集之。

廿一、本委員會由全體委員 1/2 以上出席方得開議。

廿二、臨時會議得由 1/4 以上委員之連署，提請主席召開之。

廿三、本委員會之決議指 2/3 以上委員出席，出席委員 3/4 以上之同意。其另有規定者，從其規定。

廿四、本委員會召開會議時，應向輔導委員會報備，並簽請二位以上之輔導委員列席指導。

廿五、本委員會之決議案，均應由出席指導之輔導委員簽證。

章程之制定與修改

廿六、本草程得於第一次學生大會中提出，經 2/3 以上同學出席，出席人數 3/4 以上贊成後實行之。

廿七、本章程如有未盡事宜，經委員過半數之連署，3/4 以上通過，得修改增訂之，經學生大會 2/3 以上出席，出席人數 3/4 以上通過後實行之。

附錄三

國立陽明醫學院醫學系公費生分段分發作業要點

（1981 年 3 月 28 日）[1]

國立陽明醫學院醫學系公費學生畢業後分發及分段服務作業要點

一、本辦法依據行政院六十七年一月廿七日台六十七教〇八二三號函核定「國立陽明醫學院醫學系公費學生待遇及畢業後分發服務實施要點」第八條之規定訂定之。

二、國立陽明醫學院醫學系公費學生（以下簡稱公費學生）畢業後分發服務，除依照行政院核定之實施要點及有關人事法令辦理外，有關分發程序、手續、分段服務等，悉依本辦法實施之。

三、公費學生分發，以左列三部分爲受分發單位：

（一）行政院衛生署：含臺灣省政府、臺北市政府、高雄市政府等中央及地方各級公立衛生醫療機構。

（二）行政院國軍退除役官兵輔導委員會：含所屬榮民醫院。

（三）國立陽明醫學院：留任助教。

四、各受分發單位應於分發協調會議召開前，依據所屬各公立衛生醫療機構之醫師或助教缺額，向分發協調會議提出人員需求申請。

五、分發協調會議依據國立陽明醫學院造報之公費畢業學生名冊及人數，按照各受分發單位所申請之人員需求，協議分配名額。

1　〈檢送公費生招生名額及分發服務會議紀錄〉，國立陽明交通大學藏，檔號：070/DAA110000/1/0002/005。

六、公費學生分發，除國立陽明醫學院留任助教者得指名分發外，其餘得參考成績及志願，依抽籤方式決定，分發應集合全體學生於適當場所，公開舉行。

七、爲求公費學生分發作業之公平、公正及公開，由分發協調會議各參加單位派員組成分發小組，以教育部爲召集人，並以行政院人事行政局爲監察人，於公費學生預定服務日期前四個月，辦理分發抽籤。由行政院衛生署及行政院國軍退除役官兵輔導委員會依分發協調會議所分配之員額，先期將各接受分發單位之名稱、職缺、單位所在地等編號列冊，由學生依成績及志願自選服務單位。如自選辦法無法解決時，則依抽籤方式決定，先行按分發單位名稱職缺製成簽條，並由監察人在籤條上蓋章，混合後置於籤箱，由學生親自抽取，並當場登記其服務單位於名冊之上，須學生親自簽章認定，一經抽定服務單位，不得更改或請求互調。分發名冊由教育部發布之。

八、公費學生自畢業典禮舉行之日起，給予兩週假期，已無兵役義務之男性畢業生及女性畢業生，應於假滿之翌日向服務單位報到服務。應服兵役義務之男性畢業生，須按兵役機關徵集令指定日期入營服役，並於服役期滿退伍後兩週內，向服務單位報到服務。除因患重病經指定之公立醫院診斷證明屬實外，均不得以任何理由要求展期報到。

九、公費學生於服畢兵役向服務單位報到前，各該單位應於事前騰出職缺，以便任用，不得藉詞缺乏員額而要求上級單位改予分發，以重政府威信。

十、公費學生分發服務期間，其分段輪調服務，依左列三個階段及其原則辦理：

（一）第一階段：應先分發至具有教學醫院資格之各省、市立醫院或榮民總醫院（或較具規模之公立醫院）服務，同時實施住院醫師訓練，期限二年。

（二）第二階段：第一階段結束，原分發至省、市立醫院者，由衛生署視需要輪調至省、市所屬各級衛生醫療機構服務。原分發至榮民總醫院者，由國軍退除役官兵輔導委員會視需要輪調至所屬各榮民醫院服務，期限二年。

（三）第三階段：視其在第二階段服務期間之考績及需要，由各服務單位之上級權責機構，實施輪調服務或留任原職，期限二年。

第一、二階段服務屆滿後，權責機構認有延長之必要時，可不予輪調，繼續留原單位服務。

十一、國立陽明醫學院留任之助教，在服務期間因故或不能適任教學職務時，得請求衛生署或國軍退除役官兵輔導委員會予以另派適當職務。

十二、本辦法經分發協調會議通過後，由教育部公布施行，修正時亦同。

附錄四

陽明醫學院與榮總教學合作協議（1981 年 5 月）[1]

行政院國軍退除役官兵輔導委員會調專任（兼任）教師、國立陽明醫學院助教派駐協助臨床教學協議事項

一、為加強兩院合作，促使臨床與教學工作能配合發展，榮民總醫院得以現職醫師，商經陽明醫學院同意，由陽明醫學院聘為該院編制內教師（或兼任教師）；陽明醫學院得以現職助教商經榮總同意後，派駐榮總有關科協助臨床教學。

二、上項人員有關事項協議區分如左：

（一）榮總現職醫師改調陽明醫學院專任教師仍兼任榮總原職（以不增加員額為準），或現職醫師兼任陽明醫學院教師人員。

1. 在陽明醫學院授課時間，兼任教師每週以不超過四小時，專任教師每週以不超過教育部規定之時數為原則，并經兩院協調後排定，其餘工作時間，概受榮總之支配與約束。

2. 在榮民總醫院工作期間，其人事處理悉以本職為準（包含有關配給、眷補、保險、退撫、福利互助、公務員生活津貼之各項補助、出入境等），但兼任榮總原職者，榮總得就原職待遇補足其差額。

3. 兼任榮總原職者，其申請擔任專勤或出國、進修、開會以及

1　〈檢送本院派駐及調任協助教學協議事項二份〉，國立陽明交通大學藏，檔號：070/PER407000/1/0001/053。

在榮總職務之升遷等權利與義務，均與榮民總醫院在編醫師相同。

4. 前項兼任原職人員，原住榮民總醫院宿（眷）舍者，得予繼續居住，未配合者，除申請中央貸款或委建者外，在榮民總醫院產權以內之房舍，其申配權利與榮民總醫院在編醫師同。

5. 榮總現職醫師改調陽明醫學院專任教師後，陽明醫學院如有因故不予續聘時，應事先與榮總協調適切安排後爲之。

（二）陽明醫學院派駐榮總協助臨床教學之助教人員：

1. 由陽明醫學院視需要協調榮總訂定名額，由榮總報經行政院國軍退除役官兵輔導委員會核定後實施之。

2. 上項派駐榮總協助臨床教學之助教，爲便于雙方管理，須由陽明醫學院以公文通知榮總後，榮總始得以兼任住院醫師名義接納，并陳報核備。

3. 前項派駐榮總協助臨床教學之助教，須遵守榮總一切規定，除回學院教學外，其餘工作時間，概由榮總按在編之住院醫師納入管理及工作調派。

4. 前項派駐榮總協助臨床教學之助教，如有機會轉任榮總醫師時，其上項兼任榮總住院醫師之年資，榮總得採認爲升遷之年資。

三、以上各項人員在榮民總醫院之工作及行爲上之表現，榮總得依規定實施獎懲；如有必須本職單位發布者，陽明醫學院須依照辦理。

附錄五

國立陽明醫學院校務發展委員會設置辦法（1991年）[1]

國立陽明醫學院校務發展委員會設置辦法草案

第一條：本辦法依據本學院組織規程第二十四條規定設置。

第二條：本學院校務發展委員會（以下簡稱本委員會），置委員若干人，除院長、教務長、訓導長、總務長、人事室主任、會計室主任及各學系系主任為當然委員外；另由臨床及基礎教師各推選代表四人（任期兩年，連選得連任），學代會、學生會、校友會各推選代表一人為委員。

第三條：本委員會置主任委員一人，由院長兼任。

第四條：本委員會得聘請顧問若干人，提供諮詢。

第五條：本委員會任務如左：

一、規劃本學院中長程校務發展計畫。

二、討論系所增設增班暨停辦事項。

三、評估校園規劃方案。

四、審議重大工程計畫。

五、研議院長交付重大校務發展事項。

第六條：本委員會不定期集會，但每學期至少開會一次。

1　〈檢送國立陽明醫學院校務發展委員會第二次會議記錄乙份〉，國立陽明交通大學藏，檔號：080/SEC007030/1/0003/023。

第七條：本委員會須三分之二委員出席，過半數出席委員同意始能決議，決議案由院長交有關單位執行，必要時，得送院務會議審議。

第八條：本委員會得視實際需要邀請相關單位人員列席或提供資料。

第九條：本委員會置秘書一人，由秘書室主任兼任。

第十條：本辦法經院務會議通過，經院長核定後實施，修正時亦同。

附錄六

國立陽明醫學院改名國立陽明醫學大學計畫書節錄

（1991 年 3 月 25 日）[1]

參、改名計畫

一、改名

醫學教育範疇日廣，改名後學校名稱固須涵蓋生物醫學及與衛生健康等有關各類科學，但亦應簡單明瞭，故擬定名「國立陽明醫學大學」。

二、調整組織架構

行政單位不變，教學單位重新調配整合，增設少數系所，即可組成六個學院如下表：

三、規劃理念

歐美各國之醫學教育制度較為完整，在大學內設醫學中心（Medical Center）或健康科學校區（Division of Health Sciences），下設五、六個相關的學院（College 或 School），如醫學院、牙醫學院、護理學院、公共衛生學院等。在日本和大陸，則普遍設立醫科大學、齒科大學、藥科大學等單科大學。國內醫學教育制度，則尚在摸索研究階段。目前各種專業均設置在一個醫學院內，其編制與一般學系相同；但應實際需要，又不得不另在醫學系內加設二十多個學科，支援各學系教學。學科不能獨立招生，系內也不便再設系，因此，學科的編制及預算均無法制度化。有鑑於此，七十八年教育部特設「提昇醫學教育品質委員會」，七十九年提出綜合研究報告，正式建議醫學院各學系改制升格為學院，獨立醫學院升格為「醫

1 《國立陽明醫學院改名國立陽明醫學大學計畫書》，國立陽明交通大學圖書館藏。

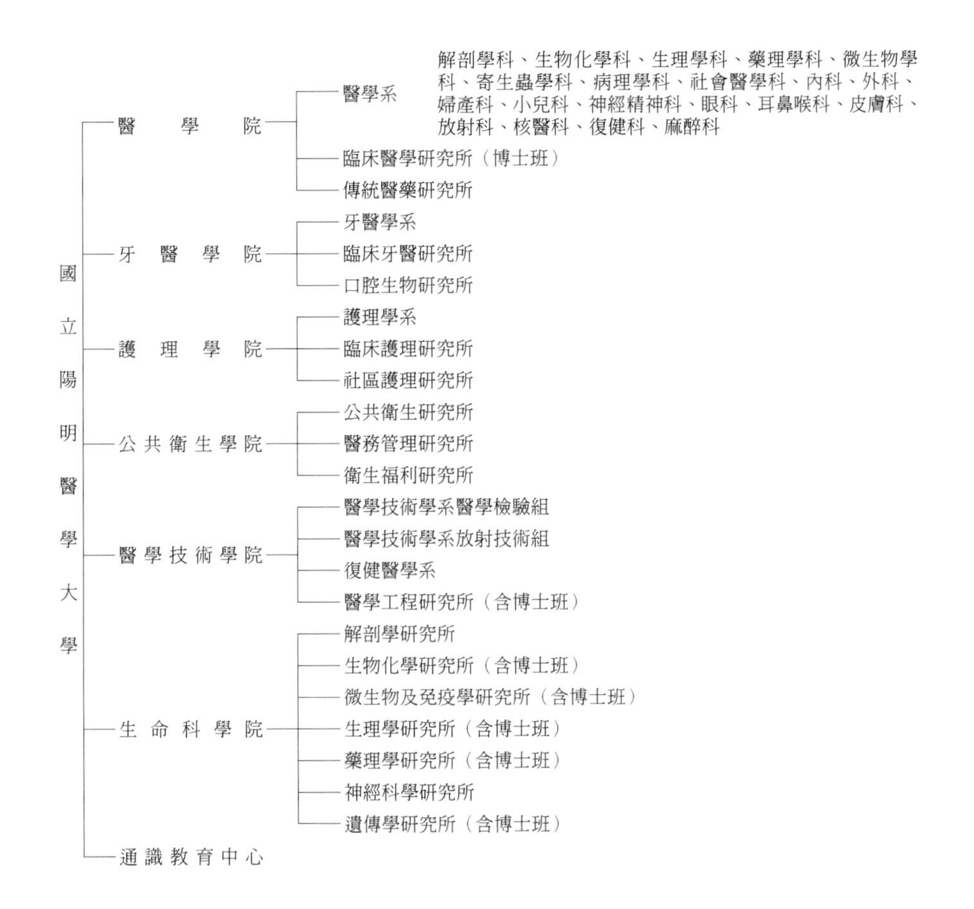

科大學」，非獨立醫學院升格後綜合稱爲「醫學科學校區」，以突破目前醫學教育之瓶頸（附錄九）。故本計畫將醫學、牙醫、護理、公衛等系所均規劃爲學院，醫技、復健、醫工三系所則合併組成醫學技術學院。

生命科學實乃各類醫學教育之基礎，醫療技術之進步均與基礎研究有關。本學院爲加強基礎醫學之教學，已先後成立七個有關研究所，授予碩士及博士學位。多年經營，已有相當基礎，故擬將其合併組成生命科學院，以突顯本學院基礎與臨床並重之特色。

千百年來，傳統醫學保護過人類的健康，雖欠科學解釋，但應仍有可取之處。如何去蕪取菁，用科學的方法來衡量，選取其中精華，納入現代醫學範疇，實乃當前醫務之急。本學院有鑑於此，除早已在醫學系加授傳統醫藥有關課程，使年輕醫師兼具中國醫藥常識外，並已成立傳統醫藥研究所，從事研究，培養師資。今後更將擴大其功能，招收博士班學生，以期與國立中國醫藥研究所之搬遷計畫密切配合。

本學院爲一獨立學院，無文、理等學院以爲奧援，所有通識課程均由共同必修學科主其事。此等課程雖多非醫學專業領域，但卻爲培養學生人文素養、強化學生通識所不可或缺。邇來，青年學子人生價值日趨功利，醫護人員道德觀念益顯重要。故如何藉由通識課程薰陶，加強醫德培養，提昇人生境界，遂成爲當今醫學教育之重要課題。本學院共同必修學科，目前隸屬於醫學系，但其教育對象爲全院學生，改名後似不應再隸屬於醫學系或醫學院內，而以獨立於各學院之外爲宜，所開通識課程並非全部必修，亦擬正名爲「通識教育中心」。

四、增設單位

爲配合國立中國醫藥研究所遷所計畫，本學院八十學年度已奉准成立傳統醫藥研究所。招收醫學系、中醫系、藥學系及其他院系對傳統醫藥有興趣的學生，接受二年訓練授予碩士學位，使其成爲從事傳統醫藥之基本幹部。投考學生甚爲踴躍，且有多位資深醫師應試。但醫藥專業不同，傳統醫藥理論深奧，非二年可以精通。故擬先在臨床醫學研究所增設傳統醫學組，招收醫學系及中醫系畢業生，修業三至五年，比照臨床醫學研究所授予博士學位。俟時機成熟時，再於傳統醫學研究所增設博士班，其醫學部分可與臨床醫學研究所傳統醫學組合併組成傳統醫學研究所，藥學部分則另組傳統藥學研究所。前者負責訓練臨床及基礎傳統醫學研究人才，後者負責培養傳統藥學基礎研究人才。根據國立中國醫藥研究所與本院合作合約規定（附錄十五），該所即將在本學院興建傳統醫學大樓一棟，供雙方共同使用。俟中國醫藥研究所遷入本學院後，彼此人員可以合聘，設備可以共用，將共同擬訂研究計畫，合力從事中醫、藥研究，促使傳統醫藥現代化，其詳細規劃已專案陳報教育部（附錄十六）。

肆、實施進度

一、八十學年度

目前已有五個學系、十二個研究所（五個博士班），隨時可組成醫學院、醫學技術學院、生命科學院，並改名國立陽明醫學大學。

二、八十一學年度

已奉准成立衛生福利研究所，應可組成公共衛生學院。此外臨床牙醫研究所及臨床護理研究所也已奉准成立。

三、八十二學年度

已報請增設口腔生物研究所、社區護理研究所，將可組成牙醫學院及護理學院。

實施進度如下表：

學院	系所	成立時間			
		原有	80 學年	81 學年	82 學年
醫學院		○			
	醫學系	✓			
	牙醫學系 *	✓			
	護理學系 *	✓			
	公共衛生研究所 *	✓			
	醫務管理研究所 *	✓			
	臨床醫學研究所	✓			
	傳統醫學研究所		✓		
生命科學院			○		
	解剖學研究所	✓			
	生物化學研究所	✓			
	微生物及免疫學研究所	✓			
	生理學研究所	✓			
	藥理學研究所	✓			
	神經科學研究所	✓			
	遺傳學研究所	✓			

學院	系所	成立時間			
		原有	80 學年	81 學年	82 學年
醫學技術學院			○		
	醫學技術學系醫學檢驗組	✓			
	醫學技術學系放射技術組	✓			
	復健醫學學系	✓			
	醫學工程研究所	✓			
公共衛生學院				○	
	公共衛生研究所	✓			
	醫務管理研究所	✓			
	衛生福利研究所			✓	
牙醫學院					○
	牙醫學系	✓			
	臨床牙醫研究所			✓	
	口腔生物研究所				✓
護理學院					○
	護理學系	✓			
	臨床護理研究所			✓	
	社區護理研究所				✓

* 暫時列入，以後改列其他學院。

伍、預期效益

陽明醫學院改名成功，可作爲其他醫學院改制範例。若各項條件符合，獨立醫學院均可比照改名爲醫學大學；一般大學亦可增設其他與醫學有關之學院，組成健康科學校區或醫學中心。

目前醫學教育，醫學系一枝獨秀，將來牙醫、護理及公衛、醫技等專長，均從醫學院中獨立出來，各類醫學教育將並駕齊驅平衡發展。

生物醫學日新月異，實乃各類醫學專業進步之基礎，爲配合此一發展趨勢創設生命科學院，強調生物醫學之教學及研究，使基礎與臨床得以兼顧。

開設傳統醫學課程，使醫學生得有機會一窺中醫、中藥之奧妙；成立傳統醫、藥研究所，培養師資，加強研究，促使中、西醫一元化，傳統醫藥現代化。

著重通識教育，加強醫德培養，激發犧牲奉獻精神，鼓勵服務社會熱忱。

陸、發展特色

平衡發展各類醫學教育，兼顧基礎、臨床研究，發揚傳統醫學，加強醫德培養，乃本改名計畫之預期效益，也將成為本學院今後發展之特色。

柒、未來遠景

擴展校地為遠程校務發展重要工作，今後擬積極爭取之目標有二，左鄰保警第一總隊即將他遷，七公頃隊址及地上建築若撥交本學院使用，可視需要成立若干學術研究及技術發展中心。臺北榮民總醫院後山二十公頃山坡地，都市計畫原為學校用地，可興建教職員工及學生宿舍，改善師生居住環境與生活品質。屆時臺北榮民總醫院、國立臺北護理專科學校、振興復健醫學與本學院連成一體，再加上即將遷來本學院之國立中國醫藥研究所，將自然形成一個「石牌醫學園區」（平面圖如附件十八）。

捌、規劃與考核

本計劃書係由「校務發展委員會」負責規劃（設置辦法詳附件十九），經院務會議通過後報部，修訂時亦同。校務發展委員會另設「考核小組」負責定期追蹤考核（組織辦法詳附件二十）。

國家圖書館出版品預行編目 (CIP) 資料

筆路藍縷── 從打石場到陽明醫學院 / 張筱梅編撰 .
-- 初版 . -- 新竹市 : 國立陽明交通大學出版社 , 2023.07
面； 公分 . -- (歷史與傳記系列)
ISBN 978-986-5470-68-5(平裝)

1.CST: 國立陽明醫學院 2.CST: 歷史

525.833/101 112007382

歷史與傳記系列

筆路藍縷──從打石場到陽明醫學院

策　　劃：國立陽明交通大學圖書館
編　　撰：張筱梅
審　　訂：郭文華
封面設計：兒日設計
美術編輯：黃春香
責任編輯：陳幼娟

出 版 者：國立陽明交通大學出版社
發 行 人：林奇宏
社　　長：黃明居
執行主編：程惠芳
行　　銷：蕭芷芃
地　　址：新竹市大學路 1001 號
讀者服務：03-5712121 #50503 （週一至週五上午 8:30 至下午 5:00）
傳　　真：03-5731764
e-mail：press@nycu.edu.tw
官　　網：https://press.nycu.edu.tw
FB 粉絲團：https://www.facebook.com/nycupress
印　　刷：長達印刷有限公司
出版日期：2023 年 7 月一刷
定　　價：380 元
I S B N：978-986-5470-68-5
G P N：1011200578

展售門市查詢：
陽明交通大學出版社 https://press.nycu.edu.tw
三民書局（臺北市重慶南路一段 61 號））
網址：http://www.sanmin.com.tw　電話：02-23617511
或洽政府出版品集中展售門市：
國家書店（臺北市松江路 209 號 1 樓）
網址：http://www.govbooks.com.tw　電話：02-25180207
五南文化廣場（臺中市西區臺灣大道二段 85 號）
網址：http://www.wunanbooks.com.tw　電話：04-22260330